漢學英華

饒宗頤國學院院刊

增刊

二〇一八年九月

名譽主編 Honorary Editor-in-Chief	饒宗頤 JAO Tsung-i
編輯 Editors	孟　飛 MENG Fei 陳竹茗 CHAN Chok Meng
主辦 Organizer	香港浸會大學饒宗頤國學院 Hong Kong Baptist University Jao Tsung-I Academy of Sinology 香港九龍塘香港浸會大學 Hong Kong Baptist University, Kowloon Tong, Hong Kong 電話 Tel: (852)3411 2796 傳真 Fax: (852)3411 5510 電郵 Email: jasbooks@project.hkbu.edu.hk
出版 Publisher	中華書局（香港）有限公司 Chung Hwa Book Co., (H.K.) Ltd. 香港北角英皇道 499 號北角工業大廈一樓 B 室 Flat B, 1/Floor, North Point Industrial Building, No. 499, King's Road, North Point, Hong Kong 電話 Tel: (852)2137 2338 傳真 Fax: (852)2713 8202 電郵 Email: info@chunghwabook.com.hk
責任編輯	黎耀強 LAI Yiu Keung 吳黎純 WU Lai Shun
封面設計	戴靖敏 TAI Tina
排版	楊舜君 YANG Shunjun
印務	劉漢舉 LAU Eric
印刷	美雅印刷製本有限公司 香港觀塘榮業街 6 號海濱工業大廈 4 樓 A 室 Elegance Printing & Book Binding Co., Ltd. Block A, 4/F, Hoi Bun Industrial Building, 6 Wing Yip Street, Kwun Tong, H.K.
Printer	
ISBN	978-988-8513-16-1
定價 Price	HK$128

本院刊出版承蒙「香港浸會大學饒宗頤國學院 – Amway 發展基金」慷慨贊助，謹此致謝。

Publication of this Bulletin was generously supported by the HKBU Jao Tsung-I Academy of Sinology – Amway Development Fund.

序 言

　　香港浸會大學饒宗頤國學院在建院之初，即創辦了自己的刊物 ——《饒宗頤國學院院刊》。院刊的創辦，旨在為中西文化交流和互鑒提供一個高規格的學術平臺。在 Amway 發展基金的慷慨資助和海內外學界同仁的大力支持之下，我們與香港中華書局通力合作，希望將院刊打造成為經得起歷史檢驗、具有良好學術聲譽的品牌期刊。創刊以來，我們嚴格遵守雙向匿名評審的甄錄原則，確保發表論文高水平的學術品質。院刊每年一期，現已出版至第五期。經過五年的積累和沉澱，院刊已逐漸形成自己的傳統和特色，贏得了海內外學界廣泛的好評，日漸成為香港地區國學、漢學研究頗有影響力的刊物之一。

　　院刊站位高遠，作者和讀者面向海內外學界，刊載的論文既有兩岸三地學者撰寫的中文論文，也有相當一部分為海外漢學家撰寫的英文論文，其中不乏視野宏通見解獨到的精品之作。對於海外漢學研究同行的學術成果，我們非常珍視，為了擴大學術影響，更好地將海外漢學研究的最新成果及時傳遞介紹給中文學界的讀者，我們策劃翻譯並結集出版院刊第一至三期的英文論文及書評，希望藉此為中文學界提供一個瞭解海外漢學最新研究動態的窗口。

　　本論文集共收論文九篇，書評七篇，作者共計 13 位。作者之中，既有畢生耕耘成就卓著的漢學耆宿，又有學富力強引領風氣的漢學中堅，還有初出茅廬頭角崢嶸的漢學新銳。這些不同年齡段的作者，或學殖深厚，或識見非凡，可以說是當代海外漢學家及其最新研究成果的集體亮相和集中展示。他們的論文，涉及經學、文學、哲學、藝術、出土文獻、物質文化等諸多領域，一定程度上展現了新時期漢學研究所達到的廣度和高度。其中有利用考古成果、結合傳世文獻進行古史鈎沉者，如夏含夷的〈《穆天子傳》與穆王銅器〉；有從考古與藝術史研究角度深入到技藝層面以考察古代物

質文化者，如杜德蘭的〈兩周青銅器作坊與設計及紋飾之創新〉；有重新檢視和全面評介中國學術思想史重要人物者，如魯惟一的〈劉歆 —— 開拓者與批評家〉；有在特定歷史文化語境下剖析解構中國古代重要作家創作心態及其作品內涵者，如魏寧的〈劉楨作品中的反諷與死亡〉；有從海外漢學家視角對中國經典海外傳播接受及相關論題作研究綜述者，如康達維的〈《文選》在中國與海外的流傳與研究〉、夏含夷的〈《詩經》口傳起源說的興起與發展〉；有考察中國古代社會生活中在經濟、政制等多重影響下的文化生態者，如張瀚墨的〈國家的財產，音樂的囚徒 —— 論宋代雜劇演員的身分及其在瓦市中的角色〉；有抉微闡幽中國古代思想內涵及其論證策略者，如費安德的〈「道」與「文」—— 論《文子》的論證特色〉和湯淺邦弘的〈「主」與「客」—— 以兵家和道家為中心〉。以上論文或據舊材料提出新問題，或由舊問題生發新思路，既信而有徵，又卓富新意，可以稱其共同特點。至於評介柯馬丁、田曉菲、李惠儀、譚凱、施吉瑞、陳力強、王海城等海外知名漢學家學術新著的書評，可以很好地幫助我們瞭解海外漢學研究的新趨向，相信也會令讀者耳目一新。

十九世紀以來，西方湧現出一大批傑出的漢學家，他們的眾多經典著作影響了數代中國學人。二十世紀以來，在資訊全球化的背景之下，進一步消弭了時空的隔閡，隨著中西方文化交流的不斷深入，西方漢學在保持自身研究傳統之外，也開始借鑒吸收中國傳統學術研究的優勢，呈現出新的氣象，一批優秀的中青年漢學家脫穎而出。他們多與中文學界保持密切的聯繫，擁有更多的機會、以更為直觀近切的方式接觸和瞭解中國文化，相較前輩學者更易體驗到中國文化的臨場感。他們善於創新研究方法、開掘研究主題，常能以生新的姿態出現在中文學界的視野之中，引發現象級的討論甚或提供新的學術增長點。作為文化土著，我們常為習焉不察的思維和

視野所拘囿，為社會政治的各種潮流和風氣所挾裹，身在廬山而不識廬山真面目，藉助文化他者的眼光進行反觀內審非常有必要，這也是及時傳遞海外漢學研究最新成果的重要意義所在。

　　本論文集組織翻譯及出版策劃係院長陳致教授提議，委託浸大國學院、文學院部分研究員、博士生根據自己的研究領域選擇相關的論文進行翻譯。對於譯者而言，此舉既是必要的學術訓練，也是難得的學習交流。翻譯的過程中，譯者竭盡所學，遇有問題即與作者及時聯繫溝通，皆感從中獲益匪淺。統稿之後，又經由具有豐富翻譯經驗的陳竹茗先生修改潤色，並最終交由作者審定。為了保證翻譯文字的精準、暢達、優美，陳先生付出大量心血，需要特別提出感謝。我們希望將海外漢學研究一流水準的學術精品奉獻給中文讀者，俾讀者「嘗一臠肉，而知一鑊之味、一鼎之調」，庶乎斯願足矣。

　　饒宗頤國學院永遠榮譽院長饒宗頤教授，道貫中西，學藝雙攜，在諸多領域皆卓有建樹，為東西方文化交流做出了不可磨滅的貢獻。饒宗頤國學院的成立和發展，離不開饒公的眷愛與支持，我們願秉承饒公遺志，為東西方文化交流搭建津梁。採擷英華，輯為是集，兼作追緬饒公的一瓣心香，故命之曰《漢學英華》。是為序。

孟　飛

2018 年 8 月

目　錄

書評

Contents

Book Reviews

饒宗頤國學院院刊　增刊
2018 年 9 月
頁 1–19

《穆天子傳》與周穆王時期銅器

夏含夷（**Edward L. SHAUGHNESSY**）

芝加哥大學東亞語言文明系

　　《穆天子傳》於西晉武帝咸寧五年（279 年）出土於汲郡（今河南省汲縣）的古冢（相傳為魏襄〔哀〕王墓），其書追述周穆王西行並面見西王母之事，是中國最赫赫有名和舉足輕重的出土文獻之一。對於《穆天子傳》的著作年代與文獻性質，歷代學者聚訟紛紜，或以為穆王時代的編年記載，或以為後人的追述。及至 20 世紀，學界普遍認為《穆天子傳》是戰國時代的作品，並視其為中國文學裡最早的短篇小說；不過古文字學家也指出，傳文間或可與周穆王時代的青銅器銘文互相印證，最顯著的例子是《穆天子傳》的「毛班」，就是班簋的作器者毛伯班。本文將考察《穆天子傳》提到的幾個名字，諸如井利、祭公、畢矩和逄固，指出他們都出現在新近出土的穆王時期金文，均為穆王朝的重臣。有鑑於此，本文認為《穆天子傳》的文獻源頭可追溯到西周，至於該文獻如何流傳至戰國時代則迄今未明，尚待進一步研究。

關鍵詞：金文　周穆王　《穆天子傳》　清華簡　毛班

　　《穆天子傳》是中國最赫赫有名和舉足輕重的出土文獻之一，記載周穆王（約前 956– 前 918 在位）西行，尤其是其會見西王母之事。公元前三世紀初年，《穆天子傳》與大批竹書文獻一同埋藏於戰國時代魏國境內（今河南省汲縣）一處墓冢之內；此墓相傳為魏襄王（一作魏哀王，前 318– 前 296 在位）之墓，其說尚有爭議。總之，該墓於晉武帝咸寧五年（279）被盜，墓裡的竹簡遭到嚴重破壞，但也有相當一部分經過搶救後送達西晉都城洛陽。晉武帝（265–289 在位）下令秘書監荀勗（？–289）率領文官整理竹書。《穆天子傳》似乎是第一部整理出來的竹書文獻，傳世本附有荀勗作於泰康三年（282）的序，記錄了相關的文本整理工作。

　　《穆天子傳》旋即為當時學者所聞知，如張華（232–300）視之為周穆王時期史料，在所著《博物志》中曾加徵引。隋唐正史的〈藝文志〉、〈經籍志〉均將此書歸入「起居注」，視其為穆王在位時期的實錄。然而隨著清朝乾隆年間疑古思潮的興起，學者們開始質疑此書的史實性，《四庫全書》便將《穆天子傳》收入「小說家類」。《四庫全書簡明目錄》云：

> 所紀周穆王西行之事，為經典所不載，而與《列子·周穆王》篇互相出入，知當時委巷流傳有此雜記。舊史以其編紀日月，皆列「起居注」中，今改隸「小說」以從其實。[1]

1　《四庫全書簡明目錄》（上海：上海古籍出版社，1985 年），下冊，頁 552。

《四庫全書總目》亦大同小異，其提要云：

> 文字既古，訛脫又甚，學者多不究心。「封
> 膜畫於河水之陽」見第二卷，「膜畫」自是人名，
> 「封」者錫以爵邑。張彥遠《歷代名畫記》誤以
> 「畫」為「畫」字，遂誤以「封膜」為畫家之祖。[2]

自《四庫全書》纂修者給予負面評價之後，學者大多認為
《穆天子傳》並不具備史學價值，至多可為戰國時代的文
學和神話研究貢獻一點材料。二十世紀地不愛寶，不少真
正的周穆王時期的青銅器出土，器上銘文往往提到穆王一
朝的大臣，歷史學家對比銘文與《穆天子傳》的內容，發
現其中有些人名相符。最早注意到《穆天子傳》和銘文所
載人名存在關聯的學者大概是于省吾（1896–1984），他
在 1937 年發表的論文〈《穆天子傳》新證〉中特別提到
《穆天子傳》的「井利」：「井利即邢利，金文邢國之邢均
作井。」[3] 關於《穆天子傳》中「命毛班、逢固先至于周」
的記載，于省吾引用了西周班簋（簋字亦作段）銘文中的
幾段文字，指出《穆天子傳》的「毛班」就是班簋的作器
者：「毛伯名班，乃穆王時人。而郭沫若、吳其昌均考定

2　《欽定四庫全書總目》，卷一四二，頁 5b，《景印文淵閣四庫全
　　書》（臺北：臺北商務印書館，1985 年），第 3 冊，頁 993。
3　于省吾：〈《穆天子傳》新證〉，《考古學社社刊》第 6 期（1937
　　年），頁 277。

班殷為成王時器，失之。」[4] 其後，楊樹達（1885–1956）
與唐蘭（1901–1979）先後對班簋作了更為翔實的考證，
並由此論及《穆天子傳》的真偽問題。楊樹達說：

> 《穆天子傳》一書，前人視為小說家言，謂
> 其記載荒誕不可信，今觀其所記人名見於彝器銘
> 文，然則其書固亦有所據依，不盡為子虛烏有虛
> 構之說也。[5]

唐蘭補充道：

> 此書（《穆天子傳》）雖多誇張之語，寫成
> 時代較晚，但除盛姬一卷外，大體上是有歷史根
> 據的，得此簋正可互證。[6]

從以上論斷可見，《穆天子傳》實為史學界一大謎團：一
方面成書時代「較晚」、「記載荒誕不可信」，且「多誇
張之語」；另一方面所載內容並非完全沒有歷史根據。作
為出土文獻，《穆天子傳》的抄寫時代大概不成問題，即
早於竹書入墓之前，約在公元前 300 年或稍早。然而，其

4　同上注，頁 283。

5　楊樹達：〈毛伯班殷跋〉，收入氏著：《積微居金文說》（北京：
　　中華書局，1997 年），頁 104。

6　唐蘭：《西周青銅器銘文分代史徵》（北京：中華書局，1986
　　年），頁 355。

原來撰作的時代和性質尚有待釐清，筆者希望日後能就這些問題作一全面綜合的研究。本文志不在此，只是在于、楊、唐諸先生和其他學者的研究基礎之上，進一步探討《穆天子傳》所見人名與周穆王時期銅器銘文所載名字的關係。

　　認定《穆天子傳》的毛班和班簋的毛公班為一人，大抵已成為目前研究西周金文的學者的共識，似乎毋庸辭費。然而最近又有新的史料發現，可以結合起來考證此一人名。除《穆天子傳》外，毛班或毛公班亦見於其他傳世文獻，但由於文字訛舛或其他因素而無法清楚釋讀。2010 年底，清華大學出土文獻研究與保護中心出版了清華簡第一輯，其中收有《祭公之顧命》一文，相當於傳世文獻中的《逸周書·祭公》。文中不但提供了更多有關毛班的資料，還提到了周穆王的另外兩名大臣。《清華大學藏戰國竹簡（壹）》的整理者對《祭公之顧命》和〈祭公〉作了如下比較：

　　　　本篇是今傳世《逸周書》所收〈祭公〉的祖本，以簡文與今本相互對照，今本的大量訛誤衍脫，都渙然冰釋。至於今本中將邦字除去，或改為國字，顯然是漢人避高祖諱的結果。最重要的是在簡文中發現了當時三公畢䣅、井利、毛班的名號，後兩人見於西周金文，這不僅澄清了今本的訛誤，對西周制度的研究也具有很重要的意義。[7]

7　清華大學出土文獻研究與保護中心編，李學勤主編：《清華大學藏戰國竹簡（壹）》（上海：中西書局，2010 年），下冊，頁 173。

整理者所舉的「三公」例子非常重要。該文簡 9－10 有如下記載：

> 公恵拜＝顗＝曰聳孼∠乃謌釋軀∠莁利毛班曰三公悬父朕疾佳不瘳……[8]

《逸周書·祭公》中有相應的文字：

> 祭公拜手稽首曰允乃詔畢桓于黎民般公曰天子謀父疾維為不瘳[9]

《逸周書·祭公》的歷代讀者都無法明白解讀「畢桓于黎民般」六字，如最早為《逸周書》作注的晉人孔晁（265年在世）如此詮釋這句話：

> 般，樂也。言信如王告，盡治民樂政也。

孔晁似乎以為句中的「畢」是狀語，意為「盡」；「黎」作動詞解，意為「治」，「般」亦訓作動詞「樂」。這只能算是憑空臆測，但按照傳世本的字句確實也很難作出更為合理的解讀。《清華大學藏戰國竹簡》公布之後，我們終於得知這六個字本應寫作「釋軀莁利毛班」，只是在輾轉傳鈔的過程中出現訛誤，尤其是後四字根本無法看出原文

8　同上注，頁 174。
9　同上注，頁 179。

的本來面貌：「㷱」恐怕是先簡寫為「井」，然後又訛為
「于」；「利」被繁化為「黎」；「毛」以形近致訛被誤寫為
「民」；而「班」則假借為「般」。竹簡上「㷱利毛班」四
個字就比較容易理解為兩個人名，正如清華簡整理者所指
出的那樣，「井利」和「毛班」都是穆王時期的重臣，名
字都出現在同一時期的青銅器銘文上。倘若細加閱讀簡本
文字，我們會看到「䍩𤔲」（相當於今本〈祭公〉的「畢
桓」）後面有一標點（乚），指明這兩個字和後面四字應該
分開讀。此外，簡本下一句話又提到「三公」，足證「䍩
𤔲」就是穆王的另一位大臣畢桓。這三個名字很可能都出
現在穆王時期金文，以下我將作更詳細的考證。

由於《逸周書・祭公》在流傳過程中魯魚亥豕，穆
王時代的大臣毛班的名字從此在歷史舞臺上消失，直至
于省吾把《穆天子傳》和班簋聯繫起來才使其見知於後
世；如今在《祭公之顧命》中又一次看到這個名字。同
一文本中「毛班」與「㷱利」連稱，正如清華簡整理者
所指出，二人同樣「見於西周金文」。其實早有學者注意
到「井利」與《穆天子傳》的關聯，第一位當推陳夢家
（1911–1996）。在新編《西周銅器斷代》關於利鼎的部分
（第 107 號銅器）中，陳先生說：「作器者利或以為即《穆
天子傳》之井利，尚待考證。」[10] 利鼎（《集成》2804）現
藏於首都師範大學歷史博物館，銘文曰：

---

10 陳夢家著，中國社會科學院考古研究所編輯：《西周銅器斷代》
（北京：中華書局，2004 年），上冊，頁 149。

唯王九月丁亥，王客于般宮。井白內右利，立中廷北鄉。王乎乍命內史冊命利，曰：「易女赤⊘市、繺旂，用事。」利拜頴首，對揚天子不顯皇休，用作朕文考沘白障鼎，利其萬年子孫永寶用。

圖 1　利鼎

銘文提到井白為「右者」，因西周中期朝廷有一位顯要大臣也名為「井伯」，所以學者多以為此器作於其時。然而，利鼎的器形屬於西周晚期典型形制（見圖 1），因此作器年代不太可能早到穆王一朝。[11]

李學勤其後發表了專文〈穆公簋蓋在青銅器分期上的意義〉，對這個問題有更為深

11　圖片擷取自〈首都師範大學歷史博物館免費開放周〉，2007 年 12 月 3 日。下載自歷史的星空，檢視日期：2017 年 6 月 1 日。網址：http://gao57527.blog.163.com/blog/static/85796820071137 1438943。圖片比較晚近才公布，此前的青銅器專著大都將此器定為西周中期器物，如中國社會科學院考古研究所編：《殷周金文集成釋文》（香港：香港中文大學中國文化研究所，2001 年），2804 號銘文定為「西周中期」；馬承源主編：《商周青銅器銘文選（一）》（北京：文物出版社，1986 年），200 號銘文定為「恭王銅器」。

入的認識。他在文中首先把穆公
簋蓋（《集成》4191）銘文中原
本不確定的一個字隸定為「利」
（全句謂：「王乎宰利易穆公貝
廿朋」，見圖2），接著作出以
下詳盡的討論：

圖2　穆公簋蓋銘文拓本

　　西晉時發現的汲塚竹書，傳本有《穆天子
傳》（包括《晉書·束皙傳》所言《周穆王美人
盛姬死事》）。《穆傳》內人物有毛班、井利、
逢固、高奔戎等多人。毛班是歷史實有的人，已
為穆王時青銅器班簋證實，可見《穆傳》雖有神
話色彩，並不是純屬子虛。井利也是穆王朝中重
臣。據《穆天子傳》，穆王遊行，曾命他和梁固
「畫將六師」。

　　以《穆天子傳》卷六與《周禮》對照，可
知井利的官職是宰。《周禮》有大宰、小宰、宰
夫，在其他文獻裡均可單稱為宰。〈宰夫〉職
云：「凡邦之弔事，掌其戒令與其幣器財用，凡
所共者。大喪、小喪，掌小官之戒令，帥執事
而治之。三公六卿之喪，與職喪帥官有司而治
之。」鄭玄注：「大喪，王、后、世子也。小喪，
夫人以下。小官，士也，其大官則冢宰掌其戒
令。」《穆傳》卷六所記，是周穆王的妃嬪，隨

穆王出狩，遇風寒而死，舉行喪祭時，由王子伊
扈（後來的恭王）為喪主，王女叔娷為女主。畢
哭後，「喪主伊扈哭出造舍，父兄宗姓及在位者
從之。佐者哭，且徹饋及壺鼎俎豆。眾宮人各□
其職，皆哭而出。井利□事，後出而收。」郭璞
注：「井利所以獨後出者，典喪祭器物，收斂之
也。或曰，井利稽慢出不及輩，故收縛之。」下
葬，穆王命「視皇后之葬法」，「曰喪之先後及
哭踊者之間，畢有鐘、旗、□百物喪器，井利典
之。」穆王以下都有所贈，「井利乃藏」，即將
贈器藏入墓所。這些記載說明，在喪禮中井利職
司戒令，率領有司，並掌管器物材用，正同宰夫
的職責符合。因此，穆公簋銘裡的宰利，很可能
便是文獻中的井利。[12]

李學勤教授的討論非常有見地。穆公簋蓋是周穆王時代器
物無疑，假如銘文確實提到井利為「宰」的話，將會是非
常重要的史料。不過這一說法未必確鑿無疑，首先銘文未
曾給出這位宰的族名（如「井」），更甚者，被隸定為「利」
的字也不無可疑之處。[13] 因此此論儘管非常有創見，卻未
能完全令人信服。然而他在文中提到的師遽方彝（《集成》

---

12 李學勤：〈穆公簋蓋在青銅器分期上的意義〉，《文博》1984 年
　　第 2 期，頁 7；經修訂後收入氏著：《新出青銅器研究》（北京：
　　文物出版社，1990 年），頁 70–71。

13 雖然不無疑義，《殷周金文集成釋文》也將該字隸定為「利」，
　　見 4191 號銘文釋文。

9897）銘文則確實載有「宰利」二字，字形也沒有任何問題。銘文謂：

> 隹正月既生霸丁酉，王才周康寢，鄉醴。師遽蔑曆，蒈。王乎宰利易師遽琱珤圭一、環章四，師遽拜頴首，敢對揚天子不顯休，用乍文且它公寶障彝，用匂萬年無彊，百世孫子永寶。

「利」儘管仍舊是名字，亦無法確定他屬於哪一宗族，但因為此器肯定鑄造於穆王時期，且當為其在位初年的作器，所以正如李學勤教授所主張，「宰利」很有可能就是《穆天子傳》的「井利」。

因此《祭公之顧命》提到的三個人名中，至少「菳利」和「毛班」已如清華簡整理者所言「見於西周金文」。雖然《祭公之顧命》首先列出的人名「糧𤉫」無法在西周金文中得到印證，但很可能也見於《穆天子傳》。該書卷四有以下一段文字：

> 己巳，至于文山，西膜之所謂囗，觴天子于文山。西膜之人乃獻食馬三百、牛羊二千、穄米千車，天子使畢矩受之，曰：囗天子三日遊于文山。於是取采石。[14]

---

14 郭璞注，洪頤烜校：《穆天子傳》，卷四，頁 2a，收入宋志英、晁岳佩選編：《〈穆天子傳〉研究文獻輯刊》（北京：圖家圖書館出版社，2014 年，據清嘉慶間蘭陵孫氏刻《平津館叢書》本影印），第 1 冊，頁 69。（以下只引原書卷數及頁面）

清華簡《祭公之顧命》文本中的「羅鉅」與此處的「畢矩」可能指同一人。可見整理者案語稱「《穆傳》又有畢矩，不知是否與此畢鉅有關」，是相當矜慎的。[15]「羅」右下部分是「畢」，應該是這個字的核心字符，而其他部件僅僅起繁化或修飾功用。「畢」是西周時期重要的氏族，常見於同代的金文。僅以西周中期青銅器為例，畢氏見於倗仲鼎（《集成》2462：「畢媿」）、畢鮮簋（《集成》4061：「畢鮮」）、《段簋》（《集成》4208：「畢中」）、《朢簋》（《集成》4272：「畢王家」）和《永盂》（《集成》10322：「畢人師同」）。顯然畢氏和周王朝有相當親密的關係。此外，「鉅」和「矩」也可能是同一古字的不同寫法。儘管「鉅」字之「鳥」旁和「矩」字之「矢」旁似乎大相逕庭，但此字在今本〈祭公〉中作「桓」，從「木」和從「矢」的分別便不那麼大了。[16] 至於「亘」旁和「巨」旁，兩者字形十分相似，它們如果不是同一古字的不同寫法，就有可能是後人傳寫之訛。[17]

　　除了上述三個名字外，〈祭公〉篇還對《穆天子傳》所載穆王重臣提供了一條極為重要的信息，尤其有助於瞭解他們與穆王時期銅器的關係。然而再次由於文本流傳和銘文釋讀的問題，注家長久以來忽視了這一信息，即《祭

---

15 李學勤主編：《清華大學藏戰國竹簡（壹）》，下冊，頁 177 注 23。

16 例子見何琳儀：《戰國古文字典 —— 戰國文字聲系》（北京：中華書局，1998 年），頁 1217。

17 同上注，頁 1051、459。

公之顧命》的主人祭公謀父。其實祭公謀父亦數見於《穆天子傳》，儘管他的氏被寫成「郲」而非「祭」，也沒有提及他的名字，可是最早為《穆天子傳》作注的郭璞已指出「郲父，郲公謀父，作〈祈招〉之詩者」。[18] 祭公謀父一名亦因見於《左傳》和《國語》等文獻而為人所熟知。如《左傳》昭公十二年云：「昔穆王欲肆其心，周行天下，將皆必有車轍馬跡焉，祭公謀父作〈祈招〉之詩以止王心」；僖公二十年又言：「祭，周公之允也」，而隱公元年「祭伯來」下杜預注云：「祭伯，諸侯為王卿士者。祭國，伯爵也。」清人雷學淇注釋《竹書紀年》時引用此條杜注後云：「《（後）漢書・郡國志》『中牟』有『蔡亭』，即祭伯國，在今鄭州東北十五里，蓋圻內之國也。」[19] 再者，與《穆天子傳》一同出土的《竹書紀年》不但有祭公謀父的記載，還提及一位周昭王時期的前朝大臣「祭公辛伯」。《竹書紀年》昭王十九年春下載有「祭公辛伯從王伐楚」，雷學淇注云：「此祭公即伯禽之弟，故公與王俱沒于漢（引者按：指二人俱於漢水溺斃）。其子謀父，穆王呼之為祖蔡公。」[20]

　　這些史料都說明祭公是穆王朝中重臣無疑，然而長久以來祭氏一直未見於西周時代的青銅器銘文。直至 1998 年郭店楚簡公布後，才得見簡本〈緇衣〉引用了《祭公之

18　《穆天子傳》卷一，頁 2b。按〈祈招〉為逸《詩》。

19　雷學淇：《竹書紀年義證》，卷二十，頁 53b（臺北：藝文印書館，1971 年，據清嘉慶十五年〔1810〕序刊本影印），頁 308。

20　同上注。

顧命》（即《逸周書‧祭公》）的文句：

> 🐾公之勇（顧）命員：「毋以少悔敗大惜，毋以卑御息妝句，毋以卑士息大夫、卿事。」[21]

郭店楚簡〈緇衣〉公布後，李學勤隨即發表了〈釋郭店簡祭公之顧命〉一文，提出簡文的「🐾」字應該就是「祭」字。[22]不但如此，李先生還把這個字和西周銅器銘文的「🐾」字聯繫起來。該字見於厚趠方鼎（《集成》2730）和窖鼎（《集成》2740）銘文，過去多隸定為「溓」，但李先生的新釋可以說精確不移。二鼎的銘文如下：

厚趠方鼎

> 隹王來各于成周年，厚趠又償于🐾公。趠用乍氒文考父辛寶障鷪，其子子孫永寶。東。

窖鼎

> 隹王伐東尸，🐾公令窖眔史旟曰：㠯師氏眔有嗣、後或𢔕伐我貊。窖孚貝，窖用乍餐公寶障鼎。

21　荊門市博物館編：《郭店楚墓竹簡》（北京：文物出版社，1998年），頁18（圖版）、130（釋文），簡22。

22　李學勤：〈釋郭店簡祭公之顧命〉，《文物》1998年第7期（總506期），頁44–45；又載《郭店楚簡研究》（《中國哲學》第二十輯）（瀋陽：遼寧教育出版社，1999年），頁335–338。

這兩件銅器似應定為康、昭時期之物，從 ![字] 鼎銘文看「![字] 公」是周軍將帥，和《竹書紀年》稱祭公辛伯為周昭王征楚時副帥一致，可見「![字] 公」很可能就是祭公辛伯。這兩段金文當然不能算作穆王時期祭公謀父的直接證據，但既然祭公謀父與此只相差一代，至少可以引為旁證，證明《穆天子傳》所載之名確為穆王朝中舉足輕重的人物。

上文討論《穆天子傳》所記人物都可見徵於西周青銅器銘文，這點大概沒有多少疑問。除了這些王公大臣之外，「逢固」一名也在《穆天子傳》裡數次出現，有時或作「逢公」。李學勤教授在上引〈穆公簋蓋在青銅器分期上的意義〉一文已提及此人。以下是《穆天子傳》的相關記載：

> 辛巳，入于曹奴之人戲，觴天子于洋水之上，乃獻食馬九百、牛羊七千、穄米百車。天子使逢固受之。[23]

> 丙寅，天子至于鈃山之隊，東升于三道之隥，乃宿于二邊，命毛班、逢固先至于周，以待天子之命。[24]

> 天子筮獵苹澤，其卦遇訟☰☰。逢公占之，曰：訟之繇，藪澤蒼蒼，其中□，宜其正公。戎事則從，祭祀則憙，畋獵則獲。□飲逢公酒，賜

---

23 《穆天子傳》卷二，頁 4a–b。
24 同上注，卷四，頁 4b。

之駿馬十六，絺紵三十篋。逢公再拜稽首。[25]

　　儘管證據並非確鑿無疑，但這位「逢固」可能也見於穆王
時期金文。上海博物館藏有一件銅器，陳佩芬將器名定作
夆莫父卣（《集成》5245），並斷代為「西周中期」。[26] 這
件器物最明顯特點是「蓋面和腹部滿飾回顧式大鳳紋」（見
圖 3）。她指出「這類鳳紋圖案，主要屬於西周穆王和恭
王時期，此卣也當屬於這一時期，約在西周中期之初」，[27]
所言大致不差，但我不認同這種紋飾「主要屬於西周穆王
和恭王時期」，反而認為是穆王時期獨有的特徵，甚至可
以精確斷代為穆王初年（這點跟陳女士說「約在西周中期
之初」相符）。

圖 3　夆莫父卣

　　這件夆莫父卣至少可以說明有一個「夆」氏（亦即「逢」
之初文）貴族活躍於穆王時期。再進一步推測（或許只是

25　同上注，卷五，頁 5a–b。

26　陳佩芬：《夏商周青銅器研究：上海博物館藏品》（上海：上海
　　古籍出版社，2004 年），〈西周篇下〉，頁 370–371。

27　同上注。

猜想）:《穆天子傳》中「逢固」的「固」是否即此器作器者「昔」之誤?「昔」和「固」的字形固然差很遠,但「固」有可能是「古」字的繁化,而「古」和「昔」不無相似之處。假如「昔」和「固」不是同一個古字的兩種寫法,也有可能是在《穆天子傳》輾轉傳抄的過程中出現的訛誤。

　　這當然僅限於猜想。不過在本文結束前,我想再舉一些新出土的確鑿證據。2004 至 2005 年,考古學家在山西絳縣橫北村發掘了一個大型墓地。[28] 在其中兩處編號為 M1 和 M2 的墓地裡出土了幾件帶銘文的倗伯作器,其中下列三件青銅器的銘文較有代表性:

倗伯作畢姬鼎（M2: 57）

倗伯作畢姬障鼎,其萬年寶。

倗伯鼎（M2: 103）

隹五月初吉,倗伯肇作寶鼎,其用享考于朕文考,其萬年永用。

倗伯偶簋（M1: 205）

隹廿又三年初吉戊戌,益公蔑倗伯偶曆。右告令金車旂。偶拜手稽首,對揚公休,用作朕考寶障。偶其萬年永寶用享。

28　山西省考古研究所、運城市文物工作站、絳縣文化局:〈山西絳縣橫水西周墓發掘簡報〉,《文物》2006 年第 8 期,頁 4–18。

雖然最初的考古報告說這個「倗（國）」未見於傳世文獻，但李學勤教授隨即指出此名應與《穆天子傳》的地名「䣙」對應。[29]《穆天子傳》卷一即曰：

> 辛丑，天子西征至于䣙人。河宗之子孫䣙柏絮且逆天子于智之口，先豹皮十、良馬二六。天子使井利受之。癸酉，天子舍于漆澤，乃西釣于河，以觀口智之口。……天子飲于河水之阿。天子屬六師之人于䣙邦之南、滲澤之上。[30]

這段文字緊接在「天子北征乃絕漳水」、「至于鈃山之下」、「天子西征乃絕隃之關隥」等幾條紀錄之後。李教授據此認為《穆天子傳》的「䣙」，應該就是絳縣出土銅器銘文提到的倗國。從倗伯作畢姬鼎的銘文可知，倗伯和姬姓的畢氏聯姻，而透過倗伯偁簋（上述器物中的最後一件），我們知道倗伯偁獲得周朝重臣益公的賞賜，這與《穆天子傳》中有關倗的敘述一致，由此看來《穆天子傳》不太可能完全出自杜撰。

本文開篇曾說《穆天子傳》是史學一大謎團：一方面它「荒誕不可信」，且「多誇張之語」，像是作於戰國時代的傳奇小說；但另一方面，它所載的內容又並非完全沒有史實根據。通過比較《穆天子傳》出現的幾個人名和

---

29 李學勤：〈絳縣橫北村大墓與倗國〉，《中國文物報》2005 年 12 月 30 日，第 7 版。

30 《穆天子傳》卷一，頁 2a–b。

周穆王時期金文中朝廷重臣的名字，我們發現不僅毛班的名字同時見載於傳世典籍和出土文獻，此外至少還有三、四個名字也並見於兩者。一個大臣的傳說流傳六、七個世紀或許沒有甚麼不可能，但經過這樣漫長的歲月人們還能同時記住這樣四、五個大臣姓名，實在有點匪夷所思。從中似乎只能推出一個結論，即《穆天子傳》的核心文本可以追溯到西周文獻。至於這個核心文本原來究竟是甚麼形態，以及如何流傳到戰國時代，這些重大的問題尚有待進一步的研究。

饒宗頤國學院院刊　增刊
2018 年 9 月
頁 21–48

兩周青銅器作坊與設計及紋飾之創新

杜德蘭（**Alain THOTE**）
法國高等研究實踐學院

伍煥堅譯，朱銘堅校

　　本文旨在解決兩周鑄銅作坊、青銅器設計者和藝術創作等方面的問題。首先簡介鑄銅遺址遺物和青銅器作坊的分布地點。戰國以前，作坊聚集在王宮附近，主要為朝廷服務；踏入戰國時代作坊規模不斷擴大，與「市場」的早期發展密切相關，反映其時主顧的影響力已今非昔比。我們通過斷代，可以看出周代禮器的藝術演變過程十分緩慢。本文將審視背後的主要因素，嘗試解釋兩周青銅禮器的造型藝術何以不常出現重大的變化。在發展過程中，像鼎和簋這兩種最能代表主人身分的青銅禮器甚少偏離傳統的形制，偏偏刻有銘文的器數量卻比其他器型為多。與此相反，從晚商開始在鑄作藝術上最新穎多變的禮器基本屬於盛水器一類，觥和盉即為顯例。青銅器之間無疑存在等級之分，而等級的高低體現在數量的多寡（當同為列鼎時）、是否帶有銘文，或是通過對比紋飾的質樸性、原創性以至奇特性（如盛水器）。假如說鼎、簋等禮器是用來

宣示身分或等級，那麼用來炫耀財富時，觥、盉之類盛水器似乎更能得到主顧的垂青。本文指出某些青銅器品種較其他器型更能激發藝術創新。文末試圖鈎沉一個特別具創意的作坊，通過指出其獨特的紋樣和裝飾技術，嘗試揭示個別銅器設計者以至作坊的烙印。

關鍵詞：周代　青銅器　鑄銅技術　紋飾　裝飾工藝

　　本文旨在解決鑄銅遺址（foundry）、青銅器設計者和藝術創作等方面的問題。[1] 青銅器鑄作是早期中國的主要藝術活動之一，不少學者以商周青銅器為研究題目，就器物斷代（包括遠古時期）、形制、宗教和禮儀用途、紋飾及圖案、銘文、風格、地方特色、合金成分、原材料、鑄造和裝飾工藝等多個方面作了大量考證。[2] 有學者更將專題

---

[1]　我想借此向三位匿名評審人致以謝忱，他們的意見對筆者非常有幫助。此外，紐約大學美術學院艾爾薩梅隆布魯斯（Ailsa Mellon Bruce）講座教授喬迅（Jonathan Hay）潤色了我的英語，並給予寶貴意見，謹此致謝。

[2]　自從容庚、郭寶鈞和林巳奈夫等學者篳路藍縷，對於青銅器各方面的研究已累積了非常豐碩的研究成果。具開創之功的研究包括容庚：《商周彝器通考》（北平：哈佛燕京學社，1941 年）；容庚、張維持：《殷周青銅器通論》（北京：科學出版社，1958 年）；郭寶鈞：《商周銅器群綜合研究》（北京：文物出版社，1981 年）；林巳奈夫：《殷周時代青銅器の研究》（東京：吉川弘文館，1984 年）；林巳奈夫：《殷周時代青銅器紋樣の研究》（東京：吉川弘文館，1986 年），以及林巳奈夫：《春秋戰國時代青銅器の研究：殷周青銅器綜覽三》（東京：吉川弘文館，1989 年）。較近期的研究成果可舉出貝格立（Robert W. Bagley）、傑西卡・羅森（Jessica Rawson）和蘇芳淑（Jenny So）為賽克勒（Arthur M. Sackler）舊藏青銅器編纂的圖錄，分別見 Robert W. Bagley, *Shang Ritual Bronzes in the Arthur M. Sackler Collections* (Washington D.C.: Arthur M. Sackler Foundation, 1987)；Jessica Rawson, *Western Zhou Ritual Bronzes from the Arthur M. Sackler Collections* (Washington D.C.: Arthur M. Sackler Foundation, 1990)；Jenny So, *Eastern Zhou Ritual Bronzes from the Arthur M. Sackler Collections* (New York: Arthur M. Sackler Foundation, 1995)。綜合性研究方面，英文著作首推 Wen Fong 方聞, ed., *The Great Bronze Age of China: An Exhibition from the People's Republic of China* (New York: Metropolitan Museum of Art, 1980)，中文著作則可舉出馬承源：《中國青銅器研究》（上海：上海古籍出版社，2002 年），及朱鳳瀚：《中國青銅器綜論》（上海：上海古籍出版社，2009 年）。

兩周青銅器作坊與設計及紋飾之創新

研究進一步收窄到特定的時期[3]或個別的問題。[4]不過學者一般未暇注意青銅器設計者和作坊，唯一例外的是貝格立（Robert W. Bagley），他對作坊的工作組織非常感興趣，並作出令人讚嘆的成果，其中以侯馬青銅器紋飾技術研究為代表。[5]到了秦漢時代，豐富的傳世文獻和文物上的銘文資料，都有助深入研究公營和私營生產模式。[6]相比之下，本文要探討的兩周時期主要研究資料都來自青銅器本身和少量的鑄銅遺址。

鑄銅遺址遺物及作坊地點

陶模（clay model）和陶範（clay mold）的發現相當重要，能讓考古學家確定商周青銅器作坊的位置。山西

3　譬如王世民、陳公柔、張長壽：《西周青銅器分期斷代研究》（北京：文物出版社，1999 年），便取法自林巳奈夫的開創性研究。

4　具體研究多不勝數，往往著眼於地域性風格或某一種特定器形。

5　Robert W. Bagley 貝格立，"Replication Techniques in Eastern Zhou Bronze Casting," in *History from Things: Essays on Materials Culture,* eds. Steven Lubar and W. David Kingery (Washington D.C.: Smithsonian Institution Press, 1993), 231–41; Bagley, "What the Bronzes from Hunyuan Tell Us about the Foundry at Houma," *Orientations* 1995.01: 46–54（中譯本見許杰譯：〈從渾源銅器看侯馬鑄銅作坊〉，《文物保護與考古科學》10.1〔1998 年第 1 期〕，頁 23–29）; Bagley, "Debris from the Houma Foundry," *Orientations* 1996.10: 50–58.

6　以李安敦（Anthony J. Barbieri-Low）的研究最具代表性，見 Barbieri-Low, *Artisans in Early Imperial China* (Seattle: University of Washington Press, 2007)。

南部侯馬市（古稱新田）的考古發現尤其重要，1957 至 1965 年間曾出土數千塊模範殘片。侯馬正是公元前六至五世紀晉國故都，這次發現不但讓我們知道製作當時流行青銅器款式的作坊所在何處，還展現了作坊的生產規模、器物類型，以及當地鑄器者創造的一系列紋樣（圖 1）。[7]

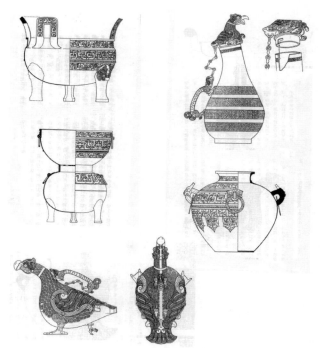

圖 1　山西太原金勝村 M251 晉國趙卿墓出土侯馬鑄銅作坊製品（春秋晚期，前五世紀）

兩周青銅器作坊與設計及紋飾之創新

7　山西省考古研究所編：《侯馬鑄銅遺址》（北京：文物出版社，1993 年），及山西省考古研究所編（貝格立序）：《侯馬陶範藝術》（*Art of the Houma Foundry*）（新澤西州普林斯頓：普林斯頓大學出版社，1996 年）。

再者，通過仔細比較侯馬出土模範與博物館藏實物的造型
風格，貝格立成功重構該所作坊的製範工序。從山西、河
南、河北、陝西等地發現的青銅器中辨別出侯馬作坊的製
品，可以得知侯馬銅器曾在古時晉國境內外廣泛流傳。近
年的考古發現進一步確定更早期作坊的位置，如安陽孝民
屯東南地及周原扶風李家（圖 2）。[8] 通過安陽的發現，過

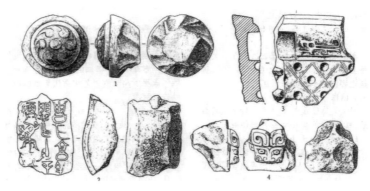

圖 2　河南安陽孝民屯出土陶範（晚商，前十一世紀）

<hr />

8　關於安陽鑄銅作坊，見李永迪、岳占偉、劉煜：〈從孝民屯東南
地出土陶範談對殷墟青銅器的幾點新認識〉，《考古》2007 年
第 3 期，頁 52–63；及 Li Yung-ti 李永迪，"The Anyang Bronze
Foundries: Archaeological Remains, Casting Technology, and
Production Organization" (Ph.D. diss., Harvard University,
2003)。關於周原作坊，見周原考古隊：〈2003 年秋周原遺址
（Ⅳ B2 區與Ⅳ B3 區）的發掘〉，《古代文明》第 3 卷（北京：
文物出版社，2004 年），頁 436–490；另參宋江寧：〈周原莊李
鑄銅遺址陶範的考古學觀察〉，載陳建立、劉煜主編：《商周青
銅器的陶範鑄造技術研究》（北京：文物出版社，2011 年），頁
162–172。

往被定為西周早期的銅器可能要把製作年代推前前晚商。至於年代晚於侯馬的作坊,可以 1998 至 1999 年間在西安北郊北康村秦墓為代表,其中在 M34 墓葬發現來自同一作坊的 25 件陶模和合範,相信是前三世紀後期的產物(圖 3)。這些器物揭示了秦國國都的銅器(或金器)製作主要面向兩類客戶,一類是華夏民族,一類是活躍於秦國以西的遊牧或半遊牧民族,從而解釋某些陶模上為何能生動地刻劃出草原動物的形象。[9]

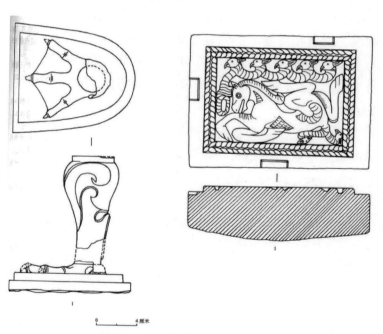

0 ____ 4 厘米

圖 3 西安北郊北康村 M34 秦墓出土陶模和合範(戰國晚期,前三世紀)

---

9 陝西省考古研究所編著:《西安北郊秦墓》(西安:三秦出版社,2006 年),頁 120 起。

從以上四例可見，晚商、西周、春秋和戰國時代的作坊已能從考古發現中一一識別；不過遺址散布各地，加上時間跨度極長，其間青銅器製作的物質和人為條件已經歷巨變。前三者年湮代遠，只知道專為少數主顧作器，而且完全受朝廷監管。較早的作坊可能位於王宮附近，主要為朝廷服務。不過前述西安北郊秦墓貯存了一批陶模，墓主相信是一位青銅器作坊工頭，他所屬的私人作坊即便受到秦國監管，但經營業務仍以商貿為主。雖然這一個案未能找到國家管制的痕跡，但從現存的秦國器物（包括青銅器、陶器和漆器）都刻有工匠名字以供追究，可見當時的工藝品大都受秦國官員監管。這亦與湖北雲夢睡虎地11號秦墓發現的秦簡中，有關工匠製作法規的法律文書記載相符。[10]

主顧、設計者和工匠之間關係的變化，或可視為瞭解兩周青銅器藝術演變的關鍵。尤其當比較侯馬鑄銅作坊與此前作坊的規模時，便會發現生產製作不得不急速擴張，

---

10 與製品質量相干的法律與規章，見 A.F.P. Hulsewé 何四維, *Remnants of Ch'in Law: An Annotated Translation of the Ch'in Legal and Administrative Rules of the 3rd Century B.C., Discovered in Yün-meng Prefecture, Hu-pei Province, in 1975* (Leiden: E.J. Brill, 1985)。與作坊相關的秦器銘文，見角谷定俊：〈秦における青銅工業の一考察 —— 工官を中心に〉，《駿臺史學》第 55 號（1982 年）：頁 52–86；與銘刻技術相關的銘文，則見 Xiuzhen Janice Li 李秀珍, Marcos Martinón-Torres, Nigel D. Meeks, Yin Xia 夏寅 and Kun Zhao 趙昆, "Inscriptions, Filing, Grinding and Polishing Marks on the Bronze Weapons from the Qin Terracotta Army in China," *Journal of Archaeological Science* 38.3 (2011): 492–501。

以滿足大幅增加的顧客群。侯馬銅器的鑄作風格相當一致，而且產量極大，這從數平方公里的範圍內找到合共近3萬件模範殘塊可以看出。鑄銅遺址內的作坊亦頗為專門化，各自製作不同類型的青銅器。再者，從山西、陝西、河南、河北等地發現了紋飾相類的銅器，可見與從前的作坊位於王宮周邊並主要為朝廷服務相比，主顧的影響力已今不如昔。另一方面，列國之間的競爭與區域文化的互動也會刺激藝術風格的演變，像一些侯馬銅器除了常見的平面交錯紋飾，更有蝌蚪紋、螺旋紋、卷草紋等不同深淺的高浮雕，應是侯馬作坊直接、間接從楚國銅器取法。有些交錯紋飾隱沒於卷草紋之下，呈現出立體的螺旋細節，但基本紋樣仍然可以一眼看出是侯馬鑄工的獨創風格。[11]

　　現時對侯馬風格的起源已有相當瞭解。傳統的交龍紋和水平展開的帶狀紋，是西周晚期兩種主要青銅器裝飾風格；侯馬鑄工則在此基礎上添加了兩項主要元素，其一是把饕餮紋復興，其二是借用草原遊牧民族藝術的外來主題，加以重新演繹。[12] 饕餮等獨特紋飾納入了侯馬作坊的紋樣庫，顯然對整體製作有強烈影響，不過我們無法證明這些紋飾最初是如何被引入，又何以能激發藝術創新、對設計過程起了如此重大的影響。究竟誘因是來自公元前五世紀初、訂製首批新式饕餮紋青銅器（這批銅器對饕餮紋

兩周青銅器作坊與設計及紋飾之創新

11　如侯馬作坊的實例，可參閱陝西省考古研究所：《侯馬陶範藝術》，陶模見圖 412、414、421；陶範見圖 424、434、654、670、671。

12　Bagley, "Debris from the Houma Foundry," 55–57.

的復興起著重要作用）的主顧，抑或源自設計者的藝術創作，我們實在不得而知。

傳統在禮器藝術創作中的分量

在上古中國，祖先崇拜是貴族社會的支柱，而青銅器則在這種崇拜裡扮演主要角色。由於擁有禮器對於當時的社會精英來說至為重要，所以鑄作青銅器是權力的象徵，並主宰了隨後數世紀普遍的藝術創作。藝術史家為青銅藝術發展斷代時，習慣將周朝的三個時代，即西周、春秋和戰國時代，再細分為早、中、晚三期，每期長約一百年。然而，即使將每期進一步細分為兩個階段，每個階段約五十年的（大約是兩位西周天子在位的年數），[13] 似仍嫌太長，因為按照這樣的劃分，一個階段相當於前後兩代工匠活躍的時間，一代人大約工作二十五年。這種斷代方法有一個前設，即子承父業時一律會墨守家法，製作出與父輩大致相同的銅器，代代如此，只是造型和裝飾風格上細節有所不同。跟當今西方學界研究公元前八至三世紀古希臘陶瓶的仔細斷代相比，這種相對粗疏的分期明顯瞠乎其後。古希臘專家甚至可以根據陶瓶的外形、繪畫技法（如

---

13 陳公柔和張長壽提出了一個頗有趣的斷代方案，即根據青銅器上的鳥紋圖案將西周諸王劃分為四期：殷末周初、成康時期（約前 1042– 前 978）、昭穆時期（約前 977– 前 918）與恭懿以後（前 917– 前 873）。見陳公柔、張長壽：〈殷周青銅容器上鳥紋的斷代研究〉，載《西周青銅器分期斷代研究》，頁 194–215。

黑繪和紅繪之別）、人像造型和流派作風，確定藝術家的
名字或個人風格。[14] 即使是以前人作品為模本，絕大多數
的陶瓶仍可準確斷定年份（如作於前 470 年左右），或按
四份一世紀斷代（如公元前 375 至 350 年）。然而兩周銅
器的分期則無法達到如此精確的程度。

　　雖然難以衡量（本文其中一位評審人甚至認為不大需
要衡量）兩周銅器變化的遲速，但似乎青銅器工藝主要以
複製為主，只在利用或重用固有意象和公式之類時稍加改
變。不論何種形狀和紋飾，青銅禮器在工藝演變過程中所
受的限制至少可以四點因素解釋：

　　1. 一組青銅器往往由盛物的器皿組成，而每件器在祭
祀和儀式上都有明確的功能，如烹煮祭品、擺放與用來享
用酒菜、盛載酒水、盥洗等。[15] 由於器皿的功能決定了外
形，當功能和儀式沒有改變時，便沒有特定理由創造新的
器型。即使藝術家重新設計器型，他們的作品也遇到很多
掣肘。

　　2. 除了器型發展緩滯，還有一個原因可以解釋何以大
量器皿的紋飾千篇一律。禮器組合包含方壺等成對的器，
以及列鼎之類形制相同的系列器皿，因應主人地位的高低
而有不同規格，最多可以享用「九鼎」（有時由大至小）

14　Tom Rasmussen and Nigel Spivey, eds., *Looking at Greek Vases*
　　(Cambridge: Cambridge University Press, 1991).

15　更全面的器型分類研究，見朱鳳瀚：《中國青銅器綜論》，頁
　　77–324。

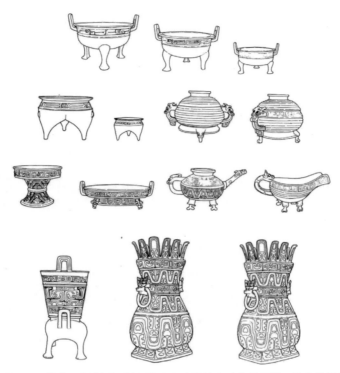

圖 4　湖北京山縣宋河區曾國墓出土禮器組合（春秋早期，前八世紀）

「八簋」（形狀大小相同）之禮（圖 4）。[16] 鑄造出一系列標準化的同款器皿，跟講求獨一無二的工藝品相比只能算是

16　俞偉超、高明：〈周代用鼎制度研究〉，連載於《北京大學學報（哲學社會科學版）》1978 年第 1 期，頁 84–98；1978 年第 2 期，頁 84–97；1979 年第 1 期，頁 83–96；後收入俞偉超：《先秦兩漢考古學論集》（北京：文物出版社，1985 年），頁 62–114。Lothar von Falkenhausen 羅泰 , *Chinese Society in the Age of Confucius (1000–250 BC): The Archaeological Evidence* (Los Angeles: Cotsen Institute of Archaeology, University of California, 2006), 49–50。

複製品。[17] 因此在上古中國的青銅器鑄造工藝中,早已有製作複製品(尺寸可大可小、或同或異)的傳統;[18] 由此看來,仿製就是青銅器製作的主要法則。

　　3. 禮器組合的使用是嚴格按照社會階級來劃分,在等級森嚴的金字塔式架構裡,天子居上,下層貴族在下,其餘王公大臣則介於兩者之間。這個規矩大抵嚴格執行,不過除了身分地位外,其他一些特定因素亦會起著作用,如貴族的個人聲望或歷史重大事件(譬如戰利品或會加進禮器組合)。西周時期,皇家作坊對器型在周朝境內的普及起著主導作用。王畿內鑄銅作坊鑄製的青銅器,無論是器形或紋飾都成了標準,諸侯國亦步亦趨,在領地內仿製同款器皿。可是西周青銅器的生產地依然難以確定,因為即使器上銘文帶有鎬京以外作器者的名字,這些銅器仍有可能在王畿鑄造,不一定就製於作器者的封地內。其中一種可能是當銘文記載天子賞賜某人銅材時,意味著受賜者也獲准進入皇家作坊,鑄作尊奉祖宗的禮器,不過這僅僅是筆者的假設,尚待進一步研究。直至前 771 年發生了犬戎之禍等一連串戲劇性事件,周室才不得不逃出宗周之地,自此離王畿不遠的諸侯國各自發展出有地域特色

兩周青銅器作坊與設計及紋飾之創新

17　這裡拿複製品與獨一無二的作品作比較並沒有貶義。在上古時期,著名的藝術作品在誕生後會被多次複製,即使人們明知道是複製品,但對其欣賞的程度幾乎不亞於原作。

18　在安陽,製作一系列相同或近乎相同器皿的技術業已成熟,婦好墓(約前 1200 年)可以為證。以隨葬的飲酒器為例,單是「觚」便有 6 種 53 件,數量驚人,其中 22 件是專為婦好鑄造。

的傳統，而王家器型對地方銅器鑄造的影響力也隨之衰
減。

4. 還有一個不可小覷的因素，有助解釋為何兩周青銅
禮器的藝術發展過程中不常出現重大的變化。訂製禮器組
合的作器者與負責製作器物的設計者和作坊之間的關係，
雖然至今還未完全瞭然，但作器者對激發或局限藝術的創
新應起著決定的作用，像曾侯乙無疑是一位積極推動藝術
創新的主顧。

在這個歷史脈絡下，青銅器設計者可以享有怎樣的創
作自由？在周朝首幾百年鑄造了成千上萬件銅器，從中又
能否識別出個別設計者或作坊的作品？由於在特定的條件
下，作坊應能推陳出新，甚至完全革新設計布局的法則，
所以答案是肯定的。

器型種類與藝術創作

要回應以上問題，有必要先探討青銅器的種類，因為
不同的器皿會根據外形和功能而呈現出等級高低之分，例
如鼎與簋都是身分地位的標誌（但簋的地位不及鼎）。依
此，大家想當然認為鼎在一眾禮器中最為突出，這類重器
也會獲得設計者格外垂青，給予特殊的藝術處理。然而事
實並非如此，尤其是鼎大都只有簡單紋飾而缺乏創新（圖
5）。最顯著的例子是毛公鼎，它的紋飾至為簡單，卻刻有
最長的銘文。無論在造型或紋飾上，絕大部分的鼎都沒有
偏離傳統形制，但刻在鼎上的銘文（1858篇）比任何一

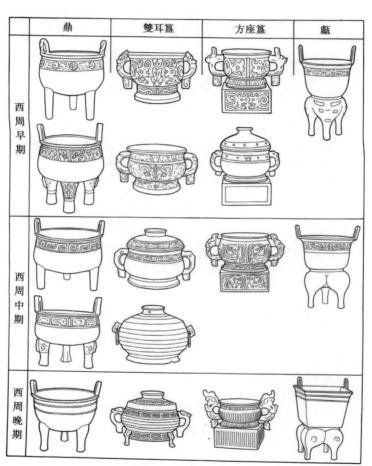

	鼎	雙耳簋	方座簋	甗
西周早期				
西周中期				
西周晚期				

圖 5　西周早、中、晚期青銅器

種器型都要多。[19] 銘文篇數第二多的是簋（1433 篇），其造型和紋飾已成為西周中期以後的標準。

相比之下，晚商以來藝術上最具創意的禮器是觥和盉等盛水器。例如近年發掘的河南平頂山應國墓地出土了一件匍盉，[20] 從其造型和器身的長鳥紋可以判定為公元前九

---

[19] 對商周時期各類器型銘文數字的統計，根據中國社會科學院考古研究所編：《殷周金文集成釋文》（香港：中文大學出版社，2001 年），全 6 冊。自 1990 年代起發現大量帶銘青銅器，但即使將新發現考慮在內，相信也不會對統計所得有太大改變：鼎（1858）、簋（1433）、卣（733）、尊（576）、壺（279）、盤（168）、彝（109）、簠（163）、盨（126）、盉（153）、罍（92）、觥（54）、方彝（74）；另外，亦應將鐘考慮在內（兩周各類型的鐘共有 358 篇銘文）。在商代，銘文最多出現在酒器上面，如爵、觚、尊、觶、卣等。對於周初迅速消失的器形則不予列入。

[20] 如殷墟五號墓（婦好墓）出土的一雙司母辛觥和一雙婦好觥，見中國社會科學院考古研究所編：《殷墟婦好墓》（北京：文物出版社，1980 年），頁 59–64。在西周早期，若干觥被鑄造成不同的風格，但同時與早期形制一脈相承。見中國青銅器全集編輯委員會編：《中國青銅器全集・西周（一）》（北京：文物出版社，1996 年），第 99–107 號。至於盉的同類例子更是多不勝數，像陝西扶風齊家村出土的它盉、山西天馬—曲村遺址 31 號墓的盉、陝西寶雞市眉縣楊家村的逨盉，河南平頂山應國墓地 50 號墓的匍盉等；分別見《中國青銅器全集・西周（一）》，第 116 號；《文物》1994 年 8 月號，封面及圖 4–4，頁 25；《文物》2003 年 6 月號，圖 49，頁 38；河南省文物考古研究所、平頂山市文物管理局：《平頂山應國墓地》（鄭州：大象出版社，2012 年），頁 350–351。自商代開始，酒器類中的鳥獸尊可謂最原創或奇特的器型，如殷墟五號墓發現的一雙婦好鴞尊，見《殷墟婦好墓》，頁 55–59。西周的鳥獸尊包含了不同的造形，如象、鳥、貘、兔、甚至魚形，見《中國青銅器全集・西周（二）》（北京：文物出版社，1997 年），第 53–54、152、170–172 號。

世紀初產物（圖6）。設計者採用了與王畿風格迥異的作法：器身呈水鴨形，鴨首當流，鴨尾作鋬，鋬手上罕有地站立一個小銅人，用手和足連接蓋和器。這種穎異構思常見於地方作坊，可見遠離王畿的鑄銅作坊往往極具新意。

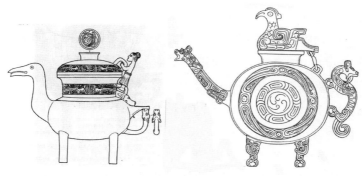

圖6　平頂山 M50 墓出土匍盉及 1963 年扶風齊家村出土它盉（西周中晚期，前九世期初）

商代傳統青銅器紋飾是以一個個長方形單元組成，每個單元包含一個中心圖案，如一頭饕餮、一條龍或一隻鳥，透過橫向布局和縱向軸線把整個器表劃分成多個區塊。所有動物圖案都配成一對，並在器身中間縱軸線的左右兩兩相對；這種紋樣布局尤其適合造型規整的青銅器。在西周銅器紋飾轉變期，縱軸開始消失，圖案改為以接連不斷的橫向區塊排列。理論上，這種新的裝飾布局可以容納創新設計，但現時未見相關的證據，至少當其時並未立刻出現創新。為配合新出現的裝飾布局，鑄器者創作出波曲紋等紋樣；這些紋樣雖然為數不多，不過一旦為青銅工匠所熟習，便會長久地重覆使用。由於形狀規整的器往往

被視為守舊，因此我們似乎應該問形狀不規則的器（如盛水器）是否更能刺激藝術創新。或許這個看法大致不錯，但我想強調的是從器形規整者和不規整者之間的差異，已足以看出設計者的創作空間有多大限制。他們會用盡一切可以利用的創作自由，製作不規則器皿時尤其如此。然而，對兩種器皿的不同處理不單影響紋樣設計，連銘文布局也受到影響。假如將造型和銘文同時考慮在內，便會發現「傾向創新」和「缺乏創新」的器型並不完全取決於外形。

青銅器有等級高低之分，這體現在數量的多寡（當同為列鼎）、是否帶有銘文，或是通過對比紋飾的質樸性、原創性以至奇特性（如盛水器）。如果說鼎、簋等禮器是用來宣示身分或等級，那麼觥、盃之類似乎更多被作器者選擇來炫耀財富。兵器、車馬飾件和方盒等等在禮器組合以外的青銅器物，同樣展現了最具創意的紋飾（圖7）。[21]舉一個例子，聞喜上郭村 M7 墓地出土的刖人守囿帶輪方

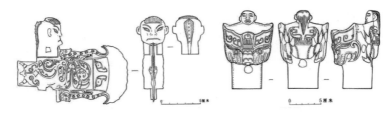

圖7　人頭鋬鉞（寶雞竹園溝出土，西周早期）及人獸形軏飾
（寶雞茹家莊出土，西周中期）

21　見《中國青銅器全集・西周（二）》，第 52（山西天馬－曲村遺址 63 號墓出土楊姞方座筒形器）、58–61（天馬－曲村 63 號墓出土人形足攀龍盒）、182（陝西寶雞竹園溝 13 號墓出土人頭鋬鉞）、180 號（寶雞茹家莊一號車馬坑出土人獸形軏飾）。

盒（高 8.9 厘米，長 13.7 厘米）便不屬於禮器系統，所
以設計者能發揮創意，創作出異於尋常的造型。[22] 這個小
方盒仿如一輛兩輪戰車，頂蓋和側面都可以打開，其中側
門門栓由刖人把守，控制門扉的啟閉。這個刖人被砍去左
足，身體赤裸，可見社會地位低下。蓋鈕則造成猴子形，
被一群小鳥圍繞。猴和人的表現手法，與鳥、龍和虎的表
現方式形成強烈對比。前者以自然動物為模本，形象寫實
逼肖，對於藝術家來說是嶄新的嘗試；後者則遵循傳統，
純粹展現動物形圖案。顯然藝術家或工匠擁有多少的創作
自由，主要取決於器物的禮儀用途。

　　在青銅禮器的發展過程中，為了配合或適應新的禮儀
習俗，少量新器型應運而生。例子有西周晚期出現的橢圓
口盛物器「盨」（及圓口的「簠」），以及春秋中期出現的
球形食器「敦」。[23] 以簠為例，蓋與器均為長方形，打開則
為大小相同的兩器（圖 8），器表的紋飾也是完全對稱。

圖 8　伯公父簠（器銘自名為盨〔匡〕）

22　中國文物精華編輯委員會編：《中國文物精華》（北京：文物出
　　版社，1990 年），第 52 號。

23　朱鳳瀚：《中國青銅器綜論》，頁 138–146。

新器型催生了新設計，新設計則要求對圖案的本質作徹底
改變。由商代至周代中期（九世紀上半葉），對稱圖案總
是以縱軸線為分界，縱軸右方的圖案跟左方的兩兩相對，
猶如鏡像。不過從公元前九世紀中葉起工匠開始進行新嘗
試，以橫軸為分界實驗對稱效果，務求令器表紋飾更有生
氣。這個實驗慢慢轉入圖案設計層面，通過改變布局令圖
案朝著中心點對稱。根據中心點而非縱軸來營造對稱效
果，給整體紋飾布局帶來重大影響。以伯公父簠（器銘云
「伯公父乍簠」，自名為簠〔匧〕）為例，器與蓋都帶有複
雜紋飾，[24] 龍睛處於圖案的中間位置，而整條龍由頭至尾
每一部分都與圖案中心點保持對稱。隨著這種新的對稱規
律形成，像龍之類的動物圖案從此可以上下顛倒的形式展
現，毋需安排一個從觀者視點看來自然的姿勢，雙頭龍亦
可以用來取代傳統造型的龍。換言之由於設計的革新，龍
紋變成純粹的裝飾，可以按上下倒置的形式呈現，毋需考
慮龍身從哪一角度看起來方「合乎自然」。順帶一提，這
種以龍紋朝向中心點作對稱編排的紋樣最能夠見於簠器。
跟其紋飾相似，簠這種新出現的盛物器在外觀上也是完全
對稱的。全器分成上半兩半，每一半都能用來盛載食物
（所謂「卻置」）。造器者根據新的器皿設計原則而發明了
交織紋，開創出一種前所未見的裝飾模式。

　　另一個與新器型出現相關的例子，是在楚地發現的
升鼎。跟傳統的周鼎相比，升鼎不但造型獨特，而且有精

24《中國青銅器全集·西周（一）》，第 83 號，1977 年陝西扶風
　　雲塘村西周窖藏出土，定為西周晚期器。

細的紋飾和長篇的銘文。在這個特例裡，別具一格的奇器是專為楚貴族中的小眾精英而設，藉此突顯器主屬於另一層面的社會特權階級。這些奇器在禮器組合中偏於華麗一類，為造型較普通的禮器生色不少。[25]

楚國王室作坊的烙印

在個別情況下，我們或許以可以通過一些不尋常的特徵，判斷某一類青銅器製品出自某一時期的藝匠群體之手。流露出最高度原創性的楚國銅器，當數河南淅川下寺二號墓（M2）出土的雲紋銅禁（置放酒具的器座）。銅禁以木造的原型為模本，製作年代應為春秋中晚期（前六世紀中葉以前）。[26] 器身的鏤空花紋應用「失蠟法」鑄造而成；失蠟法是一種熔模鑄造法，中國古代文物甚少以此製作，即使有也只限於楚國銅器。這張銅禁由十個龍座支

---

25 羅泰注意到淅川下寺 M2 和 M1 墓葬出土的少量青銅器，「差別不止是尺寸大小方面，還在於品質、器型和風格」，傾向認為它們在各墓主的禮器群中構成了「一個特別組合」；墓主能擁有這樣規格的禮器組合，像給賦予特殊的威望和等級，從而有權參與特殊的儀式。見 von Falkenhausen, *Chinese Society in the Age of Confucius (1000–250 BC)*，頁 340 起。我在評價羅泰此書的書評裡提出另一種觀點，見 Alain Thote, "Archéologie et Société. Nouvelles perspectives sur la Chine des Zhou," *T'oung Pao* 96.1–3 (2010): 202–30。

26 河南省文物研究所、河南省丹江庫區考古發掘隊、淅川縣博物館：《淅川下寺春秋楚墓》（北京：文物出版社，1991 年），頁 126 及 128（圖 104）。

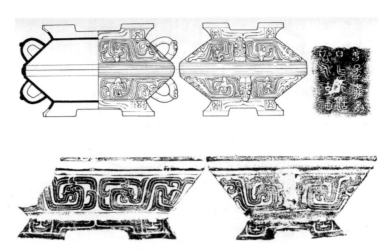

圖 9　湖北棗陽郭家廟曾國墓地 M1 出土曾孟嬴剈簠（春秋早期，前八世紀）

撐，另外飾以十二條張口吐舌的大龍，活像在垂涎禁上的
供品。龍首上部和龍尾縱橫交錯著龍或蛇的軀幹，雲紋面
板上的紋飾則捲曲盤繞、非常立體，細看時卻彷彿各自獨
立。我們大可說這張銅禁體現了楚國一地的藝術傳統，但
到目前為止它仍是獨一無二，故有可能是楚王室作坊的出
品。跟這張銅禁鑄作風格相似的銅器也甚為罕見，在隨縣
（今隨州市）擂鼓墩的曾侯乙墓曾發現一套風格相同的尊
和盤（圖 10）；[27] 該墓時代稍晚，約築於前 433 年左右。
無論是原理或是技法，尊盤的紋飾都與銅禁同出一轍；不
過後出轉精，在技法上有所改良，紋飾顯得更為精細和複

27　湖北省博物館編：《曾侯乙墓》（北京：文物出版社，1989 年），
　　頁 228–234。

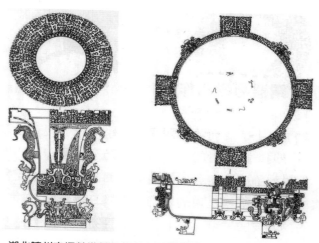

圖 10　湖北隨州市擂鼓墩曾侯乙墓出土青銅尊盤（春秋晚期至戰國早期，約公元前 500 年；按曾侯乙墓的下葬年代為前 433 年）

雜，據此推測大概鑄成於雲紋銅禁五十年之後。這一套尊盤巧奪天工，在曾侯乙墓出土文物中實屬第一流，但它們並非專門為曾侯乙鑄造，而是祖上流傳下來的珍寶，這點從器表原來刻上的名字被刮去、然後換上墓主的名字「乙」可知。上述銅禁和尊盤似是來自同一青銅作坊，大概座落在楚國朝廷附近，活躍於公元前六至五世紀初。另一樣與之相關的銅器，是曾侯乙墓編鐘鐘架的銅配件，其上除了飾有雲紋，並有五瓣花紋交錯重疊。這種配件應為同一作坊所造，不過鑄造之時已是一個世紀以後。最後，江蘇盱眙南窰莊出土的重金絡銅壺也有可能是同一作坊鑄造，若然便可證明這所作坊在公元前四世紀後期依然製器。從以上例子可見，某些獨特技術能幫助我們識別器物所屬的作坊，日後如能加上顯微鏡和化學分析，將有助鑑

別各種技術特徵，以便將銅器製品分門別類歸入某一藝匠
或作坊名下。

鈎沉青銅器藝匠和作坊

除了以上泛泛而論的觀察，一小部分器型和紋飾其實
揭示了青銅器設計者的個人烙印，乃至一個作坊的風格特
徵。銅器紋飾的創新可以從幾個方面看出，包括：特殊的
圖案或以特定風格呈現的紋飾，[28] 雙耳等器皿組件，以至
特殊的紋飾技法。現就每項各舉相關例子如下：

▶ 特殊的圖案：通體帶刺（倒鈎）的花冠長尾鳳鳥紋
（圖 11）。[29]

▶ 以特定風格呈現的紋飾：日己方彝、日己觥、日己
方尊上的饕餮紋（圖 12）。[30] 雖然普遍認為西周鑄器師在

---

28 曾侯乙墓有十二件青銅器蓋頂上皆有一銜環的蛇形鈕，或可視
為某個鑄坊的標誌。

29 見 Rawson, *Western Zhou Ritual Bronzes from the Arthur M.
Sackler Collections*，第 38 號（簋）；《中國青銅器全集・西周
（一）》，第 100 號（仲子覯匜觥），二器均藏於美國博物館。
1927 年，寶雞戴家灣出土了一件鳳紋方鼎，器身紋飾相同，見
《中國青銅器全集・西周（二）》，第 149 號。

30 《中國青銅器全集・西周（一）》，第 135–136（日己方彝，
1963 年陝西扶風齊家村西周窖藏出土）、128–129（單鋬杯及長
柄杯，1961 年長安張家坡西周窖藏出土）、107–108（日己觥，
1963 年扶風齊家村窖藏）、102–103（旟觥，1976 年扶風莊白
村西周窖藏出土）、162–163（日己方尊，1963 年扶風齊家村窖
藏）、154 號（旟尊，1976 年扶風莊白村窖藏）。

圖 11：帶倒鉤鳳紋

圖 12　1963 年扶風齊家村西周窖藏出土日己方彝、日己觥及日己方尊

作坊裡構成了一個「同質團體」（homogenous group），
當中藝術家並未享有崇高地位，而是與工匠平起平坐；但
我們有理由相信少量大師創作出極為原創的藝術品，能夠
在一眾傳統青銅製品裡脫穎而出。在上文提到的例子裡，
值得重提 1963 年扶風齊家村西周窖藏出土的銅器。窖藏
裡發現兩組青銅器，每組各三件，雖然兩組銅器是在同一
時間鑄造，而且在當時來說都非常創新，但兩組的特徵有
顯著的差別。從這個例子裡，可以看出藝術家的匠心體現
在對早期形制和紋飾的重新演繹，或在當時的審美參照系
底下如何自出杼機。雖然創作自由受到文化傳統和藝術成
規的掣肘，真正藝匠的設計仍能一眼看出是與眾不同，甚

至乎獨一無二。

▶ <u>雙耳</u>：詠簋、彧簋的兩耳作立體鳳鳥形。[31]

▶ <u>紋飾技法</u>：一組帶有波曲紋飾的銅器讓我們注意到一種不常見的裝飾技法，其中波曲紋圖案以淺浮雕出之，看似浮在器表之上。製造出這種效果的技術一點也不尋常。大家可以想像工匠一開始在陶模上雕刻主要紋飾，接著利用傳統方法，把細滑的濕黏土塗在整模上，翻出分範；等到一個個陶範乾透，工匠重新勾勒出波曲紋，因此當銅器鑄成後，紋飾就會凸出器表。只有少量器皿有這種波曲紋飾，特別是大克鼎、遹盂、幾父壺，以及扶風齊家村 1958 年出土的兩件盂（圖 13）。[32]

我嘗試通過以上例子展示特殊的風格或技術上的特徵與罕見的紋飾，也許可用來識別單一青銅器設計者，乃至一群設計者或整個作坊的風格。我認為當前更應加強注意這些特徵，並視為作者標誌或印記。然而，與古希臘的情

---

31 《中國青銅器全集·西周（一）》，第 54（詠簋，1981 年長安花園村西周墓出土）、51（史話簋，1966 年岐山賀家村西周墓出土，1981 年）、59（彧簋，1975 年扶風莊白村西周墓出土）、56（龍紋簋，舊金山亞洲藝術博物館藏）。

32 《中國青銅器全集·西周（一）》，第 31–33（大克鼎）、28–30（五祀衛鼎、師湯父鼎、十五年趞鼎）、74（遹盂）、70（師寰簋）、138–139（幾父壺）、131–132 號（令方彝、叔龀方彝）；又見曹瑋編：《周原出土青銅器》（成都：巴蜀書社，2005 年），第 1 冊，頁 350，及程學華：〈文物工作報導·寶雞扶風發現西周銅器〉，《文物》1959 年第 11 期，頁 72–73。

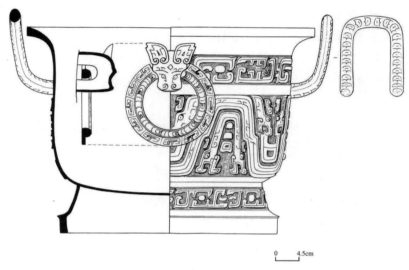

0   4.5cm

圖 13　1958 年扶風齊家村出土環帶紋盂

況相反，我們不知道上古中國任何一位藝術家的名字，中國古代藝術可以說都出自無名匠人之手。話雖如此，青銅器上的鮮明特徵或有助辨認某些個人或作坊群體的藝術風格。假如某一個器群擁有若干共同的特徵，我們應當能把它們區分出來，歸類為某個作坊的工藝品，並判斷這少數作坊活躍的時期。

　　到了秦漢時期，青銅器和漆器上刻有與該器製作相關人士的名字，反映作坊內專門工匠和工頭之間有著複雜的等級制度。這種專門化作業無疑早在西周時期出現，而且很可能業已成熟；但藝術設計者和作坊裡實際負責製範和鑄器者之間的關係迄今未明，似乎難以將先秦時期「藝術家」和「工匠」各自的職能判然劃分。然而從周代晚期（特

別是前四世紀開始）的藝術發展可見，充滿個人特色的藝術創作綻放異彩，足證藝術家的地位已有改變。[33]

結語

當周天子對天下的影響力逐步減弱，原本受其統治的諸侯國逐漸變成獨立的政治實體，這個過程在公元前七世紀後期大致完成。與此相似，西周時期以王畿作坊為模範的各種工藝漸漸擺脫其影響，開始呈現地方色彩。這個演變並非藝術家和作器者有意為之，而是不同藝術思潮互相碰撞下的結果。一方面，各國統治精英之間的密切關係導致沿用或襲取普遍的器型，窒礙了藝術家進行重大的藝術革新。另一方面，政治自主的邦國越來越多，其勢力遍及非華夏人口居住的地方，促成了精英文化糅合地方的文化特徵，而這種演變到前六世紀時形成了很多強大的地方文化。此後，獨立設計者的作品在區域製作裡一度變得不太明顯，及至戰國時期藝術創作遍地開花。

---

33 Alain Thote, "Artists and Craftsmen in the Late Bronze Age of China (Eighth to Third Centuries BC): Art in Transition," in *Proceedings of the British Academy*, vol. 154 (Oxford: Oxford University Press, 2008), 201–41.

饒宗頤國學院院刊　增刊
2018 年 9 月
頁 49–76

劉歆
—— 開拓者與批評家*

魯惟一（Michael LOEWE）
劍橋大學東方學院

王珏譯

　　劉歆（前 46–23）歷經漢成帝、哀帝、平帝三朝及王莽新朝，在中國學術思想及文化傳承方面，特別是在文獻搜集整理上，成就卓著。較諸其父劉向（公元前 79–8），劉歆的作品表現出更大的創造性，變革也更加徹底。作為王莽（前 45–23）在知識階層的支持者，他很可能參與撰寫了王莽的正式制誥文書，但後來因為參與謀誅王莽，事敗自殺。

　　劉歆除了創作過幾篇賦之外，還著有〈律曆志〉，見於今本《漢書》，該文結合天文、律學、算術和歷史，構

---

*　本文內容曾於 2012 年 11 月 26 日於香港浸會大學當代學術名家講壇上演講（網址：http://hkbutube.lib.hkbu.edu.hk/st/display.php?bibno=b2691870），講題先後定為「批評家與開拓者 —— 劉歆」和「創新者及評論者 —— 劉歆」，現由作者據演講稿整理成文。

建出一個統一的宇宙系統。他重視《左傳》及一些新獲文
獻的價值，批評時人固執己見而不顧新出材料。劉歆所作
《世經》，撰述傳說時代之帝王譜系，編年異於其他歷史
記載。他認為漢武帝廟號不應除，維護了武帝的聲名。與
某些人不同，劉歆認為郊祭應祭天，而不是其他神祇。此
外，劉歆還特別援引《左傳》來解釋災異，認為災異是由
失德所致。

關鍵詞： 劉歆　漢代宗教　王莽　祕府　《左傳》

一、家世與時代

　　主要的西漢歷史記載和很多基於這些記載的現代研究資料留給讀者一個印象，即西漢王朝經過一個世紀的興盛後便開始由盛轉衰。[1] 漢武帝（前 141– 前 87 在位）的豐功偉績使西漢進入鼎盛時期，之後百年間漢家王朝國力日衰，最終被王莽（前 45–23）新朝取代。但真實情況絕無可能像描述的這麼簡單。在西漢王朝前半期，直到公元前 90 年，劉氏江山的安危存續仍然是個問題。西漢後半期，特別是最後幾十年，思想界發生了重大變革，國家祭祀儀典也出現了變化，科學思想開始出現，而這一切都在各種宇宙觀中得到體現。一些歷史學家認為這些變化與君主強弱、將領在戰場上的勝敗、官員執行王命而使疆域擴張或收窄比起來並沒有那麼重要，但另一些歷史學家則認為西漢最後幾十年的變化對中國後世朝代產生了巨大影響，因此意義更為深遠。

　　在這種背景下，我們將對劉歆（前 46–23）的成就進行考察，他是一位傑出人物，對西漢最後五十年和王莽統治時期（9–23）的許多政治議題都有重要影響。劉歆的家

劉歆——開拓者與批評家

---

[1]　本文引用十三經一律據阮元審定：《十三經注疏》（臺北：藝文印書館，1956 年，據清嘉慶二十年〔1815〕江西南昌府學刊本影印）；前三史分別據司馬遷撰，裴駰集解，司馬貞索隱，張守節正義：《史記》（北京：中華書局，1959 年）；班固撰，師古注：《漢書》（北京：中華書局，1962 年）；范曄撰，李賢等注：《後漢書》（北京，中華書局，1965 年），以下引用時只注卷數和頁碼，不再注明版本。

世顯赫，自然不必像公孫弘（約前 200– 前 121）[2] 那樣要從微末小吏開始做起。其父劉向（前 79– 前 8）是開國皇帝劉邦之弟劉交之後。儘管到劉歆這一代時，這一支皇裔已與皇帝本人比較疏遠，但這種親屬關係以及禮法制度還是能夠保證劉氏皇族後人免於貧寒。當然也有例外，一些皇族成員確實會由於政治陰謀或宮廷鬥爭而受到迫害，[3]比如劉病已，即後來的宣帝（前 74– 前 48 在位），就是長於宮外，與平民無異。沒有證據顯示劉向生活卑微，但他似乎也稱不上甚麼朝堂顯貴。公元前 74 年，昭帝突然駕崩，劉賀（前 92– 前 59）登基，旋即被廢，當時劉向可能還太年輕，意識不到這一切對於生於帝王之家來說是多麼危險的事情。可能數年後他才會對朝局動蕩有更清醒的認識。霍光卒於地節二年（前 68），生前主宰朝政數十年，他的孫女和女兒分別是昭帝和宣帝的皇后，但地節四年（前 66）霍家遭遇滅門之災。對宗室成員來說，過去的糾葛和眼前的政敵都可能招來危險，這是決不能忽視的。

劉向早年熱衷煉丹術，還差一點招致殺身之禍。身為學者，他篤信《穀梁》之學，在甘露三年（前 51）的石渠閣奏議上講論《穀梁傳》，與《公羊傳》分庭抗禮。蕭望之在神爵三年（前 59）至五鳳二年（前 56）任御史大夫，初元二年（前 47）被迫自殺。正是蕭望之的舉薦劉向才得以為官，要知當時皇族成員除了任職宗正外不被允許擔

2　公孫弘發跡前以牧豬為生，後於元朔五年（前 124）拜相。

3　比如武帝的皇后衛子夫和太子劉據皆於征和二年（前 91）因巫蠱之禍而遇害。

任其他重要官職。劉向由初元元年（前 48）起大約至初元三年（前 46 年）出任宗正，削職後又起復為光祿大夫。此時的劉向在朝堂上有了一定地位，經常對朝政提出尖銳批評。他痛心於仁義不行，呼籲汲取歷史的經驗教訓，反對奢靡浪費，例如他曾力諫成帝停建昌陵。和舉薦過他的蕭望之一樣，劉向也受到了宦官弘恭（？－前 47）和石顯（？－前 33）的忌恨；而到了公元前三十年代至前二十年代，累世擅權的外戚王氏集團引起了劉向的擔憂。[4]

以上是劉向的簡要生平，這將幫助我們瞭解其子劉歆的成長環境。劉歆得益於其父在學術上和政治上的影響力，少年時代便徵召為官。[5] 當時一些國家大典仍懸而未決，圍繞國家祭祀儀典產生了很多爭議，而大家也開始對王朝前途喪失信心。

劉歆時代有兩大爭議，即廟議和郊議。當時維持常規的宗廟祭享已經需要很大一筆花費，後人對祖先的記憶漸已模糊，因此開始有人呼籲要縮減朝廷開支。一些官員大膽提議縮小祭祀的規模，甚至罷棄某些先皇的宗廟祭祀。這樣一來就出現了一個迫切的問題，武帝廟是應像高祖廟和文帝廟一樣奢華嗎？這樣的討論很有可能影響到武帝的聲名。

劉歆——開拓者與批評家

4　在王莽之前，王鳳、王音、（成都侯）王商和王根等先後於元帝竟寧元年（前 33）至成帝綏和二年（前 7）出任大司馬及將軍之職。

5　成帝河平元年（前 28），劉歆為黃門郎；父向卒於綏和元年（前 8），復為中壘校尉，哀帝時升任奉車都尉。

郊祭的問題在成帝早期，約公元前 31 年左右開始有
所討論。[6] 漢朝繼承了秦朝祭祀制度，即祭祀青帝、赤帝、
黃帝和白帝四帝，隨後又加入了黑帝。從元鼎五年（前
112）起形成定制，皇帝要定期親祀五帝，以及后土和太
一。祭祀的地點距離長安尚有一段距離。成帝早期時郊祭
制度發生根本性轉變，有朝臣提出應在長安南北郊郊祀天
地，取代雍五畤和后土祠等祭祀。建始二年（前 31），成
帝舉行了新的郊祭儀式，一時間討論沸沸揚揚。自始郊祭
時廢時興，如建平二年（前 5）再次復行，此後皇帝便以
天子身分郊祠天地，敬天祈福。

　　在成帝時期（前 33– 前 7 在位）和他之後享國甚短的
哀帝（前 7– 前 1 在位）和平帝（前 1 年 –6 在位）時期，
緊迫感或者說是危機感越來越強烈。對於漢成帝劉驁的各
種記載和評價或許互相矛盾，但都可能包含一定的真相。
根據班彪（3–54）的記載，成帝「臨朝淵嘿，尊嚴若神，

6　對於這一問題更全面的論述，見 Michael Loewe, *Crisis and Conflict
in Han China 104 BC to AD 9* (London: George Allen and Unwin
Ltd., 1974)，第五章（武帝、宣帝、元帝和成帝的祭祀活動詳
見頁 167–169），以及 Loewe, "Religious Beliefs and Practices:
The Imperial Cults," in *The Cambridge History of China*, vol.1,
The Ch'in and Han Empires, 221 B.C.–A.D. 220, eds. Denis C.
Twitchett and Michael Loewe (Cambridge: Cambridge University
Press, 1986), 661–68（中譯本見魯惟一撰，楊品泉譯：〈宗教信仰
和儀式 —— 帝國的崇拜〉，載崔瑞德、魯惟一編，楊品泉等譯，
張衛生、楊品泉校：《劍橋中國秦漢史：公元前 221– 公元 220
年》〔北京：中國社會科學出版社，1992 年〕，頁 707–714）。

可謂穆穆天子之容者矣」，[7] 班固描述他「孝成煌煌，臨朝有光」。[8] 但從谷永看來，成帝則是「淫溺後宮，般樂游田」之君。谷永勸諫成帝應廣開言路，使眾賢輻輳，而力斥其與群小狎遊，並讓女寵橫行、肆意對仇家施以毒手。[9] 透過這些歷史記載，我們可以想像這位年僅十八歲便登基的年輕皇帝，他在朝堂上謹守規儀，因此得到交口稱讚；而另一方面，他又對這種高高在上的生活充滿厭倦，希望可以遠離朝臣的耳目，與同齡人一起放縱取樂。

不管人們對成帝的性格和生活方式有怎樣的看法，現實是殘酷的：成帝恩寵六宮，卻並無所出，以致皇位無人可繼，而劉姓旁支之中亦無合適人選。后妃間爭寵奪愛，皇后也涉身其中。至於成帝本人在兩位皇子被謀殺一事上參與程度有多深，這一問題尚需討論，但不可否認，成帝難辭其咎。[10] 長安宮闈失和，有人公開宣稱漢家氣數將盡，[11] 還有人直言進諫，認為皇帝有失人君之道。

7　《漢書》，卷十，頁 330。

8　同上注，卷一百下，頁 4239。

9　谷永於建始三年冬（前 29）、永始二年（前 15）及元延元年（前 12）的三次上疏，分別見《漢書》，卷八五，頁 3443–3450，3458–3464，3465–3472，對於成帝後宮草菅人命的批評，則見同卷，頁 3460。

10　事情來龍去脈見《漢書》，卷九七下，頁 3990–3994，及 Michael Loewe, *A Biographical Dictionary of the Qin, Former Han and Xin Periods (221 BC–AD 24)* (Leiden: Brill, 2000)，頁 610，「解光」條。自稱懷有成帝骨肉的曹宮，本為官婢曹曉之女。

11　甘可忠的預言，見《漢書》，卷七五，頁 3192，另見 Loewe, *Crisis and Conflict in Han China 104 BC to AD 9*，頁 278–281。

與此同時，朝政大權漸漸旁落到太后王政君（前71–13）一族手裡，劉向等人不免對此頗為憂心，畢竟前車之鑑未遠。漢代先有呂后擅權，臨朝稱制；又有武帝巫蠱之禍，當時長安城內大戰數日，成帝朝臣大概從父輩處有所聽聞。朝臣中或許還有人親身經歷過昭帝駕崩，劉賀短暫稱帝。他們的父輩可能也見證了霍家的興衰，甚至受到牽連。成帝之後兩代皇帝短祚，這很可能給劉歆敲響了警鐘。再之後的皇位繼任者也引起了爭議，平帝幼年登基，絕無可能親理政事，[12] 那麼大權必然落入太后之手。

在這種情況下，有一位潛在的領導人在政治領域發揮著巨大的影響力，此人就是王莽。從班固開始，中國傳統的歷史學家都將王莽形容成野心勃勃、鮮廉寡恥、竊取劉氏江山的篡位者。但讓我們仔細思考一下，如果新朝能延續數十年甚至上百年，歷史學家會怎樣述說這個朝代？是否會比照漢唐給予盛讚，而不是將之與秦隋相提並論呢？無論如何，我們還是要感謝畢漢思教授（Hans Bielenstein），他修正了長期以來人們對王莽的惡意批評。[13]

12　我個人認為幼帝登基僅是滿足制度需要，並不能發揮治國功效。見 Michael Loewe, *The Men Who Governed Han China: Companion to* A Biographical Dictionary of the Qin, Former Han and Xin Periods (Leiden: Brill, 2004)，第十七章。

13　見 Hans Bielsenstein, *The Restoration of the Han Dynasty: With Prolegomena on the Historiography of the* Hou Han Shu, vol.1 (Stockholm: Bulletin of the Museum of Far Eastern Antiquities [Östasiatiska Museet], 1954), 82–92，以及 Bielsenstein, "The Reign of Wang Mang (A.D. 9–23)," in *The Cambridge History of China*, vol.1。

　　然而我們更關心劉歆在世時王莽的聲名。從《漢書》帶有偏見的記載中，我們可以發現王莽的性格其實與作者所強調的有很大不同。或許我們應該把他看作成帝母黨中稱職而堅定的一位成員。王政君兄弟數人先後出任大司馬一職，輔佐成帝，王莽本人也兩次出任這一職位。[14] 王莽後來被封為安漢公，寓意他是漢家的忠臣。[15] 他被視作是再世周公，行恩澤之政，輔佐幼帝，定國安邦。[16]

　　正如我們所知，《漢書》的編纂者對王莽的這些行為採取了一種截然不同的嘲諷態度。當然也有可能是王莽位極人臣後招致他人怨恨，必然要面對來自政敵的嫉妒和懷疑。但同樣可以想見的是，對於他的同時代人而言，王莽似乎是唯一一個能扶大廈於將傾之人。所以我們能理解為甚麼當時最有名望的一些學者，如桓譚（前 43–28）、揚雄（前 53–18）等人都願意支持王莽，興復漢室。[17]

　　劉歆也不例外，他曾參與籌備王莽之女與漢平帝的婚儀。[18] 居攝三年（8）王莽母親去世時，劉歆卑諂足恭，提

劉歆——開拓者與批評家

14　綏和元年（前 8），王莽首次被任命為大司馬；元壽二年（前 1），再次出任大司馬一職。見《漢書》，卷十九下，頁 842，852。

15　《漢書》，卷九九上，頁 4049。

16　同上注，卷十二，頁 349；卷九九上，頁 4046–4047。

17　關於這幾位文人之間的關係，只有異常簡短的歷史記載可考，如桓譚曾從劉歆、揚雄「辯析疑異」（《後漢書》，卷二八上，頁 955），討論學術問題。揚雄早歲與王莽、劉歆俱為黃門郎，當時「唯劉歆及范逡敬焉，而桓譚以為絕倫。」（《漢書》，卷三六，頁 1972；卷八七下，3583）。

18　《漢書》，卷十二，頁 355；卷九七下，頁 4009。

出雖然按照禮制，王莽應服喪以盡孝道，但作為攝皇帝，應以國家社稷為重，不需恪守尋常禮制。[19] 而在此之前，即公元 6 年，劉歆全力支持冊封王莽為攝皇帝。[20] 之後他又支持王莽去除漢號、另立新朝；[21] 王莽稱帝後，劉歆被封為國師和嘉新公，地位不在太皇太后之下。[22] 我們推測劉歆曾為王莽製作典章詔令，但還不能完全證實。[23] 他還曾奉王莽之命，於元始四年（5）復建明堂。[24] 始建國二年（10），劉歆建議王莽恢復周制，實行國家專賣，平抑物價。[25] 為了表示他對王莽的忠心不貳，劉歆將自己的女兒許配給王莽之子。[26]

劉歆本是皇室宗親，我們不禁會問，他在改朝換代時不會感到苦惱嗎？他這樣背棄祖先追隨王莽，不會良心難安嗎？我們恐怕永遠都無法得到答案，也無法得知劉歆是怎樣一步步對王莽產生懷疑並最終對其徹底失望。地皇二年（21）劉歆之女捲入了謀殺王莽的行動，最終被迫自盡，這件事很有可能促使劉歆下定決心。[27] 地皇四年（23），劉歆謀誅王莽，復興漢室，最終事敗自盡。

---

19 《漢書》，卷九九上，頁 4090。
20 同上注，頁 4080。
21 同上注，卷九九中，頁 4099。
22 同上注，頁 4100。
23 如《漢書》，卷九九中，頁 4101–4102 所載的策命。
24 同上注，卷九九上，頁 4069。
25 同上注，卷二四下，頁 1179–1180。
26 同上注，卷九七下，頁 4009。
27 同上注，卷九九下，頁 4165。

二、整理舊籍及提倡新材料

劉歆在傳統文獻的形成和保存整理上卓有貢獻，代表了以往中國文人對史籍整理的高度重視，也使後人對歷史撰述更為關注，堪稱秦漢時期最傑出的知識份子之一。他在郊議中也發揮了重要作用。從以上各方面來看，劉歆既是開拓者，也是批評家。

校理群書可能是劉歆最為人稱道的貢獻，他對比同一部典籍不同的版本，校正勘定出一個定本，並溯源其作者及學術淵源，分門別類，藏之祕府。漢家校書自有傳統，劉歆並非第一人，此前公孫弘（前 124– 前 121 任丞相）奉武帝旨意廣開獻書之路，所得藏書收入祕府。[28] 還有我們都知道的河間王劉德（前 155– 前 130 在位）也收集整理了大量圖書。[29] 但這一次校書被認為更專業，搜集範圍也更廣泛，因此其價值歷久不衰。

這一次校書始於河平三年（前 26 年），劉歆當時正值弱冠。劉向統領一班學者，廣羅圖書，從最受人重視的「經」到諸子之學，再到詩歌、兵書，均有收集。部分參與校書的學者（應以向、歆父子為主）認為有責任為所校書撮寫要旨，跟文本相輔而行，奈何今多不存。惟簡要

28　語出〈七略〉，〈為范始興作求立太宰碑表〉李善注所引，見蕭統編，李善注，胡克家校：《文選》（上海：上海古籍出版社，1986 年），卷三八，頁 1749。

29　河間獻王著述情況，見《漢書》，卷二二，頁 1035；卷三十，頁 1712，1725–1726。

目錄尚在，成為中國目錄學史上現存最早的著錄。在其所列 677 家著作中，有 153 家作為核心文獻傳世，另有一部分在最近五十年中重又發現，但大多數業已亡佚。近五十年發現的出土文獻裡有一部分早見著錄，但更多為早已失傳的典籍，其名目或為此目錄所失載。除了轉載劉歆《七略》所錄的書名，《漢書》還保存了「七略」之名目，並沿用了劉歆的分類方法。[30]

　　劉歆校理群書時得以入內廷祕府遍覽典籍，從中發現了三部典籍，認為意義最是重大，應該推而廣之，分別是古文《尚書》十六篇、《逸禮》三十九篇和《左氏春秋》。其中後者的爭議最大，可能是因為關於此書的爭論由來已久。《春秋》筆法，微言大義，在當時可能已視為經典，並得到前所未有的關注。《春秋》被認為出自孔子之手，而到了劉歆之時，孔子已經被看作是往聖先師，越來越多的文人朝臣開始援引孔子之言來支持自己的觀點。[31] 當時解釋《春秋》的有四家，以公羊和穀梁二家為一時顯學。[32]

---

30 《漢書》，卷三十，頁 1701。

31 關於西漢後期人們對孔子的關注度，參見 Michael Loewe, *The Men Who Governed China*，第十章，及 Loewe, *Dong Zhongshu, a 'Confucian' Heritage and the* Chunqiu fanlu (Leiden: Brill, 2011), 159–64（中譯本見魯惟一著，戚軒銘、王玨、陳顥哲譯：〈推明孔氏〉，《董仲舒：「儒家遺產」與〈春秋繁露〉》〔香港：中華書局（香港），2017 年〕，頁 171–177）（譯者按：下文引用時只出中譯本頁碼）。

32 《漢書·藝文志》除了收錄《公羊傳》和《穀梁傳》，同時還著錄《鄒氏傳》及《夾氏傳》，四書各十一卷，見《漢書》，卷三十，頁 1713。

董仲舒（約前 198- 前 107）是公羊大家，劉向則習《穀梁》。為評定公、穀異同，朝廷特別召開了石渠閣議奏，誠為一時盛事。

　　石渠閣議奏舉行於甘露三年（前 51），大約五年後劉歆才降生。五十年後，當劉歆成為一代碩儒，又名顯朝堂之時，[33] 他認為左丘明最得《春秋》意旨，迫切想要爭立《左氏春秋》。[34] 劉歆提出的一個理由是，《左傳》（姑且視為《春秋傳》）的創作時間與孔子時代最為接近，因此它理應更得《春秋》微旨。基於這一觀點，劉歆與其治《穀梁》的父親劉向自然持論不同。

　　我們可以想像，那些年高德劭的學者固守傳統觀念達幾十年之久，當他們聽到這樣的詰難又會有怎樣的反應？眼前這個朝廷重臣和王莽的支持者大張左氏之義，令他們畢生研究的心血蒙上陰影。此一後生小子憑甚麼口出狂言，認為自己有足夠學力去提出這樣聳人聽聞的觀點？他所認為價值非凡的文獻到底又是從何而來？

　　當哀帝下令劉歆與五經博士公開辯論箇中得失時，對我們這些學院中人來說，應該不難理解此舉會引起多大的敵意。幸而劉歆之論仍見於〈移書讓太常博士〉一文，讓

33　班彪稱劉歆治學的工夫與態度為「博而篤」（《漢書》，卷七三，頁 3131），這一評價可能是針對地皇二年（21）有人說劉歆「顛倒《五經》，毀師法」（《漢書》，卷九九下，頁 4170）而下的。

34　有關劉歆與丞相史尹咸共校《左氏》經傳，見《漢書》，卷三六，頁 1967。

後人得以瞭解這場爭論單方面的內容。[35]

　　劉歆在這篇文章追溯了中國早期的文化和文學發展，而此說在後來被人們廣為接受。文章上溯堯舜之世的聖王，也許是避免觸動漢哀帝的神經。劉歆從堯舜之世起，述及眼下，提出周室衰微，禮樂不正；孔子歿後，經義不傳；秦代頒挾書之令，禁止儒生私藏典籍。漢高祖時叔孫通制定朝儀，惠帝（前 195–前 188 在位）廢挾書令，文帝（前 180–前 157 在位）派晁錯從伏生受《尚書》，使《尚書》遺篇再次流傳。武帝時（前 141–前 87 在位）文獻研究有復興之勢，孔子壁中書重見天日，但所得書簡均藏入祕府，非一般人所能見。不過這已是數十年前的舊事。河平三年（前 26），劉向父子方受命校理舊文，但有些人沒能認識到這次校理群書的價值所在。劉歆批評當時的學者不去探究新發現文獻的意義，滿足於自己狹隘的治學範圍，排斥一切會影響他們家法的新證據。所以當國家有大事商議，譬如討論封禪之禮時，這些學者完全不能提供意見。劉歆相當嚴厲地批評他們：

　　　猶欲保殘守缺，挾恐見破之私意，而無從善
　　服義之公心，或懷妒嫉，不考情實，雷同相從，

35　此文載於《漢書》，卷三六，頁 1968–1971 及《文選》，卷四三，頁 1952–1955。筆者的英文翻譯見 Michael Loewe, "Liu Xin's Letter Regarding the Academicians (a Translation)," in *Chang'an 26 BCE: An Augustan Age in China*, eds. Michael Nylan and Griet Vankeerberghen (Seattle and London: University of Washington Press, 2015), 380–84。

> 隨聲是非，抑此三學（引者按：即《逸禮》、古
> 文《尚書》和《左氏傳》），以《尚書》為備，
> 謂左氏為不傳《春秋》，豈不哀哉！[36]

劉歆最後懇請皇帝能夠對現有材料充分考量，認識到這些
文獻對研治古學的意義。下文還將會提到，劉歆在自己的
論著中也自覺地運用這些新出文獻。

三、學術著作及創新

劉向曾撰寫過為數不少的文學作品，今本《新序》和
《說苑》的編纂者都是劉向。劉歆沒有篇幅這麼長的作品
傳世，但〈遂初賦〉等幾篇賦被認為是他的手筆。除此之
外，〈鐘律書〉的作者也應該是劉歆，這篇獨立著作在七
世紀早期還有流傳。[37]

另外，劉歆有一部分論著亦收進《漢書·律曆志》，
涉及大部分本文要談論的主題。〈律曆志〉開篇提到漢初
張蒼始定律曆，武帝時樂府考定其事，文章接下來講到：

---

36 《漢書》，卷三六，頁 1970。

37 筆者在近著裡對〈鐘律書〉有所討論，見 Michael Loewe, "The *Jia liang hu* 嘉量斛," *Problems of Han Administration: Ancestral Rites, Weights and Measures, and the Means of Protest* (Leiden: Brill, 2016), 217–36。

　　至元始中王莽秉政，欲燿名譽，徵天下通知
鐘律者百餘人，使羲和劉歆等典領條奏，言之最
詳。故刪其偽辭，取正義，著于篇。[38]

《漢書‧律曆志》所要討論的五大內容是「備數」、「和
聲」、「審度」、「嘉量」和「權衡」，每一類都考察其古
今沿革、器物形制、潛在影響、感官感受和經傳記載。

　　〈律曆志〉一開始便強調，律曆與十二律，即六律
（陽）六呂（陰）有密切關係。文章開篇討論「數」和
「聲」，此二者皆起於黃鐘（十二律中律管最長之律）。[39]
接下來則提到十二律與十二月份、陰陽變化及音律的關
係。〈律曆志〉還講到「三統」，即所謂「天施，地化，
人事之紀」，同樣與始於黃鐘的律呂，以及上述的各種變
化有關。劉歆的三統論引《周易》和〈十翼〉為說，但此
三統與《春秋繁露‧三代改制質文》中詳論的三統截然

---

38 《漢書》，卷二一上，頁 955。

39 十二律各律之名見於《漢書》，卷二一上，頁 958–959。馬王堆
一號漢墓曾出土一套十二支的笙律，上有律名，分別裝在笙律衣
中。這套律管為竹制，並非青銅器，因此可以推測為隨葬的明器，
而非實用的樂器。見湖南省博物館、中國科學院考古研究所編：
《長沙馬王堆一號漢墓》（北京：文物出版社，1973 年），上冊，
頁 107–109；下冊，圖 204。按這裡的律管與用來「候氣」者不
同，後者見 Derk Bodde 卜德，"The Chinese Cosmic Magic Known as
Watching for the Ethers," in *Studia Serica Bernhard Karlgren Dedicata*,
eds. Søren Egerod and Else Glahn (Copenhagen: Ejnar Munksgaard,
1959), 14–35。

不同。[40]

〈律曆志〉接著提出了「三正」的概念，同樣也是基於黃鐘，不過此處的三正與《白虎通》中的「三正」多少有些差異，[41] 主要是圍繞十二律和與之對應的時辰方位以及十二辰之間的關係展開。文章還講到天之數始於一，終於二十五；地之數始於二，終於三十；一系列數字經過推演後得到 177,147。[42]

文章接下來三段分別談到了度量衡，即計量單位的標準，以及銅量等計量工具應按甚麼規格鍛造方能成為標準器。度量衡的制定同樣本於黃鐘。「度」即量度長短，採用十進制，有分、寸、尺、丈、引不同大小的單位，文中解釋了其與陰陽的關係；另外，尺寸單位的名稱據說都有含義，比如「丈」可聲訓為「張」，「引」則轉訓為「信」。[43]「量」也採用十進制，計量單位由小至大可分為五種，即龠、合、升、斗、斛，文中詳列了製作相關量器的正確方法；[44] 其大小有一定程式，如一龠等於一千二百顆中等的黑黍。跟「度」一樣，文中亦談到「量」陰陽比例和與黃

劉歆——開拓者與批評家

---

40 有關董仲舒所論的「三統」及《春秋繁露・三代改制質文》注解，見魯惟一：《董仲舒：「儒家遺產」與〈春秋繁露〉》，頁 318–325，341–346。

41 陳立撰，吳則虞點校：《白虎通疏證》（北京：中華書局，1994年），卷八〈三正〉，頁 360–368；英譯本見 Tjan Tjoe Som 曾珠森，Po Hu T'ung 白虎通 : *The Comprehensive Discussion in the White Tiger Hall*, vol. 2 (Leiden: E.J. Brill, 1952), 548–54。

42 《漢書》，卷二一上，頁 964。

43 同上注，頁 966。

44 同上注，頁 967。

鐘律調的關係，並解說了五種容量單位的取義。[45]

　　相比起「度」和「量」，〈律曆志〉闡釋「衡權」時更詳盡地談到各種宇宙因素。[46] 重量單位包括銖、兩（24銖）、斤（16兩）、鈞（30斤）和石（4鈞）五種。文中以《周易》的術語解釋五權之數，認為分別代表陰陽變動、四時四方、萬物之象、月相週期、十二辰週而復始等，並引用五行元素加以說明。文章接著介紹了規、矩、準、繩等測定方圓曲直的衡器。

　　《漢書・律曆志》這一部分最後總結了以上討論的內容。[47] 作者援引《尚書》，[48] 認為這套以音樂順應天地四時、應和人倫、本於陰陽的系統是由舜創製的，也只有舜這樣的聖人才能同天下之意。劉歆最後還提到了當時朝廷的種種輝煌成就，包括「修明舊典」、「嘉量平衡」、「備數和聲」，實現了「以利兆民，貞天下於一，同海內之歸」。當時的讀者一定不會忽略這段話對王莽的婉轉奉承，因為王莽自稱虞舜的後人。[49]

　　劉歆作為開拓者和批評家，認為在秩序井然的宇宙中，萬物都有自己的位置，這一觀點在〈律曆志〉接下來

45　王莽及東漢時期用「斛」代替「石」的情形，見筆者 "The *Jia liang hu* 嘉量斛" 一文的附錄："The Use of *shi* 石 and *hu* 斛 as Units of Capacity, and the Pronunciation of 石," *Problems of Han Administration*, 254–59。"

46　《漢書》，卷二一上，頁 969。

47　同上注，頁 972。

48　孔安國傳，孔穎達疏：《尚書正義》，卷五〈益稷〉，頁 5a。

49　有關討論詳見下文。

有關「律」和「曆」的部分有很明顯的體現。[50] 劉歆將曆法的推算上溯到傳說中的君主顓頊，言及夏朝至戰國時代出現了多套曆法。秦始皇時天下初定，無暇改定曆法之弊。因此隨即提到武帝元封七年（前105–前104）公孫卿、壺遂、司馬遷和倪寬等人改定曆法的提議。[51] 朝廷並沒有採用夏曆，而是採用了新的曆法《太初曆》。該曆以天文計算為基礎，根據律呂及其尺寸（特別是積八十一寸的黃鐘）、甲子、陰陽、爻象推演曆數。最終皇帝命司馬遷採用鄧平所造《太初曆》。元鳳三年（前78）有人對曆法準確性提出質疑，〈律曆志〉對此均有記載。後來劉向匯總六曆，明列正誤，編寫了《五紀論》。

　　緊接著以上的引子，劉歆以頗長篇幅說明自己的看法和結論。[52] 劉歆援引《左傳》、《周易》經傳，說明曆法的重要性在於它可以調節人事，以應天時，就像用禮以和人道。他指出過去曆算中的錯誤，提出「元」的概念，透過與律呂的對應，將三統合於一元。劉歆解釋了天體的運行以及閏月等曆數基本問題，背後主要的數理或真理是「元始有象一也，春秋二也，三統三也，四時四也」。接著用了較長篇幅將四時代序和十二辰，跟天體運行、三統、五行和八卦卦爻的形成聯繫起來。此節文字以數學和天文演算為主。[53]

50　《漢書》，卷二十一上，頁973。

51　見 Loewe, *The Men Who Governed Han China*, 167–71。

52　《漢書》，卷二一上，頁979–986。

53　同上注，卷二一下，頁991–1011。

　　以上談到的內容均出自《漢書‧律曆志上》,〈律曆志下〉則收入劉歆的《世經》,我們從中還看到了劉歆對中國歷史的簡要概述,不過今本《漢書》的這一部分很有可能經過了刪節。[54] 我們基本可以斷定,劉歆廣蒐博採的史籍裡包括《史記》抄本,至於這個《史記》古本與今本有多大差異,特別是三國時張晏所說亡佚的十篇是否包含在內,[55] 以及有否褚少孫(約前104-約前30)增補的內容?這些問題還有待討論。

　　我們並不能確定劉歆編撰《世經》的準確時間,但我們可以大致推測,《世經》應該是在當權者的合法性及其世系淵源成為敏感議題時所作,而這個議題事關重大,必然會影響到人們對王莽稱帝的支持,劉氏宗族成員的取態尤其惹人關注。像劉歆這樣的人物,無論是支持還是反對王莽稱帝,其文字的影響力都是舉足輕重。由此看來,《世經》應是在王莽代漢自立之前所作。

　　《世經》開篇即徵引《春秋》和《左傳》,這大概是作者的特色。[56] 文章先述說了從太昊帝到商湯的(傳說)帝王世系,其間劉歆引用〈繫辭傳〉,解釋了為何將某些歷史人物,比如有極大爭議性的共工排除在這一世系之外。

---

54 《漢書》,卷二一下,頁1011-1024。按文末談及劉歆身後的歷史發展,是由後人所加。

55 《史記》,卷一三〇,頁3321,裴駰集解引張晏說。

56 杜預注,孔穎達正義:《春秋左傳正義》,卷四十八〈昭公〉十七年,頁1a,3b-4a。

　　從《世經》對某些年月記載的處理上可以看出，劉歆對《春秋》和《左傳》的準確性有所懷疑，即使他對《左傳》推崇備至。假如書上記載的時間與三統曆不符，劉歆會不惜竄改傳文以就合其曆。[57]

　　劉歆《世經》中的帝王世系與《史記》有很大不同，[58]《史記》中黃帝之後分為兩支，其中一支在第三代分為昌意和玄囂兩支，昌意一支在第三代又分為兩支（窮蟬和鯀），在第四代中出現了夏朝的創立者禹。奇怪的是，舜的輩份比禹更低，排在黃帝之後第八代（窮蟬五世孫）；而堯則源出玄囂一支，是黃帝的四世孫。這就與堯禪位給舜的傳統觀點相牴牾。當然如果做一個小的更改，將虞舜和夏禹在文中的位置更換一下，這個問題就能迎刃而解。但如果未能找到版本證據或從歷來的典籍註疏中找到暗示，這種換位顯然過於大膽甚至草率。有別於《史記》分為兩支的記載，劉歆給出一脈相承的單線帝系，清楚列明

57　參見邸積意：〈《世經》三統術與劉歆《春秋》學〉，《漢學研究》第 27 卷第 3 期（2009 年），頁 1–34。另見 Joseph Needham, *Science and Civilisation in China*, vol. 3, *Mathematics and the Sciences of the Heavens and the Earth* (Cambridge: Cambridge University Press, 1959)，頁 404 所引用兩部著作：Léopold de Saussure, *Les Origines de l'Astronomie Chinoise* (Paris: Maissoneuve, 1930)，以及 Wolfram Eberhard, Rolf Müller and Robert Henseling, "Beiträge zur Astronomie der Han-Zeit II," *Sitzungsberichte der Preussischen Akademie der Wissenschaften. Jahrgang 1933, Philosophisch-historische Klasse* (Berlin: Verlag der Akademie der Wissenschaften, 1933), 937–79，特別是頁 956 起。

58　《史記》，卷一，頁 1–48。

堯、舜、禹後先相繼，而自禹開創夏朝後帝位承傳改為世襲制。[59]

如果我們看一下《漢書》中所記載的王莽之言，情況可能變得更複雜。[60]根據這段話，舜直接承襲堯的帝位，而劉氏是堯之後，王氏是虞舜之後。《漢書·元后傳》也提到黃帝八世生虞舜，王氏一族就是從這一支而來。[61]

根據傳統說法，堯不是舜的父親，但禪位給並無直接親屬關係的舜，照此上文費解和矛盾之處就迎刃而解，並可以據此認為劉氏為堯後，王氏為舜後。這樣一來，王莽代漢稱帝並不是要破壞以血緣關係為基礎的皇位繼承制度，干預統治權的合法傳受，而是將上古聖王禪讓的故事重演了一次而已。所以劉歆的《世經》旨在鼓動大家，包括劉氏宗室成員來支持王莽的行動。不過可能有人會問，劉歆的《世經》能否為王莽的自我標榜提供立論依據，使他能夠藉助單一而無可爭議的道統獲得權威。

關於漢武帝的身後評價，是另外一個歷史問題，劉歆也參與了有關討論。儘管班固和司馬光曾對漢武帝有所批評，[62]漢武帝仍以其空前的功業得到一致頌揚，堪稱一代英明神武之君。但也有不少學者，包括筆者在內，卻很難提

---

59 兩種世系示意圖見於魯惟一：《董仲舒：「儒家遺產」與〈春秋繁露〉》，頁 299。

60 《漢書》，卷九九中，頁 4105。

61 同上注，卷九八，頁 4013。

62 同上注，卷六，頁 212；司馬光編著，胡三省音註，「標點資治通鑑小組」校點：《資治通鑑》（北京：古籍出版社，1956 年），卷二一，頁 700。

出證據證明這一切是劉徹本人的功勞或他參與制定的決策所致。[63]

　　上文提到，西漢後期為節省開支，出現了罷廢武帝廟的討論。綏和二年（前 7 年），哀帝即位後這個問題再次被提出來，同時還討論了是否應該繼續保留漢武帝「世宗」的廟號。當時只有漢高祖和漢文帝有廟號，這也意味著他們的宗廟不在廢毀之列，世世承祀。那麼，保留武帝廟號無疑會帶來龐大的開支。

　　當時的太僕王舜和中壘校尉劉歆力爭保留武帝「世宗」廟號，他們指出，武帝征伐四方使邊境安寧，免遭外族侵凌，招集天下賢俊，改正朔、訂禮制，又保存周王的傳統。他們援引《禮記》的內容，同時很可能是漢代最早引用《左傳》來支持個人觀點的官員。他們為武帝的辯護很有成效，最終皇上採納了他們的建議。

　　上文亦提到漢家的郊議，從建始二年（前 31）開始，郊祀的對象就成了討論的焦點話題，同時也牽涉到祭祀的地點選擇。從武帝開始，皇帝需親祭五帝於雍畤，祠后土於汾陰，祭太一於甘泉泰畤，而這些地方距離長安路途遙遙，皇帝不得不長途跋涉。及後成帝決定遷天地之祠於長安南北郊，改為在南郊的祭壇祭天。匡衡等朝臣主張廢除對五帝的祭祀，但劉歆力主保留。從成帝建始二年徙甘泉泰畤、汾陰后土於長安並罷廢泰雍五畤起，祭祀制度幾經變革。到平帝元始五年（5），包括劉歆在內共六十七名官

劉歆──開拓者與批評家

63　關於漢武帝的統治，見 Loewe, *The Men Who Governed Han China*,
　　604–12。

員聯名支持王莽，主張恢復長安郊祀祭天。[64]

當遇到困擾時，皇帝、朝臣還有社會各階層的人都會通過各種形式的占卜來尋求答案。一些古老的占卜方法，比如灼燒龜板而出現的裂紋或者蓍卜而得到的爻象，可以幫助人們占問吉凶。為了確定何時適合做何事，人們可以翻查日書，或者用式盤推演。另外還有像鳥占、雲氣占、候風等占卜之術。

通過這些方式，人們向超自然的力量尋求指引。而與此同時，當發生破壞性或不尋常的自然異象足以影響人間治亂時，人們亟需諮詢博學之士，或乞靈於超自然力量。皇帝可能擔心自己江山不穩，因而召集臣屬文士來解釋原因，或者商議對策化險為夷。

〈五行志〉是《漢書》最長的一章，共有三篇，後兩篇再分為上下。〈五行志〉記載了災異的發生以及董仲舒、劉氏父子等漢代文士認為合理或敢於提出的解釋，文中也不時引用《京房易傳》的內容來加以解說。所記錄的災異大多發生在春秋時期，劉歆對其中近七十次災異事件作了解釋。除此之外，劉歆還解釋了武帝時期和成帝登基後不久發生的兩起災異，而後者恰恰發生在他的時代。[65]《漢書》中同時出現劉向、歆父子二人解釋的災異記錄有四十三條；有時會出現「董仲舒、劉向以為」，而未出現

---

64 《漢書》，卷二五下，頁 1264–1265。關於西漢初年郊祀制度的主要變革，見 Loewe, *Crisis and Conflict in Han China 104 BC to AD 9*，第五章。

65 《漢書》，卷二七中之上，頁 1353；卷二七下之下，頁 1506。

過「董仲舒、劉歆以為」。大家可能可以預料到，劉向援引《穀梁傳》來解釋，而劉歆則引用《左傳》。劉向通常會實事求是，以史論史，劉歆則傾向聯繫人倫道德或自然作用進行解釋。[66] 董仲舒和他之後的劉向將災異解釋為上天向統治者發出的警示，希望他們能引起注意，有所改正。雖未見劉歆將災異視為上天示警或天意的記載，但他有時也將某些災異歸結為天罰。[67] 劉歆還會指出統治者不恰當的行為，認為這正是災異發生的原因。[68] 有趣的是，對於成帝時期的一次災異，劉歆也是如此評論。[69]〈五行志〉中有幾處提到了陰陽，但沒有特別用到五行理論。劉歆可能更傾向於依據天體運行和天象來解釋人間發生的事情。他對日食有一套獨特的解釋，是其他人沒有講過的。劉歆使用「某、某分」來解釋日食，其中的「某」都是春秋戰國時期的諸侯國名，而在古代天上的分星都與地上州國的分野互相對應。劉歆似乎特別讓讀者關注災異發生之地和天上的聯繫。[70]

劉歆──開拓者與批評家

---

66 道德方面可參見《漢書》，卷二七上，頁 1321；卷二七中之下，頁 1414；卷二七下之上，頁 1445；自然過程方面可參見同書，卷二七上，頁 1340；卷二七中之上，頁 1396；卷二七中之下，頁 1409、1412，1434；卷二七下之上，頁 1463。

67 同上注，卷二七下之上，頁 1445。

68 同上注，卷二七中之上，頁 1338；卷二七中之下，頁 1431；卷二七下之下，頁 1479、1503。

69 同上注，卷二七下之下，頁 1506。

70 見《漢書》，卷二七下之下，頁 1479–1500；例如頁 1483 記劉歆解釋天象為「楚、鄭分」、「魯、衛分」。

　　劉歆除了在論述朝代更替時使用過五行理論外，其他著作中甚少提到五行。很難找到資料證明劉歆認為五行就是天、地、人三界一切運動和事物的原動力。然而這一理論恰好迎合了王莽內心深處的渴望，相比王莽的熱衷，作為臣屬的劉歆對此無疑有些冷淡。王莽是中國歷史上第一個借用五德終始說合法化統治權的皇帝，為此他有意宣揚他繼承的是土德。沒有證據顯示是劉歆影響他這麼做的。他們之所以有這樣不同的態度，可能是因為人們對這套理論的接受程度不同。儘管當時這套理論在民眾之間廣泛流行，但未必能取信於那些正在建構自身宇宙觀的有識之人。劉歆也許不認為這套理論合理可從，但王莽卻樂於見到民眾信奉，這樣便可以獲得他們的衷心支持。

　　《漢書·律曆志》表明劉歆在重視理論問題的同時也關注實際問題。他寫到，銅材質經久耐用，不會受溫度的變化而改變，因此除了有些地方必須用竹材外，銅是製作量具最合適的材料。[71] 他意識到度量衡必須講求精確性，也表現出對各種權量的形狀和不同測量工具的功能異常熟悉。[72] 身為羲和，劉歆有責任確保製作出來的律管尺寸正確無誤，負責最後把關。[73] 從其他文獻可以得知，羲和的

---

71 《漢書》，卷二一上，頁 972。古人以十丈（23 米）為一引，用竹來製作長度單位「引」的量器，見同卷，頁 966。

72 《漢書》，卷二一上，頁 956、969。

73 同上注，頁 956。另外太常掌禮樂、廷尉掌度、大司農掌量、大鴻臚掌衡，見同書卷二一上，頁 965、967、968、971。

職責還包括監督月令在民間的推行。[74]

正如我們所看到的，劉歆與其父劉向在兩個方面有所不同。劉向治《穀梁傳》，認為郊祀祭五帝；劉歆尚《左傳》，認為郊祀應祭天。他們對董仲舒的評價也不盡相同，劉向讚譽董仲舒「為世儒宗，定議有益天下」，並認為董仲舒有「王佐之材」，是他人所不能及的；而劉歆雖然也認可董仲舒的才學，但認為劉向對其讚譽太過。[75]

四、結語

正如上文所說，劉歆深陷改朝換代的政治漩渦，深為所苦。我們是否可以相信劉歆的遠見卓識已超越時代對他的要求？我們想知道，一朝一姓的興衰存亡在他看來是否只是天道循環的正常環節？他是否會將個人的成敗得失放在更廣袤的背景、置之於時間長河中解讀，認為天上、地下和人間的所有事情和行動均受到宇宙自身的循環與諧和規範？

換一個角度看，究竟劉歆是否不幸生於多事之世？

---

74 見甘肅省文物考古研究所：〈敦煌懸泉漢簡釋文選〉，《文物》2000 年第 5 期，頁 33–36。另參 Charles Sanft 陳力強，"Edict of Monthly Ordinances for the Four Seasons in Fifty Articles from 5 C.E.: Introduction to the Wall Inscription Discovered at Xuanquanzhi, with Annotated Translation," *Early China* 12 (2008–2009): 125–99.

75 《漢書》，卷三六，頁 1930，卷五六，2526；另參魯惟一：《董仲舒：「儒家遺產」與〈春秋繁露〉》，頁 60。

眼看漢家王朝日薄西山、氣數已盡，劉歆有否感到痛心疾首？到底該效忠於哪一方？忠義難以並全，他是否為此感到左右為難？無奈事到盡頭才發現，那個漢室的繼承者卻不讓他效忠。劉歆的視野似乎比父親更開闊，他樂於接受新的觀念和材料，探索新的學術議題。劉歆的學術創建最能見於所建立的思想體系，將天文、律學、算術和歷史通通統攝其中，用這些不同但又互相牽引的元素構成統一的宇宙系統；這個宏大體系在《漢書》中有所闡述，並在他對度量衡的描述中得到充分體現。同時，身為開拓者和批評家，劉歆努力不懈地對他的各種觀察給出合理的解釋，表達他對當前道德問題的反思。我們不妨思考一下王莽在多大程度上宣揚周王朝的治世理想，與劉歆在多大程度上幫助他付諸實踐，或許可以得出這樣的結論：劉歆是古往今來其中一個最不遺餘力締造中國悠久傳統和文化遺產的功臣。

饒宗頤國學院院刊　增刊
2018 年 9 月
頁 77–107

劉楨作品中的反諷與死亡[*]

魏寧（Nicolas M. WILLIAMS）
香港大學中文學院

李泊汀、陳竹茗譯

　　建安時期（196–220）的詩歌雖以如實表現詩人個性
著稱，但詩人們為了避免冒犯曹魏當權者，在表達思想和
感情時不得不有所收斂。也許是這種心理使然，他們在作
品中對自己的真實想法往往有所保留，而以委婉甚至反諷
的方式傳達心曲。本文以建安代表詩人劉楨（？–217）為
研究對象，梳理並分析其作品中的反諷元素。《世說新語》
中的一則軼聞透露了劉楨以反諷的方式自外於身處的朝
廷，他的兩首代表作品也不像直抒胸臆的抒情詩，而具有
更為複雜和不確定的內涵，箇中的矛盾有待發覆闡微。後
世多以「風骨」一詞描述建安詩人的整體風格，這一傳統
文學批評術語蘊含的內在張力恰好可借以印證本文的研究
理路。在文網高張的情勢之下，建安詩人深知觸犯忌諱的

劉楨作品中的反諷與死亡

---

*　非常感謝兩位匿名審稿人提出的意見，促使我對本文作出大幅
　　修訂，改動之大或許令他們感到面目全非。在此一併感謝李惠
　　儀教授對於筆者另一篇文章所下的評語，而該文的撰寫也間接
　　影響了本文的寫作。文中如有錯訛，概由本人負責。

文章可能招致殺身之禍。此外，一篇頌揚隱士友人的碑銘也為更好地理解劉楨帶來啟發。最後，對於建安時期的政治脈絡及其中的文學諷刺，正可以常見於當時文史典籍中的「虛器」喻象作一歸結。

關鍵詞：建安文學　劉楨　反諷　風骨　五言詩

一、引言

　　建安七子——孔融（字文舉，153–208）、王粲（字仲宣，177–217）、劉楨（字公幹，？–217）、阮瑀（字元瑜，？–212）、應瑒（字德璉，？–217）、陳琳（字孔璋，？–217）和徐幹（字偉長，171–218），作為五言詩創作的楷模而知名。[1] 東漢末建安（196–220）年間，七子與同在鄴城（今河北省臨漳縣西南）朝廷的曹操（155–220）父子朝夕論思，賦詩作文。話雖如此，他們並未同時聚首鄴城，因孔融於公元 208 年被曹操處死時，王粲仍留在劉表（142–208）麾下。

　　孔融遭戮一事對於我們解讀建安詩歌有著相當的重要性。建安詩人的作品充滿了痛飲狂歌、對功業的期許和滿腔的悲慨之情，無不與他們特定的個性和自身遭際緊密相關，在前代詩文中實不易看到這種個性化的表現方式。另一方面，這些詩作的創作背景頗為特殊，即某些表述方式

劉楨作品中的反諷與死亡

---

[1]　另一排序以曹植代替孔融，但就本文的關注點而言，仍宜包括孔融在內。以中文發表的當代相關研究包括江建俊：《建安七子學述》（臺北：文史哲出版社，1982 年）；李文祿：《建安七子評傳》（臺北：文津出版社，2004 年），以及王鵬廷：《建安七子研究》（北京：北京大學出版社，2004 年）。作品集包括俞紹初編：《建安七子集》（北京：中華書局，1989 年）；韓格平編：《建安七子詩文集校注譯析》（長春：吉林文史出版社，1991 年），以及吳雲等：《建安七子集校注》（天津：天津古籍出版社，2005 年）。

有可能招致殺身之禍。孔融被指控為大逆不道的表現之一
就是「發辭偏宕，多致乖忤」，[2] 他也因此被處以極刑。在
此背景之下，雖然曹操的世子曹丕（187–226）在孔融死
後對其作品極力揄揚，孔氏的文侶仍然無法感到寬心。[3]

　　建安詩歌的「個性化和現實性」已經得到不少批評家
的稱許，[4] 特別是其中的「悲歌慷慨和直抒胸臆」。[5] 但與此
同時，詩人們所採用的表達手法卻受制於傳統的規範：陳
詞套語、重現的主題和固定的修辭結構皆習見於建安五言
詩歌。[6] 從這些前人研究中，可隱約看出建安詩人久負的盛
名，與其詩作的實際內容並不完全相副。[7] 一方面，讀者肯

2　《後漢書》（北京：中華書局，1964 年），卷七〇，頁 2272。

3　同上注，頁 2280。

4　Burton Watson 華滋生 , *Chinese Lyricism: Shih Poetry from the Second
to the Twelfth Century* (New York: Columbia University Press, 1971),
44.

5　尤指王粲，見 Ronald Clendinen Miao 繆文傑 , *Early Medieval
Chinese Poetry: The Life and Verse of Wang Ts'an (A.D. 177–217)*
(Wiesbaden: Steiner, 1982), xiii.

6　見 Christopher Leigh Connery, "Jian'an Poetic Discourse" (Ph.D. diss.,
Princeton University, 1991); idem, *The Empire of the Text: Writing and
Authority in Early Imperial China* (Lanham: Rowman and Littlefield,
1998); 及 Stephen Owen, *The Making of Early Chinese Classical Poetry*
(Cambridge, Mass.: Harvard University Asia Center, 2006).

7　有別於上述提到的方法，一種新穎可喜的研究進路著眼於群體
撰作，最能體現在史湘靈的博士論文：Shih Hsiang-lin, "Jian'an
Literature Revisited: Poetic Dialogues in the Last Three Decades of the
Han Dynasty" (Ph.D. diss., University of Washington, 2013).

定其中的直抒胸臆和悲歌慷慨，另一方面，卻又發現他們因襲互用相近的表述。不過，我們只要考慮到這些詩歌的社會背景——朝臣競相討好奉承曹氏父子，唯恐落於人後——便可以想見建安詩歌在情詞懇切的同時，也自覺地摻雜奉承揄揚之辭，區別只在於二者孰多孰少。與此同時，建安詩人雖積極嘗試各種自我表達的方式，但不一定每次都能成功，有時唯有借助陳詞濫調，自出新意。

在文網高張、因言獲罪的政治局勢下，建安詩人很可能是有意噤口不言，甚至刻意語帶譏諷。現代意義上的「反諷」一詞，有兩個基本含義：「言語反諷」，透過遣詞用字來傳達言外之意；「情境反諷」，傳達出與一般預期相反的整個情境或結果。[8] 不過，無論是這兩種反諷的類型，抑或齊克果（Søren Kierkegaard, 1813–1855）以來文學批評界所討論的種種其他含義，[9] 在實際操作上並不容易區分。因為反諷的言語往往有賴於反諷情境呈現，正如在諷刺的情境下，人們所說的話往往被解讀為反話。因此，說

劉楨作品中的反諷與死亡

8　儘管筆者最終沒有採用這種分類，而傾向於更精細的劃分，但下列著作對反諷的基本概念有很好的說明：D.C. Muecke, *The Compass of Irony* (London: Methuen, 1969), 42–52. 另一經典研究是 Wayne Booth, *The Rhetoric of Irony* (Chicago: University of Chicago Press, 1974).

9　見於齊克果 1841 年的博士論文：*The Concept of Irony, with Continual Reference to Socrates: Together with Notes of Schelling's Berlin Lectures*, eds. and trans. Howard V. Hong and Edna H. Hong (Princeton, N.J.: Princeton University Press, 1989).

古代作品意在諷刺時必須慎之又慎，但又不能忽略反諷的存在。對於身在曹氏政權下的建安詩人來說，言語反諷可說是他們的文學雄心與政治屈從之間失衡而導致的必然結果。[10]

因而，如果想要全面體認建安詩歌的慷慨悲涼，就必須挖掘其中的言外之意。從這個角度來看，早期五言詩的程式化特點或許不是缺憾，反而是其長處。如果限制直接表達的範圍，那麼至少從數學意義上看，意在言外的情感幅度必然得以擴大。在這種情況下種種背景信息，包括詩人的生平和詩歌以外其他體裁的作品就變得格外重要。下文將把劉楨的幾首詩作與他的其他作品和政治處境互相參照，以窺測詩作中向來被忽視的反諷基調。與「反諷」這一文學批評概念相輔而行，傳統中國文論術語「風骨」的辯證內涵也可以說明問題，闡明劉楨作品中隱含與明言、套路與變化的交互作用。只有關注詩歌隱而未彰的內容，方有可能體察字裡行間所描寫的世界的分量。

---

10 當今學界不太能想像建安詩歌蘊含反諷元素，或許是因為時移勢易，今人可以完全不受政治正統、利益考量和社會壓力左右而自由寫作，此所以不易體察古人左右為難、動輒得咎的窘境。

二、婉諷的妙答

一次對主上的失敬，可說是劉楨人生的一大轉捩點。[11]
相關記載以事件發生兩個世紀之後，劉義慶（403–444）
編纂的《世說新語》所述最耐人尋味：

> 劉公幹以失敬罹罪，文帝問曰：「卿何以不
> 謹於文憲？」楨答曰：「臣誠庸短，亦由陛下綱
> 目不疏。」[12]

劉氏的行為不端及處分將於後文討論。這裡以「文帝」來

11　見《三國志》（北京：中華書局，1959 年），卷二一，頁 601，下
文會就此詳細討論。學者對劉氏生平的重構包括：伊藤正文：〈劉
楨伝論〉，收入《吉川博士退休記念中国文学論集》（東京：筑摩
書房，1968 年），頁 145–168，又見《建安詩人とその伝統》（東
京：創文社，2002 年），頁 115–137；王運熙：〈劉楨評傳〉，收入
《中國歷代著名文學家評傳續編》（濟南：山東教育出版社，1989
年），卷一，頁 201–212；又見王運熙：《漢魏六朝唐代文學論叢》
（增補本）（上海：復旦大學出版社，2002 年），頁 308–317；杜貴
晨：〈劉梁、劉楨故里及世系、行輩試說〉，《岱宗學刊》，2002 年
第 3 期，頁 57；以及 Fusheng Wu 吳伏生, "'I Rambled and Roamed
Together with You': Liu Zhen's (d. 217) Four Poems to Cao Pi," *Journal
of the American Oriental Society* 129.4 (2010): 619–33。

12　余嘉錫撰，周祖謨、余淑宜整理：《世說新語箋疏》（北京：中華
書局，1983 年），〈言語篇〉，頁 70。我在翻譯時參考了馬瑞志
（Richard B. Mather）的權威譯本 Shih-shuo Hsin-yü: *A New Account
of Tales of the World.* 2nd ed. (Ann Arbor: Center for Chinese Studies,
University of Michigan, 2002), 34。（編按：譯文從略，下同）

稱呼對話者似乎不合適，因為曹丕在劉楨死後才稱帝。劉楨在回答中化用了《老子》的「天網恢恢，疏而不漏」，[13] 原意是沒有人可以逃脫天理所加諸的命運，劉楨卻借用來指責主公慣於用刑，裁斷之「網」一點也不「疏」。採用這種含而不露的修辭，毋須明言也可以指責對方的不是：當朝臣無法公開表達自己的批評時，唯有報以反諷的妙答。

這則軼聞顯然不能視作信史。除了事件年代錯謬外，精闢雅潔的對話本身也更像晉代文人的風格，其流風餘韻最能完整體現於《世說新語》的軼聞雋語。不過，作為一條對劉楨人生經歷相當早的「詮釋」，這則軼聞彌足珍貴。正如下文所論這條軼聞不乏歷史根據，反映依附曹丕和曹操，食其俸祿的劉楨始終對曹氏和自處的位置惶恐不安。這個例子也通過刻意修飾的應對，將那份惴惴不安形象地傳達出來。劉楨從未處於超然獨立的位置，無法開誠布公地表達自己的理想，只能間接地抒發憤懣。儘管「綱目不疏」的微言可能出自後人附會，但這一理解劉楨的角度不僅具有說服力，而且直接關係到我們解讀作品本意。

劉孝標（462–521）注解《世說新語》時引用了兩條材料，可以視為這則軼聞的史證。第一條見於魚豢（第三世紀）的《典略》：

---

13 陳鼓應編：《老子注釋及評介》（北京：中華書局，1984年），第73章，頁334。

> 建安十六年，世子為五官中郎將，妙選文
> 學，使楨隨侍太子。酒酣坐歡，乃使夫人甄氏出
> 拜，坐上客多伏，而楨獨平視。他日公聞，乃收
> 楨，減死輸作部。[14]

「太子」指曹丕，儘管當時他尚未被指定為繼承人。與《世說新語》的軼聞一樣，此處也出現了時代顛倒，或許反映出這些文本缺乏斷代史的全局視野，因而作者或編者未能盡力確保稱謂符合史實和時序。令人驚異的是，劉楨會因為「平視」或沒有迴避目光而遭受曹操處分。如果說「平視」都算逾矩行為，可以想見建安七子的作品還能有多直白坦率！這則故事解釋了《世說新語》中劉幹「失敬獲罪」之由。

劉孝標還引用了張隱（四世紀）《文士傳》中對後續發展的記述：

> 楨性辯捷，所問應聲而答。坐平視甄夫人，配輸作部，使磨石。武帝至尚方觀作者，見楨匡坐正色磨石。武帝問曰：「石何如？」楨因得喻己自理，跪而對曰：「石出荊山懸巖之巔，[15] 外有五色之章，內含卞氏之珍。磨之不加瑩，雕之不增文，稟氣堅貞，受之自然。顧其理枉屈紆繞而

14　余嘉錫：《世說新語箋疏》，頁 70。
15　借指著名的和氏璧。

不得申。」帝顧左右大笑，即日赦之。[16]

這條軼聞也可能經過了後人的修飾，即便如此，作為對劉楨和曹家當權者關係的詮釋亦自有其價值。這裡劉氏巧用文字遊戲，將自己比作珍貴的璞玉，不動聲色地為自己辯白。劉楨讚美玉石的妙語不能按字面理解，實是通過借喻試圖將主公和臣僕、施罰者和負罪者的關係轉移到美學的層面。這些事件應發生於建安十六年（211）或十七年（212），曹丕剛成為五官中郎將後。[17] 此事之後，劉楨大約活了五年時間，其現存大多數作品都可以確定創作於這一時期。因此，這些傳聞軼事為閱讀劉楨作品提供了框架。

劉楨的立身處世之道也有其家世淵源，畢竟其祖上都謹小慎微，為了侍奉朝廷不惜暫時放下個人節操。憑藉有限的文獻資料，我們僅能粗略勾勒劉楨的生平大概，如將他的生年定為建寧三年（170），即純粹出於臆測。[18] 他的家鄉在東平寧陽（今山東省寧陽縣），位於曲阜西北25公里外，是以成長過程中深受儒家學說薰陶，這點跟他的文友孔融、王粲和徐幹頗為相似。[19] 劉楨的祖父（一說

16　余嘉錫：《世說新語箋疏》，頁70。

17　王運熙：《劉楨評傳》，頁311；伊藤正文：〈劉楨伝論〉，《建安詩人とその伝統》，頁133。

18　見王運熙：《劉楨評傳》，頁308。

19　伊藤正文指出寧陽在曲阜西北25公里處，在此成長令劉楨對正宗儒家傳統別有會心。見氏著：〈劉楨伝論〉，《建安詩人とその伝統》，頁115。

父親）劉梁（卒年介乎 178–184 年）是個飽學的寒士，一生沉淪下僚。[20] 他有兩篇傳世文章，即〈破群論〉[21] 與〈辯和同之論〉。[22] 其中第二篇所論的「和同」之別早已為孔子提出，劉梁則從實證主義的觀點出發，闡述了個人行為需因時制宜，並指出過分固守傳統道德將適得其反。這種見解若以更文藝的方式呈現，就會變成修辭上的反諷，暗示道德在現實世界中，只能以局部和差強人意的方式呈現。

在劉楨現存的作品中，找不到一篇明確申論劉梁觀點的說理文章，但他的好友、同為七子的徐幹著有《中論》一書，其中某些思辯頗近於劉梁。[23]《中論》書名本身已表明其調和兩端的立場，其中〈譴交〉篇更直接呼應劉梁〈破群論〉中對黨派的抨擊。徐幹在別處言及各種德行的局限，並需視情況加以限制或擇善而從。〈虛道〉篇開章便把君子比喻作「虛器」──「人之為德，其猶虛器歟？器虛則物注，滿則止焉」，因為君子不會炫耀一己的德行，只會因時制宜施展才德。[24] 這裡或多或少暗示了矯飾在所

---

20 據劉梁本傳，劉楨是其孫子（《後漢書》，卷八十下，頁 2640），但《三國志》裴松之注所引《文士傳》言劉梁是劉楨的父親（《三國志》，卷二一，頁 601），無從定奪何說為優。

21 《後漢書》，卷七〇下，頁 2635。

22 同上注，頁 2635–2639。

23 劉、徐二人的詩歌往還將於後文探討。《中論》除了《漢魏叢書》本和《四部叢刊》本，亦見於俞紹初：《建安七子集》，頁 254–321。

24 《中論》（《四部叢刊》本），卷四，頁 14b。

難免：一個真正的有德君子恥於露才揚己。[25]

　　鄴下群臣深明妥協、甚至矯飾的必要。建安九年（204），曹操入主鄴城並定為軍事擴張的基地，不過劉楨是在此前還是此後投靠曹操陣營則未明。[26] 建安十三年（208）八月，世居於劉楨家鄉附近曲阜、孔子二十世嫡孫孔融被曹操處死。身為曹操麾下聲譽最隆的智囊之一，孔融之死對於其餘六子來說必然是一種警醒。[27] 因此，劉楨有充足的理由依從「虛道」、效法「虛器」，用反諷和迂迴的修辭來表達自我，畢竟此時此世，平視權貴的臉也足以獲罪。

---

25 《中論・虛道》：「君子常虛其心，志恭其容貌，不以逸群之才加乎眾人之上。視彼猶賢，自視猶不足也，故人願告之而不倦。」同上注。

26 可惜無法考據出劉楨抵鄴的確切時間。王運熙根據謝靈運的〈擬魏太子鄴中集〉（載《文選》〔上海：上海古籍出版社，1986年〕，卷三〇，頁 1436）主張應為建安初年，見《劉楨評傳》，頁 309。但由於謝靈運並非為了忠於史實而創作，因此他的仿作不能視為史料。俞紹初根據同一條證據，將劉楨至鄴城的時間定為建安九年（204），見〈建安七子年譜〉，《建安七子集》，頁 401。另外，伊藤正文認為直到建安十三年（208）六、七月間劉楨被拜為丞相掾屬之前，一直留在故鄉寧陽，見《建安詩人とその伝統》，頁 136 注五。曹道衡、沈玉成收集了多條間接證據，說明劉楨在建安元年至五年（196 至 200）之間抵鄴，見二人合著《中古文學史料叢考》（北京：中華書局，2003 年），頁 63。

27 伊藤提出劉楨〈贈從弟〉其二直接效法署名孔融的〈雜詩〉（《建安詩人とその伝統》，頁 119–120），但〈雜詩〉僅見於《古文苑》，可信性值得懷疑。

三、書信修辭

儘管上引《世說新語》的軼聞有助我們從早期詮釋者的角度，理解劉楨的生平及作品，但始終不可作為第一手材料。幸而與研究其他建安作家的情形相似，不少散文篇章可以用來說明劉楨所處的景況。這些文章產生的背景基本上與宮廷有關，從中可以看出當時劉楨已落入朝臣的「虛器」而不得不採取迂迴曲折的書寫策略。有鑑及此，我們可以肯定這些記載有助深入體察劉楨的個性，並理解其礙於形勢而不得不採取複雜的修辭策略。

第一個例子是〈答曹丕借廓落帶書〉。劉楨初以曹操麾下司空軍謀祭酒一職（後遷丞相掾屬）進入曹魏朝廷，數年後又轉到曹丕和曹植門下任職。建安十六年（211），曹丕就領五官中郎將，劉楨等數人轉拜五官將文學，為其僚屬。據說曹丕曾經贈送劉楨一條貴重的外國腰帶（廓落帶），隨後想暫借回來一用，於是寫了此信：

> 夫物因人為貴。故在賤者之手，不御至尊之
> 側。今雖取之，勿嫌其不反也。[28]

---

28 《三國志》裴松之注所引，卷二一，頁 601。「廓落」或作「郭落」，見 Otto Maenchen-Helfen, "Are Chinese *hsi-p'i* and *kuo-lo* IE [Indo-European] Loan Words?" *Language* 21.4 (1945): 256–60；他將這個詞定為希臘語 "κύκλος"（圓圈）和焉耆語（吐火羅語 A）中 "kukäl"（車輪）等的同源轉寫，實為一種匈奴人常用的皮帶。

信中同時流露了曹丕的機智和倨傲。劉楨的回覆則順應同一主題，用一系列喻體層層遞進，令人聯想起上引《文士傳》的軼聞：

> 楨聞荊山之璞，曜元后[29]之寶；隨侯之珠，[30]燭眾士之好；南垠之金，登窈窕之首；[31]貂貂之尾，綴侍臣之幘：此四寶者，伏朽石之下，潛汙泥之中，而揚光千載之上，發彩疇昔之外，亦皆未能初自接於至尊也。夫尊者所服，卑者所脩也；貴者所御，賤者所先也。故夏屋初成而大匠先立其下，嘉禾始熟而農夫先嘗其粒。恨楨所帶，無他妙飾，若實殊異，尚可納也。[32]

這封信表層的意思很簡單，即寶物總是由卑賤者生產或首先使用，然後才獻予尊者或為其徵用。劉楨在信末屈從於曹丕之請，因此讀者容易忽略他在妙用比喻時偷換概念，反客為主。劉楨非但暗示自己並非身懷至寶的卑賤者，更

---

29 即天子。

30 隨侯（或作隋侯）是春秋初隨國諸侯，因見「大蛇傷斷，以藥傅之，後蛇于江中銜大珠以報之」。事見《淮南子》（《四部叢刊》本），卷六，頁 3b 高誘注。

31 這種貴金屬通常稱為「南金」，如《詩經‧魯頌‧泮水》所言「大賂南金」，是淮河流域部族進獻朝廷的貢品。

32 《三國志》裴松之注所引，卷二一，頁 601。另參韓格平：《建安七子詩文集校注譯析》，頁 493–494；吳雲主編：《建安七子集校注》，頁 613。

以寶物自況，因為荊山之璞、隨侯之珠等意象皆是賢臣的傳統喻象。

不過信中對於這些寶物的現況卻語焉不詳：究竟劉楨覺得自己仍「潛汙泥之中」，還是已然揚光發彩？此處也對被剗削略有微詞，似乎在暗示尊者擁有的一切無一出於自身，只不過是坐享子民的成果。這是一封老練得體且不失恭維的信，但劉楨所用的各式珍寶意象都不是指太子殿下，而是象徵股肱之臣，似乎在時刻提醒曹丕要懂得賞識劉楨這樣的能臣。雖然表面上傳達的信息是順應和屈從上級的要求，但其所用一切修辭手段無不肯定劉楨的自身價值。

建安十六（211）或十七（212）年，身為曹丕僚屬的劉楨有被革職的危機，但最終得到寬免並復職。〈諫平原侯植書〉是他寫給曹植（建安十六至十九年間封平原侯），為其同僚邢顒（？–223）遭遇冷落而抱不平的信，[33] 從中可知劉楨隨後擔任平原侯庶子，為曹植效力。從〈與曹植書〉可見，劉楨對曹植的知遇之恩幾乎感激涕零：

> 明使君始垂哀憐，意眷日崇，譬之疾病，乃使炎農分藥，岐伯下鍼，疾雖未除，就沒無恨。

劉楨作品中的反諷與死亡

---

33 文載邢顒本傳，《三國志》，卷十二，頁 383。繫年見王運熙：《劉楨評傳》，頁 311–312；曹道衡、沈玉成：《中古文學史料叢考》，頁 62–63。伊藤正文於〈劉楨伝論〉（《建安詩人とその伝統》，頁 123）中提出新說，認為劉楨可能先事曹植、再事曹丕，按這也是應賜出仕的順序。

何者？以其天醫至神，而榮魄自盡也。[34]

該信的寫作背景並不清楚，但可以推斷在劉楨失禮於曹丕之後，對曹植的收留眷顧深表感激。劉氏在〈贈五官中郎詩〉其二亦言及疾病，及至建安二十二年（217）他確實與徐幹、陳琳、應瑒死於同一場疫癘，所以這裡所說的疾病可能並不單純是隱喻。炎農（或神農）是農業及醫藥之神，岐伯則是遠古時期一大名醫；末句中的「榮魄」一詞指軀體，「榮」是血液循環的專門術語，「魄」則與「魂」同時依存於身體。劉楨的意思是至神若得到滿足，身死亦無憾。

上文與《文心雕龍》所引劉楨的一則評語在形式上有一定的相似性，其文曰：「文之體（指）〔勢〕實強弱，使其辭已盡而勢有餘，天下一人耳，不可得也。」[35] 這條對於寫作本質的論述繼承了劉楨喜用的轉喻：形容某種東西生生不息，在自身終結後仍然發揮作用。劉楨在〈與曹植書〉中以此自況，而在《文心》引文中則借以論文。正是這種生與死之間的角力，賦予劉楨詩作非一般的魄力和風致。劉勰（約 465–522）在《文心雕龍・書記》中讚揚「公

---

34 嚴可均編：《全上古三代秦漢三國六朝文》（1893 年刻本；臺北：世界書局，1969 年翻印），《全後漢文》，卷六五，頁 4a。

35 范文瀾：《文心雕龍註》（北京：人民文學出版社，1958 年；臺北：學海，1993 年翻印），卷三十，頁 531。我依從周振甫的校改將「指」改為「勢」，見氏著：《文心雕龍注釋》（臺北：里仁書局，2001 年），卷三十，頁 590。

幹牒記，麗而規益」，並指出曹丕《典論・論文》在談論
劉楨作品時遺其書札（「子桓弗論」）。[36] 劉勰的論斷可能
基於劉楨的部分佚信，足以表明其書信集規勸與文采於一
身。

　　這封信與前引有關劉楨辯才的軼聞共通之處在於，善
用形象鮮明的對比：無論是形亡而神在、辭盡而勢有餘，
還是潛藏汙泥之中的寶玉明珠，這些鮮明的映照對比正是
劉楨詩文得力之處，在詩作中尤其廣泛運用。對於這種勢
力的此消彼長可視具體情況作不同詮釋，既可看成對權力
關係的暗諷，也可看作生與死之間永無休止的角力。

四、風骨與柏松

　　儘管在古代漢語中找不到「反諷」的對應詞，但六朝
時期的「風骨」話語卻與此相涉。「風骨」一詞在後世評
論中經常與建安詩歌相提並論，[37] 劉勰論風骨互補時說：
「練於骨者，析辭必精，深乎風者，述情必顯。」[38] 在他看

劉楨作品中的反諷與死亡

36　范文瀾：《文心雕龍註》，卷二五，頁 457。

37　英語論文甚少探討「風骨」一詞，比較重要的有：Donald A. Gibbs
　　季博思 , "Notes on the Wind: The Term 'Feng' in Chinese Literary
　　Criticism," in *Transition and Performance: Chinese History and
　　Culture: A Festschrift in Honor of Dr. Hsiao Kung-Ch'üan*, eds. David
　　C. Buxbaum and Frederick W. Motes (Hong Kong: Cathay Press, 1972),
　　285–93。季博思將「骨」譯成 bone structure（骨架），筆者認為頗
　　有用，有時亦於行文時借用。

38　見《文心雕龍註》，卷二八，頁 513。

來，風和骨是文學創作的兩大基本特徵，優秀的作品必須風骨兼備。骨或指作品的結構，或指明快爽朗的文風，而風則有傳遞思想情感的感人力量。不過與劉勰提出的「體性」、「通變」等相反相成的概念一樣，兩個元素都要盡力達到，而且並不孤立存在。

　　儘管風、骨二字各有固定的涵義，組合成複合詞也可用來形容性格，但筆者管窺所及，劉勰似乎是第一個用「風骨」談文論藝的人。[39] 風和骨在魏晉論述中常用於評價個人品格和儀表，其中風基本上是指人的氣質或舉止，骨則與骨幹、「脊梁骨」等相似，用來形容一個人剛毅堅韌的道德品質，如「骨鯁」一詞中的骨。與此同時，骨亦與其常用義骨頭有密切關係，所以即使用來談個性時，風骨可以與內外、身心等反義複合詞對舉。在美學批評領域中，這兩個概念率先應用於繪畫和書法上。「骨」可以如字面所示，指畫中主體對象的骨架，像顧愷之（341–402）形容畫家「作人形骨成而製衣服慢之」。[40] 與此同時，「骨」作為品性亦具剛健有力、生氣貫注的含義，如王獻

39　此論本於牟世金：《文心雕龍研究》（北京：人民文學出版社，1995 年），頁 352–360，以及王運熙：〈從《文心雕龍・風骨》談到建安風骨〉，載氏著：《文心雕龍探索》（修訂本）（上海：上海古籍出版社，2005 年），頁 98–124，尤其頁 102–108。

40　引自〔唐〕張彥遠著，俞劍華注釋：《歷代名畫記》（上海：上海人民美術出版社，1964 年），卷五，頁 104。此句俞注曰：「先畫人形，完成骨法，然後再把衣服被上去。」按顧氏這段畫論往往指為出自《魏晉勝流畫贊》，但俞劍華已於校注本指出應為顧愷之《論畫》之誤，此處張彥遠似乎弄錯。

之（344–388）本傳在評論其書法時，稱「獻之骨力遠不及父」。[41]

隨後「風」和「骨」都被用於談詩論文，尤其是讚美行文生動而有說服力。儘管如此，分開來看風和骨之間不無對立之處。它們固然是可敬的品質，但各趨兩端：具體而言，風代表感染力或風格化傾向，是比骨更為基本的性質。風骨是兩種對立傾向的混合體，是把經驗昇華為藝術。落在個人層面，慷慨悲涼並不在於「直書其情」，恰恰相反，它只能在詩人著力弄清自身精神束縛時，透過其內心衝突而呈現。因此要追尋建安文風，我們有必要考察其書寫表達模式中內在的張力、傳達心意的渴求如何被權威人格所窒礙、自我的呈現如何在社會互動機制下往往流為誇張失實，以及作者人格的骨鯁剛直如何與文藝風韻的靈動交相碰撞。

劉楨在其名篇〈贈從弟〉中，形象生動地展現了這種對立概念的觸碰。以下是三首之二：

> 亭亭山上松，瑟瑟谷中風。
> 風聲一何盛，松枝一何勁。

---

41 《晉書》（北京：中華書局，2003 年），卷五十，頁 2106。艾惟廉（William Acker）分析繪畫裡的「骨法」概念時發現，儘管它最初用於指人的「骨相體格」（skeletal structure），但後來引申出截然不同的意思，即「生氣貫注的筆法」。見氏著：*Some T'ang and Pre-T'ang Texts on Chinese Painting*, vol. I (Leiden: Brill, 1954), xxxv.

冰霜正慘悽，終歲常端正。
豈不罹凝寒，松柏有本性。[42]

　根據詩題，這首詩似乎是劉楨為稱許從弟而作，但詩中的
寓言模式沒有明確的指涉對象，而且顯然是在訴說劉氏個
人的品德追求。詩作以風和松的交錯平行（chiasmus）開
篇，在結構上對應了這種象徵的勢不兩立。這種對立不受
時間和季節所限，而是終年不斷地鬥爭，但無論如何持續
施壓，松樹也沒有一刻變弱。詩中強調了風的角色，令人
聯想起《論語》的名句：「歲寒，然後知松柏之後彫也。」[43]
在某種意義上，即使身體不斷受到煎熬，松樹仍需要烈風
和嚴寒才能在精神上茁壯成長。風和松的角色雖然對立，
劉楨卻在首聯裡把它們對等並列，甚至像是在歌頌瑟瑟風
聲。

　　作為仕宦生涯的隱喻，這首詩呈現出人間的黑暗面。
傳統注家往往把這首詩解釋為劉楨品格高潔的自述。[44] 我
們固然可以把詩作解讀成對士人的讚美，表揚其意志堅

---

42 《文選》，卷二三，頁 1115；《增補六臣註文選》（臺北：華正書
　　局，1980 年），卷二三，頁 44b–45a；全首亦見引於《藝文類聚》
　　（上海：上海古籍出版社，1982 年），卷八八，〈木部上〉松字
　　條，頁 1513。

43 《論語・子罕》，第 28 條。

44 吳淇（1615–1675）稱劉楨詩如其人，「譬之喬松，挺然獨立」，
　　見《六朝選詩定論》（揚州：廣陵書社，2009 年），卷六，頁
　　138。與此類似，何焯（1661–1722）將〈贈從弟〉三首解讀為
　　劉氏個人價值觀的陳述，見《義門讀書記》（北京：中華書局，
　　1987 年），卷四六，頁 905。

定、像松樹一般耐得住風霜，靜心等待明君的賞識並委以重任。但要是這樣解讀的話，似乎想當然地認為劉楨對自己在曹魏政權下的現狀感到滿意。單以劉楨抵鄴後的遭際而論，我們知道他所受的「凝寒」也絕不鮮少。既然劉楨在寫「本性」，那麼大可把這首詩看成為狀寫某種普遍現實：寒士為侍奉暗主，必須屈服妥協。在這種情況下，成功往往意味著失德，吃盡苦頭方是志行高潔的明證。鍾嶸（？—約 518）對劉楨的評語是「貞骨凌霜，高風跨俗」，[45]如果借來詮釋〈贈從弟〉（其二）等作品，則似乎點出了寒冬的烈風跟堅忍的松柏一樣，皆為歌頌的對象。

　　某些修辭手法在劉楨筆下被一貫地運用，不僅五言詩如此，其他作品亦然。首先而且最重要的是，他用單一意象支撐起全段或全詩，並將形象進一步深化。其次，他善於用互動的方式開展形象，透過對立的勢力營造張力。第三，這種寫法所收到的效果是在作品中營造出衝突或矛盾，使得作品的重心落在某一意象，甚至凌駕於詩歌的主題之上。結果是，劉楨的作品可引申出多重詮釋的空間。喻象之中蘊藏著強烈情感，自然造成對個人表達的感同身受。不過，由於這些形象本身一再復現並往往套路化，我們無法簡單或不加批判地將之與劉楨的主觀內在聯繫起來。只有察覺到修辭中的內在衝突，像松柏和寒風的辯證關係，方能更深刻地體認劉楨的文心。

　　在評論這類作品時，當然可以借用「風骨」一類有助揭示內在張力的批評術語，不過西方習語中的反諷同樣適

45　汪中選注：《詩品注》（臺北：正中，1990 年），頁 81。

用。反諷在這裡不是打趣的言語反諷，而是以詩歌手段描寫情境式或悲劇式的諷刺。特里林（Lionel Trilling）曾言：「我們所說珍奧斯汀的第一種或基本的反諷，其實就是警覺到精神並不自由，即使有自由也是有條件的，受到環境所局限。一如大家從孩提時代所發現，這種現象實為畸形。她隨之而來的反諷指涉另一事實：正因為有這種反常，精神方有美德和意義。」[46] 這一分析完全可以套用到劉楨的松柏，而且在形式上比珍奧斯汀的小說更為凝練：松柏受環境所束縛，但恰恰是這種局限才讓它們的美德得以彰顯。不是劉楨所有的作品都能達到同樣的效果，但這種諷刺卻是其上乘之作的中心命題。

　　過去的文學研究者往往把焦點集中在王粲和曹植身上，似乎最富表現力和原創性的抒情詩人非此二人莫屬。但在六朝時期，劉楨的詩作同樣受到高度評價。[47]《文選》收劉楨詩十首，對於一個詩人來說確實不少。他的詩亦備受後世批評家推崇，詳見王運熙的文章。[48] 不過與王粲和曹植相比，他的詩集顯得較為貧乏，或許是因為某些重要作品業已散佚所致。六朝時劉楨的文名主要得力於其詩作，而非其他文體。鍾嶸將他列為上品，尤其稱道其詩中的

46　Lionel Trilling, "Mansfield Park," *The Opposing Self* (London: Secker and Warburg, 1955), 207.

47　伊藤正文曾對劉楨的詩作進行詳細調查，頗資參考，見氏著：〈劉楨詩論〉，載《近代》第 51 期（1976），頁 1–51；收入《建安詩人とその伝統》，頁 138–187。

48　王運熙：〈談前人對劉楨詩的評價〉，收入《漢魏六朝唐代文學論叢》（增補本），頁 318–331。

「氣」和「奇」——「仗氣愛奇，動多振絕。」[49] 換言之，劉詩的特徵是用字新奇而易曉，文風剛健而不誇飾。曹丕嘗言「文以氣為主」，[50] 因此在這個意義上劉楨堪稱是建安風格的傑出代表。

伊藤正文用現代的說法將劉詩歸結為動態性（dynamic），而王粲詩因多用典故和對偶，所以屬於靜態性（static）。[51] 將這種獨到觀點引而申之，我們可以試著觀察劉楨如何描寫一系列情緒或別的力量之間的「動態」關係，審視松樹的品性如何通過風的磨練而得到考驗和印證。

五、背時的「乖人」

劉勰提出的「風骨」概念有廣泛適用性，甚至有論者認為是普遍存在於一切文學作品的屬性。但單就劉楨詩而言，我們可以視之為強烈個人情感（作者和作品的骨力）及映襯手法（跟其他文學作品和讀者交流的表達方式）的結合。狹義地說，風骨就是暗諷，其中慣見的修辭手段被賦予新生命，在脫離作者掌控之餘又反照著他。且看劉楨的〈贈徐幹〉，這首詩有二十二行，在劉楨作品中篇幅較長，當中交織著若干條貫穿於劉楨作品、以至建安文學的主要線索。全詩一韻到底，但我根據內容將它分為三章：

---

49 《詩品注》，頁 81。

50 見〈典論・論文〉，《文選》，卷五二，頁 2271。

51 伊藤正文：〈劉楨詩論〉，《建安詩人とその伝統》，頁 142–143。

贈徐幹

誰謂相去遠，隔此西掖垣。
拘限清切禁，中情無由宣。
思子沉心曲，長歎不能言。
起坐失次第，一日三四遷。

步出北寺門，遙望西苑園。
細柳夾道生，方塘含清源。
輕葉隨風轉，飛鳥何翩翩。

乖人易感動，涕下與衿連。
仰視白日光，皦皦高且懸。
兼燭八紘內，物類無頗偏。
我獨抱深感，不得與比焉。[52]

徐幹〈答劉楨詩〉雖亦表達同一情緒，但無甚精彩之處。[53]
從詩中表現的強烈情感來看，可能是作於劉楨失禮甄夫人
而受罰的期間，又或隨後因獲罪而令清譽受損之時。事實
上，這首詩的創作脈絡不易確定，特別是因為劉楨喜用生
僻的詞藻（如清切）。這些生僻詞在存世文獻中鮮見（當
然在時人口語中未必稀奇），其實也構成了他偏向動態、
立意奇詭的文風。如果詩人是在巧妙翻用經典典故，像有

---

52 《文選》，卷二三，頁 1113–1114；《增補六臣註文選》，卷
二三，頁 43b–44a。
53 見《藝文類聚》，卷三一，頁 546。

些建安文人那樣，現代學者不難找出每個詞的出處，但對
於劉楨的某些作品來說卻無法做到。這樣靈機一動地自鑄
新詞，至今仍能為讀者塑造出鮮活的印象。

有關首兩句的解讀，五臣註中的呂延濟註曰：「是時徐
在西掖，劉在禁省，故有此詩。」伊藤正文加以闡發，推測
劉楨作詩之時應在少府下的尚方（宮廷御用作坊，相當後世
的造辦處）服役，因日夕與閹人為伍而更感羞恥。[54] 隨後幾
句道出了孤立無援和思友之情，第七和第八句更自言想安
心工作卻一直坐立不安，一如他的〈雜詩〉般道出了寫實的
動人細節。不過此詩的突出之處是，有別於大部分漢代五
言詩抒發的普遍化情緒，首兩句建立的背景非常明確具體。

第二章著力描寫宮廷附近的范圍，看起來有點難以理
解。劉楨是真的幽處禁省，不得動彈嗎？若然如此，何以
他可以在外面漫步，徐幹又為何不能相陪？其實我們可以
將此部分理解為詩人的神遊，旨在描繪他想做的事情，第
一章則是對現狀的實寫。第十三、十四句寫到鳥兒翻飛可
算這組情景的自然結束，象徵著自由與暢快。這份心情又
與開篇時的情調何其遠也！實際上我們是「被迫」作出上
述或類似的解讀，這又是詩中個別常用字眼使然。譬如曹
植的〈公讌詩〉[55] 和曹丕的〈芙蓉池作〉[56] 都提到本詩第十
句中的「西園」。曹植詩中同時出現的「綠池」、「清波」
和「好鳥」等字眼，都在本詩中一一獲得照應。這些宴遊

54 伊藤正文：〈劉楨詩論〉，《建安詩人とその伝統》，頁 160–161。
55 《文選》，卷二〇，頁 942–943。
56 同上注，卷二二，頁 1031–1032。

詩大概作於建安十六年（211）初秋，與劉楨自己的〈公
讌詩〉同時。[57]如果這種大膽假設不錯，〈致徐幹〉此章是
在回想當年宴遊的盛況，但這時的心境已截然不同，因此
這種對照只能視作反諷。

　　果不其然，第三章便在極寫此情此景下的劉楨何其孤
單。他無法逃避自己的處所、自己的刑罰，正如人類不似
飛鳥，無所逃遁於蒼茫大地。這還不止，在全詩之末劉楨
不僅感到自絕於君恩，甚至認為普天之下蒙王恩覆載的眾
生都「不得與比焉」。總括而言，這首詩與劉楨的典型風格
不同，並沒有圍繞單一意象做字字珠璣的構築，而是像一
組三聯畫（最好與其〈贈從弟〉組詩對照）：首先是個人思
念，接著是神遊方外，最後是一個孤苦罪臣的自我沉思。

　　本詩在風格上完全符合後世對劉楨的評價，達致
「氣」和「奇」的極則，其中自稱為被疏遠的「乖人」，尤
其令人絕倒。他的「乖」，並非像隱士般離群索居，而是
對自己的位置感到不自在，竭力讓自身與備受疏離的處境
重新取得調和。這裡可以比較一下劉楨其中一首最具原創
性的詩，極寫公務繁冗的〈雜詩〉：

> 職事煩填委，[58]文墨紛消散。
> 馳翰未暇食，日昃不知晏。
> 沉迷簿領書，回回自昏亂。
> 釋此出西城，登高且遊觀。

57　伊藤正文：〈劉楨詩論〉，《建安詩人とその伝統》，頁146。
58　此處據五臣本異文，以更具感染力的「煩」取代「相」。

> 方塘含白水，中有鳬與鴈。
> 安得蕭蕭羽，從爾浮波瀾。[59]

相信二十一世紀的學者不難對劉楨的處境產生共鳴，這首詩亦與〈贈徐幹〉有著驚人的相似之處。在這兩首作品中，詩人都疲於現狀，想去附近的池塘遊覽散心，甚至想像自己如鳥兒般自由。

將〈贈徐幹〉放在此一脈絡下理解，處於三聯畫中心位置的陳詞套語便賦予了非常個人的意義；它們作為劉楨記憶的標記，在新語境下獲取全新的意義。同一個詞語，甚至同一行詩句、對句，都會因應情境的差異而代表不同的意思，就像同樣的詞語，對曹丕和劉楨來說亦有截然不同的含義。言語反諷固然是劉楨這篇傑作的中心所在，但同樣應該放進鄴下朝廷充滿諷刺意味的背景下考察。

六、沖盈的虛器

建安十七年（212），尚書令荀彧（163–212）一直貴為曹操攀上權力高峰的過程中最倚重的軍師，竟出言諫阻丞相加封九錫。[60] 曹操在稱王之前有必要先受九錫之禮，

---

59 《文選》，卷二九，頁 1359–1360；《增補六臣註文選》，卷二九，頁 18b–19a。

60 《三國志》，卷十，頁 317。相關討論亦見 Rafe de Crespigny 張磊夫, *Imperial Warlord: A Biography of Cao Cao 155–220 AD* (Leiden: Brill, 2010), 385–87.

料想不到竟在自己陣營內遭遇反對，為此「心不能平」。
他將荀彧從尚書令遷至地位崇高而無實權的光祿大夫，大
大削弱了他的勢力。未幾荀彧染病，曹操饋以食器，內裡
卻空無一物，彧旋即仰毒自盡。[61]

同年，劉楨為其摯友作了一篇題為〈處士國文甫碑〉
的墓誌銘。[62] 在對這位堅決不仕曹魏的友人稱頌備至之餘，
劉氏亦暗中流露了對自身處境的諷刺：為了侍奉一位霸
主，身為朝臣不得不改變節操。

碑銘前的序文讚揚了國氏的「清節」，解釋了何以要
為他樹碑立傳。接著是以四言詩寫成的銘詞：

> 懿矣先生，天授德度。
> 外清內白，如玉之素。
> 逍遙九皋，方回是慕。[63]
> 不計治萃，名與殊路。
> 知我者希，韞櫝未酤。

---

61 見《魏氏春秋》，轉引自《三國志》，卷十，頁 317 裴注。這則
饋贈空器的故事可能出於杜撰，但頗得情實。

62 嚴可均：《全後漢文》，卷六五，頁 4b–5a；《藝文類聚》，卷
三七，頁 658–659；俞紹初：《建安七子集》，卷七，頁 201–
202。值得注意的是，上海古籍排印版本《藝文類聚》似乎將本
詩最後一句的「歠」錯排為「歟」。俞紹初亦誤作「歟」，但嚴
可均《全後漢文》、《四庫全書》本《藝文類聚》，卷三七，頁
4a，以及《劉公幹集》（《四庫全書》本《漢魏六朝百三家集》）
皆作「歠」。感謝香港浸會大學同事陳偉強教授指正。

63 方回是與堯同時代的傳說隱士，事見《列仙傳》，轉引自《太平
御覽》（《四部叢刊》本），卷一八四，頁 3a。

喪過乎哀,邁疾不悟。
早世永頹,違此榮祚。
咨爾末徒,聿修歡故。[64]

這篇挽辭本於《論語》一段有名的對話:「子貢曰:有美玉如斯,韞匵而藏諸?求善賈而沽諸?子曰:沽之哉!沽之哉!我待賈者也。」[65] 這裡強調了一個人有責任善用天賦,不應獨善其身、遺世獨立 —— 畢竟古訓有云「良禽擇木而棲,賢臣擇主而事」。劉楨深刻意識到要是出賣了自己清白良心的美玉,總有一天會迎來失望,用其友人徐幹的話就是變成「虛器」。

很少有人將這首詩與劉楨的詩作相提並論,原因之一是該篇碑銘被歸類為「文」(文筆之文,並非散文)。讀者可能注意到這首有韻四言詩與《詩經》體完全一致,並確實借用了當中某些用語。此外,本詩集劉楨詩文的幾個主要命題於一身:朝臣的角色(包括放逐之臣與名公巨卿)、友誼與美德的關係,以及面對投閒置散甚至死亡時,為保全正直人格而做出的抗爭。這裡緊湊的四言句式使劉楨的情緒得以高度有效地傳達。試看第七、八兩句:

不計治莝,名與殊路。

----

64 「聿修」一詞見《詩經・大雅・文王》:「無念爾祖,聿修厥德」。毛傳釋「聿」為「述」,即傳承之意。

65 《論語・子罕》,第 13 條。

我們知道在《史記》中「殊路」一詞後緊接「同歸」。[66] 因此這裡隱隱暗示隱士選擇的道路表面上好像跟朝士不同，但他們最終或許殊途而同歸。

挽辭的最後一句「聿修歡故」也隱含矛盾。該句的前半襲用了《詩經》的成語「聿修」，始見於周人史詩〈大雅・文王〉，全句為「聿修厥德」。在其他早期的用例中，「聿修」也往往伴隨「德」或相近似的詞語出現，如干寶（？–336）〈晉紀總論〉云：「（晉武帝司馬炎）聿修祖宗之志」。[67] 從始見之例到劉楨所處之時，「聿修」的用法總離不開王朝賡續與帝國霸業。但此處卻緊接遠為卑微和私密的「歡故」。這種用法跟上一句的「末徒」一樣非常罕見，至少在經典中找不到明確先例。[68] 除了表達對朋友的心意，很難讀出別的含義。

這篇碑文或許欠缺劉楨向來為人稱道的「氣」，四言句式也稍嫌拘謹。另一方面，這篇銘文雖然乍看起來像一篇拼湊《論語》和《詩經》的傳統作品，但劉楨的某些詞語搭配卻頗為新奇，甚至稱得上是原創。我們已見識過他五言詩中的原創措辭，看來其四言詩也毫不遜色。這種將時人共用的套語和自創的新奇表達交錯，讓個人情感與傳

---

66 《史記》（北京：中華書局，1982 年），卷二三，頁 1160。

67 嚴可均編：《全上古三代秦漢三國六朝文》，《全晉文》，卷一二七，頁 6b。

68 在《漢語大詞典》和《大漢和辭典》「歡故」詞條下都只引此一條書證。分別見《漢語大詞典》（上海：漢語大詞典出版社，1994 年），卷六，頁 1476；及諸橋轍次：《大漢和辭典》（修訂版）（東京：大修館書店，1989–90 年），卷六，頁 6365。

統形式交相碰撞，可謂再次展現了劉勰對「風骨」的論述。同時借用表示王權賡續的堂皇詞藻，向一位畢生抗拒被當權者收編的摯友獻上一瓣心香，這種交錯混用也不無諷刺意味。

反諷誠非簡單的現象，要切實理解建安朝廷，以及劉楨最偉大的詩作，實在不得不留心於此。或許正因此，《世說新語》編纂者才刻意為劉楨這個人物加插一段婉言而諷的妙語。進而言之，考慮到劉氏個人處境的艱苦（亦是其同僚共同的苦況），以及在直書真情實感時遭遇的障礙，反諷的出現更是順理成章。在劉楨為友朋之樂和知遇之恩而欣喜萬分之際，他亦不得不對自身處境和國家局勢感到坐立不安。在建安十七年這個多事之秋，他對隱士友人的同情便很可以理解，這也為閱讀其他劉楨的詩作提供了一把鑰匙。「虛器」不虛，意義沖盈。

饒宗頤國學院院刊　增刊
2018 年 9 月
頁 109–143

《文選》在中國與海外的流傳與研究*

康達維（**David R. KNECHTGES**）
華盛頓大學亞洲語言及文學系

陳竹茗譯

　　《文選》是中國現存最早按文體編纂的文學總集。本文首先探討《文選》在中國的傳播與接納史，尤其是唐宋時期的情況，關注初唐出現的文選學、唐代詩人對《文選》的興趣、《文選》早期的印刷史、「文選爛，秀才半」這一說法的起源，以及蘇軾對《文選》的苛評。第二部分關於《文選》在海外的接受史。此書在東亞其他國家，尤其在古代日本和韓國受到廣泛傳閱。早於八世紀，《文選》便流傳至日本，不少重要《文選》鈔本都保存在東瀛，其中以《文選集注》殘本最為重要，所收唐人評注大都於中土佚失。《文選》在朝鮮也有崇高地位，李氏朝鮮

---

* 本文內容曾於 2014 年 3 月 27 日香港浸會大學當代學術名家講壇上演講（網址：http://hkbutube.lib.hkbu.edu.hk/st/display.php?bibno=b3655406），講題原譯作「《文選》在中國境內與境外的傳承與傳統」，現由講者本人將講座內容整理發表。

王朝（1392–1910）曾命徐居正（Sŏ Kŏjŏng, 1420–1488）
監修《東文選》（*Tongmunsŏn*, 1478 年成書），仿《文選》
體例編纂朝鮮文學總集。本文最後一部分將簡述歐美文
選學史，特別是韋利（Arthur Waley, 1889–1966），贊克
（Erwin von Zach, 1872–1942）和海陶瑋（James Robert
Hightower, 1915–2006）三人對《文選》的貢獻。

關鍵詞：《文選》 文選學 「文選爛，秀才半」
　　　　　《文選集注》《東文選》 韋利 贊克
　　　　　海陶瑋

一、唐宋文選學的盛衰

《（昭明）文選》是中國現存最早按文體編纂的文學總集，亦是研究戰國時代至齊梁時期中國文學的重要文獻。這部選集是梁昭明太子蕭統（501–531）於 520 至 530 年間編纂，雖然從成書開始至南朝末年的流傳情況不明，但我們知道《文選》逃過梁末皇家藏書悉數焚燬的書厄，故得以著錄於《隋書‧經籍志》。[1]

據知最早為《文選》作注的文士亦為蘭陵蕭氏，即鄱陽王蕭恢（476–526）之孫蕭該（六世紀下半葉），而蕭恢兄長蕭衍（464–549）即蕭統之父，[2] 因此蕭該當為蕭統堂侄。屈守原認為蕭該年少在江陵時始習《文選》，其時已近梁末，[3] 並說江陵所在的荊州有西府之稱，是人文薈萃之區。據此推測，《文選》編成後可能有鈔本在荊州府流傳。

蕭該曾參與《切韻》的編纂，並撰有《漢書音義》[4] 及《文選音義》。後者雖已不存，但從書名可知此注重在音義訓釋。王重民（1903–1975）據稱從敦煌遺書中發現《文

《文選》在中國與海外的流傳與研究

1　《隋書》（北京：中華書局，1973 年），卷四一，頁 1082。

2　同上注，卷七五，頁 1715–1716。蕭該生平及學術，見汪習波：《隋唐文選學研究》（上海：上海古籍出版社，2005 年），43–50；王書才：〈蕭該生平及其《文選》研究考述〉，《安康師專學報》，2005 年 2 期，頁 66–68 及 84。

3　屈守元：《文選導讀》（成都：巴蜀書社，1993 年），頁 46。

4　《隋書》卷三三，頁 953。蕭該參與編修《切韻》的情形，見 Göran Malmqvist 馬悅然，"Chou Tsu-mo on the *Ch'ieh-yün*"（周祖謨論《切韻》），*Bulletin of the Museum of Far Eastern Antiquities* 40 (1968): 33–78.

選音義》殘卷，[5] 但這個說法已被周祖謨（1914–1995）推翻。[6] 然而從《文選》李善注所引，尚可輯出一些佚文。[7]

　　真正意義的文選學形成於隋唐之際，幕後功臣是在揚州講授《文選》的學士曹憲（605–649 年在世）。[8] 曹憲亦著有《文選音義》，為文中單字作音訓疏釋，但與其《爾雅音義》俱佚。[9]

5　王重民：《敦煌古籍敘錄》（北京：中華書局，1979 年），頁
　　322–323。

6　周祖謨：〈論文選音殘卷之作者及其音反〉，《輔仁學志》第 8 卷
　　第 1 期（1939 年），頁 113–125；經修訂為〈論文選音殘卷之
　　作者及其方音〉，載氏著：《問學集》（北京：中華書局，1966
　　年），上冊，頁 177–191；另收入俞紹初、許逸民主編：《中外
　　學者文選學論集》（北京：中華書局，1998 年），頁 45–58。敦
　　煌唐寫本《文選音》原件複印圖版，見饒宗頤編：《敦煌吐魯番
　　本文選》（北京：中華書局，2000 年），頁 101–111。

7　如張衡〈思玄賦〉「行頗僻而獲志兮，循法度而離殃」下李注云：
　　「頗，傾也。離，遭也。殃，咎也。蕭該音本作陂，布義切。」見
　　《文選》（上海：上海古籍出版社，1986 年），卷十五，頁 654。

8　劉肅（806–820 在世）《大唐新語》云：「江淮（長江、淮河下
　　游）間為《文選》學者，起自江都曹憲。」見許德楠、李鼎霞
　　點校：《大唐新語》（北京：中華書局，1984 年），卷九，頁
　　133。另參《舊唐書》（北京：中華書局，1975 年），卷一八九
　　上，頁 4945–4946；《新唐書》（北京：中華書局，1975 年），
　　卷一九八，頁 5640。曹憲生平簡述，見王書才：〈曹憲生平及其
　　《文選》學考述〉，《鄭州大學學報（哲學社會科學版）》2004
　　年 4 期，頁 124–126。有關唐代揚州文選學史，見諸祖煜：〈唐
　　代揚州的《文選》學〉，《揚州師院學報（社會科學版）》1996
　　年 1 期，頁 131–134。

9　《舊唐書‧經籍志》未著錄《文選音義》，《新唐書‧藝文志》則
　　云已亡，見《新唐書》，卷五七，頁 1622。

　　雖然曹憲的《文選音義》不存，隨他學習《文選》的
弟子不少各自名家，並有著述留存後世。據《舊唐書》，
曹門高足有許淹、李善（627–690）和公孫羅（661 年在
世），[10]《新唐書》則加上魏模。[11] 我們對魏模的選學著作所
知甚少，但前三人的著述大體可考。

　　許淹，潤州句容（今江蘇句容市）人，少時一度出家
為僧，後還俗，專心治學；以博物洽聞見稱，尤精詁訓，[12]
撰有《文選音》十卷。[13] 敦煌遺書中發現《文選音》唐寫
本殘卷，有指為許淹所著，[14] 但有學者持異議。[15]

　　據《舊唐書·儒學傳》，公孫羅祖籍江都（今揚州），[16]
但《大唐新語》則云江夏（今河北武漢市）。[17] 所著《文選
音（義）》十卷及所注《文選》六十卷見於兩唐書〈經籍
志〉及〈藝文志〉；[18] 另有著作流傳至日本，如所撰《文選

---

10 《舊唐書》，卷一八九上，頁 4946。

11 《新唐書》，卷一九八，頁 5640。

12 《舊唐書》，卷一八九上，頁 4946；《新唐書》，卷一九八，頁
　　5640。另見屈守元：《文選導讀》，頁 62–63。

13 《舊唐書》，卷四七，頁 2077；《新唐書》，卷六〇，頁 1619 及
　　1622。

14 參見注 6。

15 如范志新：〈唐寫本《文選音》作者問題之我見 —— 文選學著作
　　考（一）〉，《晉陽學刊》2005 年 5 期，頁 125–126。

16 《舊唐書》，卷一八九上，頁 4946。

17 《大唐新語》，卷九，頁 134。

18 《舊唐書》，卷四七，頁 2077；《新唐書》，卷六〇，頁 1621。
　　有關公孫羅的著述，另見屈守元：《文選導讀》，頁 63–66；
　　王書才：〈論公孫羅《文選鈔》的價值與闕失〉，《中州學刊》
　　2005 年 3 期，頁 220–222。

音訣》十卷及《文選鈔》六十九卷俱著錄於藤原佐世（898年卒）《日本國見在書目錄》。[19] 現存日本的唐寫本《文選集注》屢引《文選鈔》，應即為公孫羅所著。[20]

曹憲弟子中聲譽最隆的首推李善。[21] 李善，字次孫，生於揚州江都，曹憲多年來在此地講授《文選》。李善先後在李弘（651–675，唐高宗第六子，顯慶元年〔656〕策立為太子）及李賢（約653–684，先後於655及661年封潞王及沛王）門下任事，為太子內率府錄事參軍及潞王府記室參軍。大約在咸亨二年（671）坐事流配至嶺南姚州（府治在姚城，今雲南姚安縣以北），674年遇赦北還，寓居於汴州（今開封市）、鄭州（今河南滎陽市）一帶講授《文選》，載初元年（689年十一月至690年八月）卒。[22]

李善給《文選》所作的注成為本書的標準注本，李善注研究亦成了文選學的主要課題。另外，李善作注時亦重定了《文選》的篇次。《文選》原有三十卷，李善注本則有六十卷。他在顯慶三年（658）向高宗（649–683年在

19 《日本國見在書目錄》（光緒十年〔1884〕《古逸叢書》刊本），頁45。

20 相關考證詳見森野繁夫：〈文選集注所引「鈔」について〉，《日本中国学会報》第29集（1977年），頁91–105；長谷川滋成：〈「文選鈔」の引書〉，《日本中国学会報》第32集（1980年），頁155–167；富永一登：〈「文選集注」所引「鈔」の撰者について：東野治之氏に答う〉，《中国研究集刊》第7號（1989年），頁15–20。

21 李善生平，詳見屈守元：《文選導讀》，頁52–61；饒宗頤：〈唐代文選學略述〉，《敦煌吐魯番本文選》，頁9–12；汪習波：《隋唐文選學研究》，頁59–69。

22 《舊唐書》，卷一八九上，頁4946；《新唐書》，卷一二七，頁5754。

位）進呈《文選注》。

　　李善注可謂理解《文選》篇章字詞最重要和最有用的工具，除解釋字音字義、為詞語用法提供書證、標明典故出處外，亦引用大量文獻補充作品的背景資料，其中不少所引的書目現已亡佚。

　　李善早於顯慶三年（658）進表呈上六十卷《文選注》，不過顯然續有修訂，有證據顯示他至少五易其稿。[23]現存最早的李善注鈔本是張衡（78–139）〈西京賦〉寫卷（《文選》李注卷二），卷末題記為「永隆年（681）二月十九日弘濟寺寫」，按弘濟寺在唐長安，其時李善尚在世。[24] 寫卷後來從長安輾轉流落至敦煌，現藏法國國家圖書館，編號為 P. 2528，見圖 1。[25]

23　李匡乂：《資暇集》（《四庫全書》本），卷上，頁 7b。另參王讜（1101–1110 年在世）撰，周勛初校證：《唐語林校證》（北京：中華書局，1987 年），卷二，頁 168。

24　季愛民：〈隋唐兩京寺觀叢考〉，《中國歷史地理論叢》2011 年 2 期，頁 100–101。有關該寫卷的研究，見劉師培：〈敦煌新出唐寫本提要‧文選李注卷第二殘卷〉，《國粹學報‧通論》第 77 期（1911 年），頁 6a–11b；饒宗頤：〈敦煌本文選斠證〉，《新亞學報》3 卷 1 期（1957），頁 333–403；伏俊連：《敦煌賦校注》（蘭州：甘肅人民出版社，1994），頁 1–97；羅國威：《敦煌本《昭明文選》研究》（哈爾賓：黑龍江教育出版社，1999 年），頁 1–117；傅剛：《文選版本研究》（北京：北京大學出版社，2000 年），頁 240–249。

25　圖片轉載自國際敦煌項目（International Dunhuang Project），檢視日期：2017 年 7 月 31 日。網址：http://idp.bl.uk/database/oo_scroll_h.a4d?uid=43079295010;recnum=59634，特此鳴謝。

　　李善注雖然善之又善，但部分唐代學者認為未如人意，尤其是發明章句、轉述大意的地方不足。開元六年（718），工部侍郎呂延祚將新集《文選》注本呈上玄宗，剛好是李善向高宗獻書後一個甲子。集注本包含以下五人的注釋：

1. 衢州常山縣尉呂延濟
2. 都水使者劉承祖之子劉良
3. 處士張銑
4. 處士呂向
5. 處士李周翰

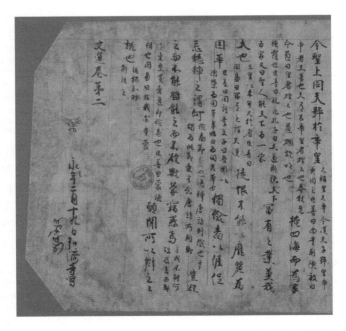

圖 1　尾題為「永隆年二月十九日弘濟寺寫」，按永隆年號為時甚短，只於680 至 681 年使用，因此本卷鈔畢之日應為公元 681 年 3 月 17 日。

是謂「五臣注」，其中知名於世者僅呂向一人。呂向早年與房琯（697–763）隱居於洛陽附近的陸渾山，自五臣注進上後頗為顯貴，開元十年（722）召入翰林院，兼集賢院校理。[26] 呂延祚則是開元初年的重要人物，開元三年（715）參與草擬《開元格》。[27]

呂延祚向玄宗呈上《五臣注文選》三十卷時附有進表，但這篇〈進集注文選表〉大有可能出自呂向手筆。文中對李善的批評毫不留情：

> 往有李善，時謂宿儒，推而傳之，成六十卷。忽發章句，是徵載籍，述作之由，何嘗措翰。使復精覈注引，則陷於末學，質訪指趣，則歸然舊文。祇謂攪心，胡為析理。[28]

玄宗宣口敕云：

> 比見注本，唯只引事，不說意義。

所謂注本自然指李善注本。玄宗隨後敕令呂延祚領取賜絹，可以推想此書已入內廷書庫。

26 《新唐書》，卷二〇二，頁 5758。
27 《舊唐書》，卷五〇，頁 2150。
28 《六臣注文選》（北京：中華書局，1987 年），頁 1。

《文選》在中國與海外的流傳與研究

　　及至晚唐時期，五臣注頗受抨擊，最著名者為〈非五臣〉。作者李匡文（又作匡乂，普遍以匡文為是；九世紀後半在世）是李唐宗室成員，著有筆記《資暇集》，[29] 內收〈非五臣〉一文，饒富趣味，值得作詳盡研究。李匡文除了批駁五臣注外，亦留下李善獻書朝廷後，四番修訂其《文選》注釋的重要記載。

　　在研究隋唐文選學的著作中，以復旦大學中文系汪習波博士的近著最精闢。[30] 汪博士年紀雖輕，但有不少新見解。

　　五臣注雖然被李匡文嚴厲批評，但直至十一、十二世紀以前，仍然較李善注廣為流通和閱讀。《五臣注文選》很早便有刻本，現知最早的版本是五代時期四川刊本。[31] 五臣單注本《文選》頗為稀覯，其中臺灣中央圖書館收藏一部南宋紹興三十一年（1161）陳八郎刻本，建陽（今福建）崇化書坊刊行。此一版本通稱陳八郎本，收藏單位曾出版影印本。

　　在唐代，《文選》成為應考進士科的重要讀本。士子需要掌握《文選》作品的內容並模仿其風格，方能在科舉考試中出類拔萃，故杜甫叮囑幼子宗武「熟精《文選》

29　李匡文的仕履見張固也：〈《資暇集》作者李匡文的仕履與著述〉，《文獻》2000 年 4 期，頁 101–105。

30　汪習波《隋唐文選學研究》，316 頁。

31　見陶岳《五代史補》，轉引自王明清（1127– 約 1215）：《揮塵錄餘話》（《四庫全書》本），卷二，頁 21a–b。

理」。[32] 雖然《文選》不是直接考試的內容，但有史料顯示該書是士子準備應舉時的主要參考書。李德裕（787–849）對科舉考試深表不滿，據載曾對武宗（840–846 年在位）直言祖父李栖筠（719–776）在天寶（742–755）末年應舉是逼於無奈，「以仕進無他岐」；雖然一舉登第，但認為所考無關實學，對這種進身之階大為不屑，因此勸子弟絕意科場，並且「自後家不置《文選》」。[33]

從另一條史料可見，《文選》在唐代流傳之廣已至於西域。唐中宗宗女金城公主（741 年卒）因和親吐蕃，嫁予贊普赤德祖贊（綽號梅阿迥，712–755 年在位），開元十八年（730）曾遣吐蕃使者向唐朝廷奏請「《毛詩》、《禮記》、《左傳》、《文選》各一部」。[34]

當時俗文學中亦有提及《文選》。敦煌遺書中有一篇〈秋胡變文〉，講述秋胡離家求取功名的故事。他「辭妻了道，服得十袟文書，並是《孝經》、《論語》、《尚書》、《左傳》、《公羊》、《穀梁》、《毛詩》、《禮記》、《莊子》、《文選》，便即登逞（程）。」[35] 在他帶走的十本書中，只有《文選》和《莊子》不屬於儒家典籍，由此可見士子備試時除了溫習經傳，亦會鑽研《文選》。

---

32 仇兆鰲注：《杜詩詳注》（北京：中華書局，1979 年），卷一九，頁 1478。

33 《新唐書》，卷四四，頁 1169；另參《舊唐書》，卷十八上，頁603。譯者按：「他岐」，《舊唐書》作「他伎」。

34 《舊唐書》，卷一九六，頁 5232。

35 項楚：《敦煌變文選注》（北京：中華書局，2006 年），上冊，頁 369。

　　《文選》在宋初仍然為人廣泛閱讀，但及至熙寧（1068–1077）、元豐（1078–1085）年間，這部選集在士人心目中的地位已大不如前。導致「文選之衰落」的主因包括，歐陽修（1007–1072）帶領革新科舉制度，並於嘉祐二年（1057）知貢舉時以古文取士，凡作「太學體」文章一概黜落不取，其後王安石（1021–1086）實行熙寧變法，進一步推波助瀾。[36] 談到文選學在宋代衰落時，學者往往引陸游（1122–1210）《老學庵筆記》的這一條記載：

> 　　國初尚《文選》，當時文人專意此書，故草必稱「王孫」，梅必稱「驛使」，月必稱「望舒」，山水必稱「清暉」。至慶曆後（引者按：其時歐陽修已扭轉風氣，以古文取士），惡其陳腐，諸作者始一洗之。方其盛時，士子至為之語曰：《文選》爛，秀才半。[37]

值得注意的是，從此文可看出陸游對《文選》並未精熟。所提及的四個詞中只有「王孫」、「望舒」和「清暉」可在《文選》裡找到，其中「王孫」一詞見於〈招隱士〉，

36　郭寶軍：《宋代文選學研究》（北京：中國社會科學出版社，2010 年），頁 271–282。

37　陸游撰，李劍雄、劉德權點校：《老學庵筆記》（北京：中華書局，1979），卷八，頁 100。相似的記載亦見於王應麟（1223–1296）著，翁元圻等注，欒保群、田松青、呂宗力校點：《困學紀聞（全校本）》（上海：上海古籍出版社，2008 年），卷十七，頁 1860–1861。

但原意是隱士，並非草的借代詞。至於借代為梅的「驛
使」根本不見《文選》，據我所知這個用法最早見於盛弘
之（437年在世）的《荊州記》，所引陸凱（五世紀）贈
范曄（398–466）詩中有「折梅逢驛使」句。[38]

「文選爛，秀才半」的說法其實早已有之，甚至可能
是唐人的習語，說明《文選》在當時地位崇高。如佚名作
《雪浪齋日記》[39] 應早於陸游《老學庵筆記》，曾言道：

> 昔人有言：《文選》爛，秀才半。正為《文
> 選》中事多，可作本領爾。余謂欲知文章之要，
> 當熟看《文選》，蓋《選》中自三代涉戰國、秦、
> 漢、晉、魏、六朝以來文字皆有。[40]

此文作者既說「昔人有言」，可見這句話流傳已久，或許
唐朝時已有。

宋代對《文選》批評最苛刻的是蘇軾（1037–1101）。
他從多方面指摘此書，具體內容這裡無暇贅述，不過我希
望有人能深入研究蘇軾對《文選》的評語，將可以寫成一
篇長文。此處只引他最有名的一段議論：

---

38 《太平御覽》（北京：中華書局，1960年），卷十九，頁5a（95）
　　及卷四〇九，頁4a（1888）。
39 屈守元《文選導讀》，頁90–91。
40 轉引自何汶撰，常振國、絳雲點校：《竹莊詩話》（北京：中華
　　書局，1984年），卷一，頁7。

舟中讀《文選》，恨其編次無法，去取失當。
齊梁文章衰陋，而蕭統尤為卑弱。〈文選序〉斯
可見矣。如李陵書、蘇武五言皆偽，而不能辨。
今觀《淵明集》可喜者甚多，而獨取數首，以知
其餘人忽遺者多矣。淵明作〈閒情賦〉，所謂國
風好色而不淫，正使不及〈周南〉，與屈、宋所
陳何異？而統大譏之，此乃小兒強作解事者。[41]

蘇軾此跋作於元豐七年（1084），其時身在江西。文中首
先指斥蕭統收入託名李陵和蘇武所撰的書信和五言詩，認
為他真偽不辨，接著說所收陶詩太少，最後更指陶淵明
〈閒情賦〉未收實為識見庸下。

有關〈李少卿與蘇武〉及〈蘇子卿詩〉，雖然現代學
者大都認為是託名之作，但在蕭統之時普遍認為出自李陵
和蘇武手筆，沒有收進歷代文選反而讓人意外。

至於蘇軾對蕭統不多收陶潛作品的微言，著實耐人
尋味，要知昭明太子是齊梁時期極力推許陶淵明的文人之
一，[42] 更為他編過文集。假如沒有蕭統刻意收集和編集，

41　蘇軾：《東坡志林》（《四庫全書》本），卷一，頁 3b。

42　蕭統對陶淵明的看法，可參 Wendy Swartz 田菱, *Reading Tao Yuanming: Shifting Paradigms of Historical Reception (427–1900)* (Cambridge, Mass.: Harvard University Asia Center, 2008), 111–15（中譯本見田菱著，張月譯：《閱讀陶淵明》〔臺北：聯經出版，2014年〕，頁 202–207）；Wang Ping 王平, *The Age of Courtly Writing: Wen xuan Compiler Xiao Tong (501–531) and His Circle* (Leiden: Brill, 2012), 261–77。

陶氏的詩文很可能無法傳至宋代，讓蘇軾得以飽讀。蕭統唯獨不滿意陶淵明的〈閒情賦〉，稱之為「白璧微瑕」。蘇軾則認為此賦「好色而不淫」，若論淫則斷不會過於《文選》所收的屈、宋文章，尤其是宋玉的賦。

　　每次讀到蘇軾的這番話，篇首「舟中讀《文選》」一句總令我莞爾不已。從此文可見，他外出時可能隨身帶備一部《文選》，但我百思不得其解，既然東坡認為此書如此不堪，為甚麼要置之行篋？

　　雖然蘇軾等學者給予的評價不高，但從《文選》的刊刻史可見，宋人對此書的需求甚殷。

　　最早刊刻的李善注《文選》當是北宋初年三館秘閣所雕印者，具體時間在景德四年（1007）至大中祥符四年（1011）之間。[43] 此選本與《文苑英華》同時刻板，但大中祥符八年（1015）宮城失火，二書盡燬。新刊本於天聖（1023–1032）初年草就，天聖三年（1025）校勘了畢，天聖七年（1029）完成雕版，並於天聖九年（1031）進呈印本，是謂國子監本，[44] 又稱天聖明道本。按天聖之後是明道（1032–1034），這個年號只用了兩年，可見部分版面曾於明道年間重新刷印。

　　完整的北宋國子監本今已不存，中國國家圖書館藏廿一卷，臺北故宮博物院則藏十一卷，似乎原來出自同一部書。國圖本存 14 冊，計有卷十七至十九、三十至三一、三六至三八、四六至四七、四九至五八及六〇；故宮本存

43　傅剛：《文選版本研究》，頁 151–152。

44　有關北宋國子監本，詳見傅剛：《文選版本研究》，頁 157–159。

《文選》在中國與海外的流傳與研究

4 冊，計有卷一至六、八至十一及十六。

宋代最有名的李善注本，當數南宋淳熙八年（1181）尤袤（1127–1194）於池陽（安徽貴池的古名）郡齋所刻本。尤刻本向被目為未經五臣注所亂、最早的李善注本，但近年研究指出尤刻本並未如實反映李善注原貌，多有為五臣注本竄亂的痕跡。⁴⁵ 中國國家圖書館所藏淳熙尤刻本初刻已收入館方出版社編纂的《中華再造善本》叢書，以高仿真原貌彩印。⁴⁶

另一部重要的宋刻《文選》是上文提及的陳八郎本。

《文選》在元明兩代繼續為人刊刻及研讀，這亦是一個值得認真研究的課題，當然清人的文選學著作亦應加以重視和研究。作為經驗之談，我只能說但凡有志投身文選學的學子都有必要參考清代學者的選學研究。王書才近年出版了一本詳盡梳理明清文選學史的著作，⁴⁷ 北京大學中文系博士郝倖仔亦於 2012 年完成有關明代文選學的博士

---

45 尤刻本李善注《文選》的研究，分別見張月雲：〈宋刊《文選》李善單注本考〉，《中外學者文選學論集》，頁 793–808；傅剛：《文選版本研究》，頁 160–167；常思春：〈尤刻本李善注《文選》闌入五臣注的緣由及尤刻本的來歷探索〉，《〈文選〉與「文選學」——第五屆文選學國際學術研討會論文集》（北京：學苑出版社，2003 年），頁 640–660；范志新：〈李善注《文選》尤刻本傳承考辨〉，《文選版本論稿》（南昌：江西人民出版社，2003 年），頁 35–66。

46 《文選》（《中華再造善本》唐宋編・集部）（北京：北京圖書館出版社，2006 年），全 14 冊。

47 王書才：《明清文選學述評》（上海：上海古籍出版社，2008 年），272 頁。

論文。[48] 由於這個課題實在太大，這裡無法用三言兩語交代，因此相關內容請參考王書才的專著。

二、《文選》在古代日韓的流播和日本近當代「文選學」研究

《文選》不單早已成為中國的重要典籍，在鄰近東亞國家亦廣受閱讀，日本和韓國尤其如此。《文選》很早就傳至東瀛，據延曆十六年（797）以漢文體寫成的御修國史《續日本紀》所載，聖武天皇天平七年（735）唐人袁晉卿隨日本使節至東土，時年十八、九歲，因習得《文選》、《爾雅》兩書的正音，於光仁天皇寶龜九年（778）官拜「大學（寮）音博士」。[49] 可見當時《文選》已為日人所重視。

《文選》在日本文學傳統裡頗為知名，清少納言（約966–1017）的《枕草子》（又名《枕冊子》）和吉田兼好（約1283– 約1350）《徒然草》兩部名著都提及這部選集。首先是三卷本《枕草子》：

---

48 郝倖仔：《明代〈文選〉學研究》（新北：花木蘭文化出版社，2014 年），136 頁。

49 菅野眞道等撰：《續日本紀》（《新訂增補國史大系》第 2 卷）（東京：弘文館，1935 年初版；東京：吉川弘文館，1979 年再版），卷三五，頁 446，「寶龜九年十二月庚寅」條。

文は　文集。文選。新賦。[50] 史記五帝本

50 「新賦」一詞向來為多數注家和譯者所不解。常見的說法是，新賦指《文選》所收的六朝賦，換言之應與上詞連讀，作「《文選》新賦」解，說見松尾聰、永井和子校注並合譯：《枕草子》（《新編日本古典文學全集》第 18 卷）（東京：小學館，1997 年），頁 336。六朝後期確實出現一種新賦，即通常所說的駢賦，不過《文選》收錄庾信（513–581）等大家所作的駢賦名篇屈指可數，故此說未能令我信服。張培華近來提出，新賦應指唐代新出現的賦體「律賦」，見氏著：〈『枕草子』における漢文学受容の可能性〉（神奈川県三浦郡葉山町：総合研究大学院大学博士論文，2012 年），頁 236–260；另見張培華：〈『枕草子』における「新賦」の新解〉，《古代中世文学論考》第 16 集（2005 年），頁 189–205。她提供的一條有力證據是，新賦一詞見於唐代賦格類著作《賦譜》（按此書寫成於中唐、甚至晚唐，只有一個平安時代中期〔約十一世紀〕鈔本傳世，現藏東京五島美術館，為日本國指定重要文化財）。《賦譜》有一段談論「古賦」與「新賦」之別，後者無疑指律賦。見詹杭倫：〈《賦譜》校注〉，載詹杭倫、李立信、廖國棟合著：《唐宋賦學新探》（臺北：萬卷樓圖書，2005 年），頁 78 注 3。詹教授指出：「《賦譜》所謂之『新體』、『新賦』，均指律賦而言。『律賦』唐人稱為『新賦』或『甲賦』。五代以後，始以『律賦』相稱。」雖然弄清新賦的意思，接下來的問題是新賦究竟是一本選集的書名，還是清少納言愛讀的賦體文類？答案可在藤原通憲（法名信西，1106–1160）的私家書目覓得，其中第百十六櫃收入《新賦署抄》一卷；見《通憲入道藏書目錄》，載塙保己一編纂：《群書類從》（東京：續群書類從完成會，1954 年訂正三版），第 28 輯「雜部」，卷四九五，頁 198。在中國，「抄」用作書名時指某書的節鈔或選本，因此《新賦署抄》很可能是《新賦》一書的節鈔本，與《文選》並列。在此鳴謝華盛頓大學同事 Paul Atkins、Ted Mack 及門生魏寧（Nicholas M. Williams）的幫助，讓「新賦」之謎得以解開。

紀。願文。表。博士の申文。[51]

　　（漢文）書卷，首推《（白氏）文集》、《文選》、《新賦》、《史記・五帝本紀》、發願文、表、文章博士代筆的申文（求遷進表）。[52]

接著是《徒然草》：

　　一人、燈のもとに文をひろげて、見ぬ世の人を友とするぞ、こよなう慰むわざなる。文は、文選のあはれなる卷々、白氏文集、老子のことば、南華の篇。この国の博士どもの書ける物も、いにしへのは、あはれなること多かり。[53]

　　燈下獨自披卷展讀，尚友古人，甚足以慰吾情。書卷云云，首推《文選》中哀感頑艷之卷、《白氏文集》、老子之言、南華諸篇。我國文章博士著述中，往昔之作亦頗多感人至深者。[54]

《文選》在中國與海外的流傳與研究

51　田中重太郎：《枕冊子全注釈》（東京：角川書店，1972–73年），卷四，頁 69–70（第 193 段）。

52　譯者注：另參周作人譯：《枕草子》，收入《日本古代隨筆選》（北京：人民文學出版社，1998 年），頁 223（第 173 段）；及林文月譯：《枕草子》（臺北：洪範書店，2000 年），頁 220（第 193 段）。按周、林譯文所用底本為通行的能因本，沒有「新賦。史記五帝本紀。願文。表」四種。

53　安良岡康作：《徒然草全注釈》（東京：角川書店，1967 年），上卷，頁 69（第 13 段）。

54　譯者注：譯文參考了王以鑄譯：《徒然草》，收入《日本古代隨筆選》，頁 342–343（第 13 段）。

日本國內保存了不少《文選》手鈔本，當中最重要的是《文選集注》（*Monzen shūchū*）。原書百二十卷，僅有廿四卷左右流傳至今，分散在國內外不同地方保存。[55] 民國初年，羅振玉（1866–1940）以珂羅版影印、摹寫其中十六卷；[56] 1935 至 1942 年，京都帝國大學文學部以《舊鈔本文選集注殘卷》之書名影印出版廿三卷；[57] 2000 年，上海古籍出版社出版南京大學周勛初教授的纂輯本，除與上述印本重複的部分，更蒐羅全部已知的殘卷和殘葉。[58]

學界對《文選集注》的鈔寫年代和流傳嬗遞尚未有共識。1971 年，臺灣學者邱棨鐊發現卷六八蓋有「荊州田氏藏書之印」、「田偉後裔」等多方篆文藏印，斷定此書原為宋代荊州著名藏書家田偉（十一世紀）舊藏，故必然在中土寫定。[59] 不過後來經學者考定，卷首兩頁的田氏藏印並非屬於田偉，而是祖籍江陵、自稱田偉後裔的田潛（1870–1926）。此人本名田吳炤（字伏侯，號潛山，故又

55 有關《文選集注》存佚情況及流傳史，見橫山弘：〈舊鈔本《文選集注》傳存（流傳）概略〉，載趙福海、劉琦、吳曉峰主編：《〈昭明文選〉與中國傳統文化 —— 第四屆文選學國際學術研討會論文集》（長春：吉林文史出版社，2001 年），頁 123–125。

56 羅振玉輯印：《唐寫文選集注殘本》（《嘉草軒叢書》本，1918 年），全 16 冊。

57 《文選集注》（京都帝國大學文學部景印舊鈔本，第 3–9 集）（京都：京都帝國大學文學部，1935–1942），全 27 冊。

58 周勛初纂輯：《唐鈔文選集注彙存》（上海：上海古籍出版社，2000 年），全 3 冊。

59 見〈今存日本之《文選集注》殘卷為中土唐寫卷舊藏本〉，《中央日報》（臺北），1974 年 10 月 30 日，第 10 版。

名潛），1902 至 1905 年遊學日本，其間購得《文選集注》數卷，故此難以定奪此本最初鈔成於中國還是日本。[60]

周勛初認為《文選集注》是唐代著作，所舉的證據之一是此書只避唐朝首兩位皇帝李淵（高祖）和李世民（太宗）帝諱，但李顯（中宗）和李隆基（玄宗）的名諱不缺筆，且不避宋諱。另外，一些字的寫法亦符合唐人書寫習慣，如「閉」寫成「閇」、「惡」寫作「悪」等。因此，周教授的結論是此書成於中唐時期。這篇考證文章作為前言，冠於 2000 年上海古籍影印本《文選集注》廿四卷書前。

不過，范志新教授反駁周勛初所舉的避諱字和唐人鈔寫習慣，認為《文選集注》傳本是日本平安時代（794–1185）寫成的鈔本。[61] 廣島大學副教授陳翀新近提出，此書編纂者是平安時代詩人、學者大江匡衡（952–1002）。[62]

《文選集注》的價值在於保存了李善和五臣注以外的唐人注釋，如《文選鈔》和《音決》二書或出自公孫羅之手。此外，陸善經舊注亦非常可貴。

60 周勛初：〈《文選集注》上的印章考〉，載《〈昭明文選〉與中國傳統文化》，頁 126–130。

61 范志新：〈關於《文選集注》編纂流傳若干問題的思考〉，《文選版本論稿》，頁 245–256。

62 陳翀：〈『集注文選』の成立過程について——平安の史料を手掛かりとして〉，《中国文学論集》第 38 號（2009 年），頁 49–61；陳翀：〈《文選集注》之編者及其成書年代考〉，載趙昌智、顧農主編：《第八屆文選學國際學術研討會論文集》（揚州：廣陵書社，2010 年），頁 121–126。

陸善經出身吳郡（今蘇州）陸氏，是一位飽學之士，開元中經蕭嵩（749年卒）薦入集賢院為直學士，預修《開元新禮》；開元二十二年（734）起奉命注《月令》，其後參修《唐六典》，並注《孟子》七卷。[63]

蕭嵩是蕭統七世孫，開元十七年（729）任中書令期間兼知集賢院事，「以《文選》是先代舊業，欲注釋之。奏請左補闕王智明、金吾衞佐李玄成、進士陳居等注《文選》」，但最終「功竟不就」。[64]據韋述《集賢注記》（765）所載，「先是馮光震奉敕入院校《文選》，上疏以李善舊注不精，請改注，從之，光震自注得數卷。」隨後蕭嵩於開元十九年（731）三月奏請以王智明三人助之，明年五月陸善經受命與王、李專注《文選》。[65]雖然事竟不就，但陸善經可能一個人繼續作注。

陸善經注僅見於《文選集注》古鈔本，我認為其中頗多有用資料，以及不同於李善和五臣的獨到見解。雖有不少中國和日本學者予以簡短評介，但作深入系統研究者尚乏其人。有魄力的學者若能承擔這個課題，必將有所

---

63 陸善經生平及學術，見新美寬：〈陸善經の事跡に就いて〉，《支那學》第9卷第1號（1937年），頁131–148；向宗魯：〈書陸善經事——題《文選集注》後〉，《斯文半月刊》第3卷第2期（1943年），頁14，另收入《中外學者文選學論集》，頁72–74；藤井守：〈文選集注に見える陸善経注について〉，《広島大学文学部紀要》第37卷（1977年），頁287–301。

64 劉肅：《大唐新語》，卷九，頁134。

65 轉引自《玉海》（《四庫全書》本），卷五四，頁9b–10a。

斬獲。[66]

　　《文選》在古代韓國也十分重要。不過由於本人不諳韓文，所以不願在這方面信口開河。我的相關知識主要來自學生鄭旭真（Jeong Wook-jin），他的博士論文便嘗試梳理《文選》在韓國的接受史。話說回來，我們知道《文選》至遲在唐代已傳至韓國。據《舊唐書·東夷·高麗傳》記載，高句麗的民間學堂「扃堂」多收經史典籍，「又有《文選》，尤愛重之」。[67] 新羅統一三國（高句麗、百濟和新羅）後，神文王二年（682 年）仿唐制設置國家最高教育機關「國學」，課程包括五經和《文選》。元聖王四年（788 年）仿照唐朝明經科，始設「讀書三品科」考試制度，「諸生讀書，以三品出身，讀《春秋左氏傳》、若《禮記》、若《文選》，而能通其義，兼明《論語》、《孝經》者為上（品）」。[68]《文選》一書在朝鮮半島向來地位崇高，直至李氏朝鮮王朝（1392–1910）代興，該國學者才開始對古文抱有濃厚興趣。不過，朝鮮的《文選》——《東文選》（Tongmunsŏn）—— 正是此一時期成書。是書為徐居正（Sŏ Kŏjŏng，字剛中，1420–1488）奉敕纂集，成宗九

---

66 目前為止最詳盡的研究為佐藤利行：〈『文選集注本』離騒経一首所引陸善経注について〉，連載於《広島大学文学部紀要》第 58 卷（1998 年），頁 102–121，第 59 卷（1999 年），頁 62–76，及第 60 卷（2000 年），頁 133–152。

67 《舊唐書》卷一九九上，頁 5320。

68 金富軾（1075–1151）著，李丙燾校譯：《三國史記》（漢城：乙酉文化社，1984 年），第 2 冊《原文篇》，卷三十八「雜志第七（職官上）」，頁 366–367。

年（1478）成書，收錄新羅至李朝肅宗時期的漢文文學作品，並仿《文選》體裁按文類編排。[69]

《文選》亦曾在朝鮮刊刻，韓國當地保存了許多重要的版本。[70]這裡暫舉一例，即韓國漢城大學奎章閣藏古活字本六家注《文選》，世宗十年（1428）刊行，底本是北宋元祐九年（1094）刻印的秀州（今浙江嘉興）州學本。秀州本是最早將五臣注與李善注合刻的六家注本，其中五臣注部分採用天聖四年（1026）平昌（今山東安丘）孟氏刊本，比陳八郎本足足早一百多年；李善注部分則以天聖七年（1029）國子監重刻本為底本。

及至二十世紀，日本學者對《文選》研究作出了重大貢獻，在版本和古寫本方面的成果尤其突出，此中的佼佼者首推斯波六郎（Shiba Rokurō, 1894–1959）。他在 1942

---

69 《東文選》的中文研究著作，見陳彝秋：〈徐居正與《東文選》〉，《古典文學知識》2008 年 6 期，頁 78–87；陳彝秋：〈朝鮮《東文選》詩體分類與編排溯源〉，《南京師範大學文學院學報》s2008 年 4 期，頁 133–138；陳彝秋：〈論中國賦學的東傳——以《東文選》辭賦的分類與編排為中心〉，《南京社會科學》2010 年 3 期，頁 144–150；陳彝秋：〈論中國選本對朝鮮《東文選》文體分類與編排的影響〉，《南京師大學報（社會科學版）》2010 年 3 期，頁 133–137。

70 參見金學主著，豐福健二日譯：〈李朝刊『五臣注文選』について〉，《中国中世文學研究》第 24 號（1993 年），頁 45–63；鄭玉順：〈現存韓國刊行《文選》版本考〉，《古籍整理研究學刊》1998 年 4–5 期，頁 86–93；磯部彰：〈朝鮮版五臣注『文選』の研究〉，《東北アジアアラカルト》第 17 號（2006 年），頁 1–50。

年於京都帝國大學取得博士學位，師從著名漢學家狩野直喜（Kanō Naoki, 1868–1947），狩野本人即在 1929 年發表有關《文選》唐鈔本的論文。[71] 斯波教授在返回京大讀博士前曾執教於廣島多所學院，其中在廣島大學（包括其前身之一廣島文理科大學）任教的時間最長。1930 年代，斯波教授已發表《文選集注》系列論文，不少他的學生也鑽研這本選集，對諸注家的研究頗有創獲。然而，真正令斯波教授蜚聲學林的是其《文選》版本史長篇研究。他在 1959 年發表百多頁的〈文選諸本の研究〉，作為所編《文選索引》前言。[72] 此文在 2000 年傅剛的專著出版前，一直是《文選》版本史的典範之作。

　　廣島大學歷來是《文選》研究的重鎮，斯波教授的高足小尾郊一（Obi Kōichi, 1913–2010）便曾任教此校。小

《文選》在中國與海外的流傳與研究

71　狩野直喜：〈唐鈔本文選殘篇跋〉，《支那學》第 5 卷第 1 號（1929 年），頁 153–159，經童嶺整理後收入《古典文獻研究》第十四輯「《文選》學專輯」（南京：鳳凰出版社，2011 年），頁 145–151。

72　斯波六郎：《文選諸本の研究》（廣島：斯波博士退官記念事業會，1957 年），105 頁；收入氏編：《文選索引》（京都：京都大學人文科學研究所，1957–59 年，全 4 冊），第 1 冊，頁 3–105。中譯本有三種，分別見斯波六郎撰，李慶譯：〈文選諸本研究〉，載斯波六郎編，李慶譯：《文選索引》（上海：上海古籍出版社，1997 年，全 3 冊），頁 5–141；戴燕譯：〈對《文選》各種版本的研究〉，載《中外學者文選學論集》，頁 849–961；及黃錦鋐、陳淑女譯：《文選諸本之研究》（臺北：法嚴出版社，2003 年），14–209 頁。

尾教授詳論六朝自然觀的專著固然最為人熟悉，[73] 但他的
《文選》研究也很有份量。1966 年起，他與廣島大學師
生開始全面研究李善注所引書，成果體現為 1990 及 1992
年出版的兩大本著作，[74] 是迄今為止對李注引書最詳盡的
考證。

　　小尾教授亦曾撰文探討《文選》的各個方面，包括蕭
統序、李善注、《文選》在中日兩國的傳播，以及就嵇康
（223–262）〈養生論〉、李康（約 190– 約 240）〈運命論〉
和劉峻（462–521）〈辨命論〉作單篇析論。這些論文於
2001 年結集成《沈思與翰藻：〈文選〉研究》。[75] 另外，小
尾教授是《文選》現代日語全譯本的譯者之一。[76]

　　另一位著作等身的文選學專家是岡村繁（Okamura
Shigeru, 1922–2014）。中文讀者對這個名字並不陌生，
因為他的著作大都譯成中文出版，包括上海古籍出版社的
十卷本《岡村繁全集》。岡村教授亦是斯波六郎的高足，
福岡市九州大學榮休教授。1960 年代開始發表文選學系

73　小尾郊一：《中國文學に現われた自然と自然觀 —— 中世文學を
　　中心として》（東京：岩波書店，1962 年），629 頁；中譯本見
　　邵毅平譯：《中國文學中所表現的自然與自然觀：以魏晉南北朝
　　文學為中心》（上海：上海古籍出版社，1989 年），364 頁。

74　小尾郊一、富永一登、衣川賢次：《文選李善注引書攷證》（東
　　京：研文出版，1990–92 年），全 2 冊。

75　小尾郊一：《沈思と翰藻：「文選」の研究》（東京：研文出版，
　　2001 年），286 頁。

76　小尾郊一、花房英樹譯：《文選》（《全釈漢文大系》第 26–32
　　冊，全 7 冊）（東京：集英社，1974–76 年）。

列論文，大都收入 1999 年出版的文選研究專著，[77] 並於 2002 年出版該書中譯本。[78]

岡村教授其中一項重要成果，是對東京永青文庫藏敦煌本《文選注》的研究。這個初唐寫卷塵封書庫多年，直至 1965 年方由永青文庫複印製版印行。[79]

寫卷內含《文選》卷四十其中五篇作品，注解似乎以初學者為對象，或成於李善之前。岡村教授對注本作出全面解構，是一篇很精彩的考證文章。[80]

1987 年，岡村教授發表了一篇有關李善注版本的論

77　岡村繁：《文選の研究》（東京：岩波書店，1999 年），365 頁。

78　岡村繁著，陸曉光譯：《文選之研究》（《岡村繁全集》第 2 卷）（上海：上海古籍出版社，2002 年），422 頁。

79　神田喜一郎解說：《敦煌本文選注》（東京：永青文庫，1965 年），28 頁。

80　岡村繁：〈細川家永青文庫藏『敦煌本文選注』について〉，《集刊東洋學》第 14 號（1965 年），頁 1–26，收入氏著：《文選の研究》第四章，頁 129–159，中譯本見陸曉光譯：〈日本細川家永青文庫藏《敦煌本文選注》── 唐代初期《文選》注解的側影〉，《文選之研究》，頁 144–181；岡村繁：〈『敦煌本文選注』校釈〉，《東北大学教養部紀要（人文科学篇）》第 4 號（1966 年），頁 194–249；岡村繁：〈永青文庫藏敦煌本『文選注』箋訂〉，連載於《久留米大学文学部紀要》第 3 號（1993 年），頁 53–86，及第 11 號（1997 年），頁 15–64，收入《文選の研究》第五章，題為「永青文庫藏『敦煌本文選注』箋訂」，頁 161–289，中譯本有兩種，分別見陸曉光譯：《文選之研究》第五章，頁 182–316；及羅國威譯：〈永青文庫藏敦煌本《文選注》箋訂〉，連載於《學術集林》第 14 卷（1998 年），頁 133–173，及第 15 卷（1999 年），頁 170–233，另收入羅國威：《敦煌本〈文選注〉箋證》（成都：巴蜀書社，2000 年），頁 75–211。

文，對比《文選注》敦煌寫卷和後來刻本所引緯書的差異。他發現敦煌卷子應該反映李善注的早期面貌，因為流露出注者對緯書的認識有限，但從刻本可見他對這些材料的運用已非常成熟，故可推斷為後期注本。[81]

最具爭議的日本《文選》專家當數清水凱夫（Shimizu Yoshio, 1941 年生）。這位立命館大學前教授在大中華地區也頗知名，多數論著已譯成中文行世，[82] 其文選學論文集（日文）則於 1999 年出版。[83]

清水教授最惹人爭議的推斷是，蕭統只是《文選》名義上的主編，編纂工作實由劉孝綽（481–539）承擔。他就此寫了大量文章，立論頗為繁複曲折，但主要建基於兩個論點：第一、六朝時期編纂大部頭著作時，慣例是由得力幕僚主持實際編務，像昭明太子這樣的尊者則列名主纂者；清水認為《文選》的情形正屬此類。第二、清水自稱找到劉孝綽因個人理由而選入《文選》的篇章，其中劉峻的〈廣絕交論〉被視為鐵證。事緣南朝天監八年（509）

---

81 岡村繁：〈『文選』李善注の編修過程 —— その緯書引用の仕方を例として〉，《東方学論集：東方学会創立四十周年記念》（東京：東方学会，1987 年），頁 225–243，收入氏著：《文選の研究》第六章，頁 291–310；中譯本分別見，〈《文選》李善注的編修過程〉，載趙福海等編：《昭明文選研究論文集》（長春：吉林文史，1988 年），頁 165–175；及《文選之研究》第六章，頁 317–338。

82 清水凱夫著，韓基國譯：《六朝文學論文集》（重慶：重慶出版社，1989 年），390 頁。

83 清水凱夫：《新文選學：『文選』の新研究》（東京：研文出版，1999），521 頁。

左右劉峻離開梁都城建康,移居南面的東陽郡(今浙江金華)。前一年著名學者任昉(460–508)於新安郡(郡治在始新縣,位於今浙江淳安縣西北)逝世,劉峻路過新安時遇上任昉的兒子,看到任西華兄弟夏衣冬穿、一貧如洗,乃仿朱穆〈絕交論〉而廣之,控訴任昉的故舊好友無一對其遺孤施以援手。[84] 到洽(477–527)是任昉的一位舊交,與劉孝綽共事梁朝,二人都是有名望的學者和詩人,但「孝綽自以才優於洽,每於宴坐,嗤鄙其文,洽銜之」。普通六年(525),到洽出任御史中丞,上書劾奏剛遷升廷尉卿的劉孝綽帶寵妾入住新官府,卻把高堂留在舊宅,直言其「攜少妹於華省,棄老母於下宅」。[85] 後世對於這位妾的身分頗有猜測,甚至因蕭衍欲隱其惡而將「少妹」改為「少妹」,令事情更撲朔迷離。據清水教授推測,劉孝綽對到洽深懷怨恨,遂收入〈廣絕交論〉一文報復。

　　清水的所謂「新文選學」被幾位中國學者大力抨擊,顧農和屈守元(1913–2001)二人批評尤力。顧農認為〈廣絕交論〉並非針對到洽一人,而是所有未曾關顧任昉遺孤的生前知交,並指出劉孝綽本人就是任昉的密友。假如劉孝綽旨在借此文暴露到洽的麻木不仁和於道義有虧,那豈不是自暴其短,他自己也難辭其咎。[86] 屈守元則提出〈廣絕交論〉的重點並非攻擊到洽,而在於刺世疾時,對於世

84　見李善注引劉璠《梁典》,《文選》,卷五五,頁 2365。

85　《梁書》(北京:中華書局,1973 年),卷三三,頁 480–481。

86　顧農:〈與清水凱夫先生論文選編者問題〉,《齊魯學刊》1993年 1 期,另收入《中外學者文選學論集》,頁 492–504。

道艱難得使任昉這樣的人物身後，子女也遭受困厄而深表不滿。確實如此，只要細讀劉峻這篇文章也會同意這種說法。在 1995 年鄭州召開的第三屆文選學國際學術研討會上，清水發表了長文試圖駁倒顧氏的批評，文章收入 1997 年出版的會議論文集。[87] 屈教授亦在同一研討會上發文，對清水所持論點逐一批駁。[88]

三、歐美「文選學」研究

本文最後一章將簡論歐美的《文選》研究。二十世紀以前，西方漢學界沒有對《文選》作太多研究。最早關注這本選集的西方學者是阿瑟·韋利（Arthur Waley, 1889–1966）。

阿瑟·韋利生於英格蘭肯特郡皇家唐橋井（Royal Tunbridge Wells），本名阿瑟·大偉·施洛斯（Arthur David Schloss），父親在商務部任職，家境殷實。1914 年一次大戰爆發，反德情緒高漲，他身為阿什肯納茲猶太人後裔，遂與家人一同改從母姓。1907 年起就讀劍橋大學國王學院，主修西方古典學，後因眼疾輟學。家人希望他從事出口貿易家庭事業，但韋利無意經商，1913 年

---

87 清水凱夫：〈就《文選》編者問題答顧農先生〉，載中國選學研究會、鄭州大學古籍整理研究所編：《文選學新論 —— 第三屆文選學國際學術研討會論文集》（鄭州：鄭州大學出版社，1997年），頁 34–50。

88 屈守元：〈新文選學芻議〉，《文選學新論》，頁 51–60。

到大英博物館版畫室任職，工作期間開始愛上中日文化與語言。他在大英博物館服務 17 年，主要為館方登錄中國畫藏品。工餘時自學中文，不用多久便能翻譯漢詩。1918 和 1919 年先後出版《漢詩一百七十首》（*A Hundred and Seventy Chinese Poems*）和《漢詩增譯》（*More Translations from the Chinese*），1923 年出版《悟真寺及其他詩篇》（*The Temple and Other Poems*），是首本收入賦作翻譯的西方語言著作。1929 年，韋利辭任大英博物館館員，自此不在任何單位供職，專心從事有關中國和日本文學的著述，著作量驚人。《悟真寺》一書收錄韋利英譯（多數為節譯）的先秦、兩漢、魏晉賦，其中只有兩篇出自《文選》，原因是他對這本選集評價甚低。其評語值得全引：

> 《文選》是昭明太子於公元 520 年左右編成的文學選集，書中很多篇幅留給了四至五世紀的平庸作手。早在十一世紀，蘇東坡便指斥《文選》流露出何等低俗不堪的文學品味。作為巋然獨存的中國古代總集，其編纂工作竟落入這位溫恭但無能的貴族之手，實在令人遺憾。[89]

有意思的是蘇軾對《文選》的批評，竟在首位認真研究《文選》作品的西方學者筆下老調重彈。

---

89 Arthur Waley, *The Temple and Other Poems* (New York: Alfred A Knopf, 1923), 147.

大約與韋利嚴厲指摘《文選》同時，俄裔法國漢學家馬古烈（Georges Margouliès, 1902–1972）出版了一本研究和法譯「《文選》賦」的譯文集。馬古烈生於俄羅斯，1919 年起主要在法國生活，1972 年逝世。他在巴黎國立東方語言學校取得文學博士學位，1926 至 1939 年間於校內任講師。所譯的《文選》作品只有蕭統序、班固〈兩都賦〉、陸機〈文賦〉和江淹〈別賦〉。[90] 不過其譯文錯漏百出，奧地利漢學家贊克（Erwin Ritter von Zach, 1872－1942）已有多篇指謬文章，發表於 1927 年的《通報》（T'oung Pao）。[91]

贊克生於奧地利，1901 至 1919 年起任職奧匈帝國大使館，先後派駐北京、香港、橫濱和新加坡，長年在中國工作，工餘勤於治學，精通漢、滿、藏文。雖然一度在荷蘭萊頓大學跟隨施列格（Gustav Schlegel, 1840–1903）學習，但其博學似是自學所得。他的首部著作是對翟理斯（Herbert A. Giles）主編《華英字典》（Chinese-English Dictionary）的糾謬，上世紀初在北京印行；[92] 其後將書中

---

90 Georges Margouliès, Le "Fou" dans le Wen-siuan: Étude et textes (Paris: Paul Geuthner, 1926). Pp. 138.

91 Erwin von Zach, "Zu G. Margouliès' Üebersetzung des Liang-tu-fu des Pan-ku," T'oung Pao 25.1–2 (1927): 354–59; Zach, "Zu G. Margouliès' Üebersetzung des Pieh-fu," T'oung Pao 25.1–2 (1927): 359–60; Zach, "Zu G. Margouliès' Üebersetzung des Wen-fu," T'oung Pao 25.1–2 (1927): 360–64.

92 Erwin von Zach, Lexicographische Beiträge. 4 vols. (Peking: n.p., 1902–06).

部分內容改寫成博士論文，1909 年呈交維也納大學，取
得博士學位。

1919 年奧匈帝國解體，贊克移居巴達維亞（印尼耶
加達的殖民時代舊稱），在荷屬東印度為荷蘭大使館效
力，1924 年辭職，自始將全副心思用於治學；1942 年逃
難時所乘荷蘭商船遭日軍擊沉，享年 69 歲。他在晚年專
心致志翻譯中國文學，以德文翻譯了幾乎全部庾信、杜
甫、韓愈和李白的詩作，並譯出《文選》九成作品。然
而，贊克性情暴躁，毫不留情地對其他學者的作品冷嘲熱
諷，最終使他無法在有地位的漢學期刊上發表文章。1920
年代晚期，他不斷與伯希和（Paul Pelliot）針鋒相對，勢
成水火，逼得其時為《通報》主編的伯希和忍無可忍，將
之逐出於作者群以外，聲明「贊克先生提出的問題從此將
絕跡於《通報》」。[93] 此後他的書評文章幾乎只能在巴達維
亞的無名刊物上發表，一部分著作則自費出版，幸而身後
他的譯作大都為哈佛燕京學社蒐集和出版。[94] 贊克已把《文
選》中的九成作品譯成德文，譯文較直白且無注釋，但相

---

93 "Il ne sera plus question de M. E. von Zach dans le *T'oung Pao*." Paul
　　Pelliot, "Mélanges: Monsieur E. von Zach," *T'oung Pao* 26 (1929): 378.

94 Erwin von Zach, *Han Yü's poetische Werke*, ed. James Robert Hightower
　　(Harvard-Yenching Institute Studies 7)(Cambridge, Mass.: Harvard
　　University Press, 1952). Pp. 393; Zach, *Tu Fu's Gedichte*, ed. James
　　Robert Hightower. 2 vols. (Harvard-Yenching Institute Studies 8)
　　(Cambridge, Mass.: Harvard University Press, 1952). Pp. 864; Zach,
　　Die Chinesische Anthologie: Übersetzungen aus dem Wen Hsüan,
　　ed. Ilse Martin Fang. 2 vols. (Harvard-Yenching Institute Studies 18)
　　(Cambridge, Mass.: Harvard University Press, 1958). Pp. 1114.

《文選》在中國與海外的流傳與研究

當準確。

　　在總結本章有關西方文選學的討論前，我再介紹一位西方學者，即業師海陶瑋（James Robert Hightower, 1915–2006）先生。海陶瑋教授 1915 年生於奧克拉荷馬州，美國科羅拉多大學化學系本科畢業，曾遊歷歐洲，嘗試走文學創作之路，回美後進入哈佛大學研究院攻讀中文。1940 至 43 年留學北京，1946 年於哈佛取得博士學位，1946 至 48 年再次到北京研修，1948 年起留在母校哈佛教授中國文學，直至 1981 年榮休。在美國同代學者中，海陶瑋教授被視為首屈一指的中國文學專家。他的博士論文全面剖析《韓詩外傳》，是中外學術著作中對本專書研究最精湛的論著之一。[95] 1970 年出版了陶淵明詩全譯全註本，允為傳世之作。[96] 海陶瑋教授對《文選》有濃厚興趣，曾撰文分析蕭統的〈文選序〉，並附以精湛譯文。[97] 他亦是首位譯註《文選》作品的西方學者，譯筆之優美，

95　作者在博士論文基礎上寫成專著，見 James Robert Hightower, Han Shih Wai Chuan: *Han Ying's Illustrations of the Didactic Application of the* Classic of Songs (Harvard-Yenching Institute Monograph Series 11) (Cambridge, Mass.: Harvard University Press, 1952). Pp. 368。

96　James Robert Hightower, *The Poetry of T'ao Ch'ien* (Oxford: Clarendon Press, 1970). Pp. 270.

97　James Robert Hightower, "The *Wen Hsüan* and Genre Theory", *Harvard Journal of Asiatic Studies* 20.3–4 (1957): 512–33，收入 *Studies in Chinese Literature*, ed. John Lyman Bishop (Cambridge, Mass.: Harvard University Press, 1965), 142–63；中譯本見詹姆斯·R·海陶瑋著，史慕鴻譯，周發祥校：〈《文選》與文學理論〉，《中外學者文選學論集》，頁 1117–1130。

考證之縝密，堪稱文史論著典範。[98]

　　其他西方學者亦有很出色的《文選》作品翻譯，如英國漢學家霍克思（David Hawkes, 1923–2009）曾將全部騷體作品譯成英文。馬瑞志（Richard Burroughs Mather, 1913–2014）、侯思孟（Donald Holzman, 1926 年生）、吳德明（Yves Hervouët, 1921–1999）、傅德山（John David Frodsham, 1930–2016）、華滋生（Burton DeWitt Watson, 1925 年生）與柯睿（Paul William Kroll，號慕白，1948 年生）等漢學家都選譯了重要的《文選》篇章。[99] 柯睿的譯文清麗可誦，考據滴水不漏，誠為學術翻譯的楷模。我一直從事《文選》的英譯和詳註，多年前譯出全部辭賦作品，已由普林斯頓大學出版社出版《文選》英譯前三卷。[100] 至今仍然埋首翻譯《文選》詩作，但受制於為數眾多的其他研究項目，無法將全部時間和精力用在這項工作上，希望退休後能賡續前緒，以竟全功。

98　海陶瑋英譯的《文選》作品分別見：James Robert Hightower, "The *Fu* of T'ao Ch'ien," *Harvard Journal of Asiatic Studies* 17.1–2 (1954): 220–25（陶潛〈歸去來辭〉），收入 *Studies in Chinese Literature*, 89–106；Hightower, "Chia Yi's 'Owl Fu,'" *Asia Major*, New Series 7.1–2 (1959): 125–30（賈誼〈鵩鳥賦〉）；Hightower, "Some Characteristics of Parallel Prose," *Studia Serica Bernhard Karlgren Dedicata*, eds. Søren Egerod and Else Glahn (Copenhagen: Eijnar Munksgaard, 1959), 70–76（孔稚珪〈北山移文〉），收入 *Studies in Chinese Literature*, 118–22；《文選》所收陶潛詩的譯文，參見氏著：*The Poetry of T'ao Ch'ien*。

99　詳見康達維：〈歐美「文選學」研究概述〉，《中外學者文選學論集》，頁 1178–1185。

100　David R. Knechtges, Wen xuan, *or, Selections of Refined Literature*. 3 vols. (Princeton, N.J.: Princeton University Press, 1982–96).

饒宗頤國學院院刊　增刊
2018 年 9 月
頁 145–192

國家的財產，音樂的囚徒
—— 論宋代雜劇演員的身分及其在瓦市中的角色

張瀚墨
中國人民大學國學院

李碧譯，朱銘堅校

　　宋雜劇研究中有一種過於簡化但被廣泛接受的假設，即雜劇演員都是平民百姓，由於晚唐以來經濟和商業的繁榮，一部分人得以從農業生產中解放出來，並按照個人意願選擇雜劇演出作為生計。本文正是對這樣一種假設的回應。文章深入探討自南北朝至兩宋時期持續數百年的樂戶制度，並在此基礎上證明絕大多數在勾欄演出的雜劇演員出身樂戶，接受官府的培訓並為之效力，沒有多少改變樂籍身分的自由。本文進而揭示這一批在京師及各大城市專門設立的瓦市中工作的藝人，是如何受到宋朝廷及其文、武機關的操縱和利用，用以增進政府榷酒和其他官營牟利事業的收益。

關鍵詞： 勾欄　瓦市　樂戶　教坊　和顧

一、引言

　　戲曲表演藝術的傳統最早可追溯至漢代的百戲，至宋元時期雜劇藝術業已成熟，尤其是在「勾欄」出現之後，表演藝術突破了以往的藩籬。學者們普遍認為，勾欄劇場的出現代表了古典戲曲發展的新階段，其間前所未有的急速城市化及商業繁榮，使得演員可以從傳統的農務中解放出來。有學者認為這一時期的表演者有通過舞臺演出掙錢逐利的自由，而這種自由演出也滿足了設立於大小城市的「瓦市」的娛樂需求。[1] 因此，勾欄被界定成「商業劇場」，[2] 意味著當時存在一個自由市場主導的社會經濟組織負責戲劇製作，其情形足可與現代商業社會比擬。一些學者甚至提出，由於宋元時期的城市化程度急速加劇，職業戲班的成員來自五湖四海，為此組成了「書會」之類的組織，通過形形色色面向社會各界的活動，來推廣戲曲表演的流行，從而此吸引更廣泛的觀眾以增加盈利。順著這一思路，戲曲表演者與劇作家同樣需要考慮觀眾的需要，而

1　關於宋元時期經濟、農業、城市化、貿易及科技的情況參見 Wilt Idema 伊維德 and Stephen H. West 奚如谷, *Chinese Theater, 1100–1450: A Source Book* (Wiesbaden: Steiner, 1982), 6–9；較近期關於南宋城市發展的概述，參見 Lin Shuen-fu 林順夫, "The Pleasures of the City," in *The Cambridge History of Chinese Literature*, vol. 1, *To 1375*, ed. Stephen Owen (Cambridge: Cambridge University Press, 2010), 533–34。

2　Idema and West, *Chinese Theater, 1100–1450*, 9；廖奔、劉彥君：《中國戲曲發展史》（太原：山西教育出版社，2000 年），第 1 卷，頁 394–403。

這樣關注顧客的需求和興趣勢必造成中國古典戲曲不同層面上的商業化（如演出場地與迎合觀眾的主題），同時形成了勾欄內外表演者與劇作家之間的競爭。換句話說，追求利益是吸引人們投身戲曲表演行業的原動力，他們有權自由決定演出的劇目、地點以及表演的對象。[3]

把在勾欄出現以前宋元戲曲表演的發展與當時經濟繁榮和商業發達掛鈎，這一點從本質上看不一定是錯的，因為經濟與商業的繁榮確實為宋元戲劇的發展提供了所需環境。但是宋元時期的戲曲表演者不一定是按照自由意志，選擇了梨園作為志業。事實上，究竟宋元戲曲表演者在多大程度上能夠享受他們的自由，以及他們的職業選擇與逐利的動機有多密切的關聯，這些仍然不無問題。

為弄清這一時期劇場的特色，首先要解決表演者是誰、他們如何受培訓、誰建立了勾欄劇場等問題，而這些問題的答案將揭示出宋雜劇演員的身分以及他們與政府及整體經濟之間的關係，背後的圖景比我們想像的要複雜得多。如果仔細閱讀這些史料，便會發現上述把宋雜劇表演者描繪為自由人，在經濟利益的驅使下選擇一份有利可圖的職業，並通過自學成才來滿足瓦市當前的需要等說法，都是以偏概全的泛泛之論，與真實情況頗有出入。事實甚至指向一個完全相反的結論：作為政府掌控下一個特定的社會低下階層，大多數的男女演員並不能自由演出；他們

國家的財產，音樂的囚徒──論宋代雜劇演員的身分及其在瓦市中的角色

3　參見張大新：〈宋金都城商業文化的高漲與古典戲曲之成熟〉，《大連大學學報》2004 年第 5 期，頁 50–54；杜桂萍：〈論元雜劇與勾欄文化〉，《學習與探索》2002 年第 3 期，頁 95–101。

在瓦市的演出並不一定出於自願，而是一律奉命行事；他們的演出固然與牟利相關，但一切由官府安排策劃，男女演員（通常是家族世代從事表演的樂戶）說穿了是依法被迫在政府提供的舞臺上表演。換言之，假如不是全部，至少有相當數量的宋雜劇表演者實為國家財產。

上述兩種就宋代演出者生活形態而得出的不同結論，並非源於不同的史料來源，而是對已知事實採取了不同方式的演繹。基於宋雜劇演員可以自由選擇職業，以迎合城市中瓦市的娛樂需求這一假設，箇中的詮釋陷阱可以用以下例子來展示。這些陷阱可能是不同原因所致，比如誤讀了雜劇演出相關的考古資料，錯把文學材料當作史料，有意或無意地忽略了研究材料的散碎性質，誤解了文本材料中關於戲曲場景設定或演出的描述。儘管這些對材料的誤用都值得詳細討論，但在本節的餘下部分，筆者將僅僅檢視這些陷阱產生的原因，並集中探討兩個與本文主旨密切相關的例子。

伴隨著新近考古材料的發現，對戲曲演出相關的考古資料的誤讀也隨之而來。[4] 然而，這些考古發現必須首先與其相應的喪葬傳統、宗教習俗和地理分布一併考慮，[5] 至於其與戲曲表演之間的關聯，應在考古脈絡的基礎上加以推

---

4 有關宋元雜劇演出的近年考古發現及受到啟發的研究，參見馮俊傑：《山西神廟劇場考》（北京：中華書局，2006 年）；廖奔、劉彥君：《中國戲曲發展史》，第 1 卷；廖奔：《宋元戲曲文物與民俗》（北京：文化藝術出版社，1989 年）。

5 尤其是跟戲曲相關的考古資料大都從河南和山西兩省墓葬或神廟出土，我們有必要作全盤考慮。這是個饒有趣味並值得深入挖掘的問題，但不是本文關注的內容。

測。這種研究思路可以確保把喪葬圖像置於更廣闊的文化或宗教背景下解讀，而不是草率地論定這些圖像直接反映了墓主生前的真實生活：不過後者正是目前學界廣泛流行的一種假設，而且具有相當的影響力。[6] 持此說者深信，由於考古發現的戲曲圖像和情景如實地呈現墓主在世時的生活方式，當中所描繪的人物和戲曲的角色不但可以根據墓葬環境輕易地斷定出年代，而且在某些情況下，甚至可以根據相關的傳世或出土資料而準確地識別出所描繪的人和事。[7]

　　這種論證思路自然不無問題。譬如，墓塚裝飾上的創作並非旨在反映墓主的真實生活，而是在相當程度上表達生者的良好意願，這一習俗自古以來便普遍見於中國的墓葬文化中。墓中所描繪的人像也不一定反映出當時戲劇表演的形式，因為工匠技藝自有其一套傳承，圖像一般高度公式化，並不一定與當時表演藝術中的真實發展形態相一致。考古發現證明這些墓葬裝飾品原為大批量生產，更支持了以上的論點。[8] 另外與戲劇藝術相關的墓葬，無論是墓塚結構還是裝飾都頗為類似，這進一步印證了以上推論，表明在墓葬中描繪戲曲場景可視為一種時尚的埋葬風俗，並不直接反映墓主在某一歷史時期曾欣賞過戲曲演出。

國家的財產，音樂的囚徒——論宋代雜劇演員的身分及其在瓦市中的角色

6　例如田仲一成著，雲貴彬、于允譯：《中國演劇史》（北京：北京廣播學院出版社，2002 年），頁 123–126。

7　例如徐蘋芳：〈宋代的雜劇雕磚〉，《文物》1960 年第 5 期，頁 40–42；廖奔：《宋元戲曲文物與民俗》，頁 139–140。

8　廖奔：《宋元戲曲文物與民俗》，頁 142。

　　另一個陷阱是將文學素材誤用作史料，這點經常在解讀某些戲曲作品內含相關信息時出現。研究中國早期戲劇的著作，特別是探討早期劇場的形式、結構和營運等方面的研究，《莊家不識勾欄》、《宦門子弟錯立身》及《藍采和》等戲文經常被引用。典型的例子是廖奔先生從戲劇作品和其他文學素材中，鍥而不捨地尋找歷史上的梁園棚卻無功而返。[9] 然而依賴這些往往自相矛盾的描述來重構中國早期的劇場時，我們需要注意：這些文學作品所呈現的遠遠不是歷史信息，所關注的是風格和表達方式的特殊性，看重表達時的細微差別，而非事實的清晰敍述。儘管某些描述看上去與特定歷史事件或真實地點相關，但我們不能照字面意義去理解。更多情形下，對於那些事件或地點的運用不外乎是文學手段，目的是為推展劇情提供所需背景，但故事本身並非一定與相關歷史背景密不可分。[10]

　　另一個分析的陷阱是在演繹可用的材料時沒有考慮材料本身的零碎性質，從而得出這樣一個的結論，即以為

9　廖奔：《中國古代劇場史》（鄭州：中州古籍出版社，1997 年），頁 48。

10　奚如谷說得好：「我們如果將這些術語（引者按：指奚氏在前文談及的戲曲專用術語）簡單地視為給予某一物件或地方的名稱便大錯特錯。這些術語按其實用性和功能而用於特定語境，不單是形容日常生活活動的方法之一，亦是創造具抵抗性的另類社會和另類歷史性（alternate historicity）的工具。」見 Stephen H. West, "The Emperor Sets the Pace: Court and Consumption in the Eastern Capital of the Northern Song during the Reign of Huizong," in *Selected Essays on Court Culture in a Cross-Cultural Perspective*, ed. Lin Yao-fu 林耀福 (Taipei: National Taiwan University Press, 1999), 27。

唐宋時代平民百姓可按照自己的意願選擇演戲作為謀生方式。這些材料散見於不同脈絡下的文本（如官修史書、筆記、戲劇或小說作品），所屬的時代亦互有出入，通常並不反映中國戲劇的歷史與文化發展全貌，也不集中展示戲曲演出模式本身的影響。當從原來的脈絡中抽取某種材料的元素並轉化成新的範式時，有必要首先區分不同的歷史時刻或者文化瞬間，再檢驗材料在保留原來完整性的同時，在新的脈絡下是否怡然理順。

以南宋時期關於「顧（雇）」樂人的記載為例，宋人筆記中有一條資料詳列乾道（1165–1173）、淳熙（1174–1189）年間被派往教坊演出的樂人名單，當中出現了「和顧」（亦作「和雇」）一詞，或許可以理解為「經雙方同意的僱用」，揭示南宋的教坊為了應付宮廷贊助的活動，會以契約形式僱用戲曲表演者和其他樂人。[11] 然而這條宋代史料本身並未闡釋「和顧」一詞的確切意義。即使此詞所指確實是一種建基於雙方意見一致、達成契約的僱用政策，但放在初唐的背景下，「和顧」往往用於這種契約或協議被違反而非遵守的場合。換句話說，雙方並未在真正意義上達成共識，因為涉及的各方並非一視同仁地受到合約條款約束，而訂立公平合約的前題是各方需同樣接受條款和條件的規範。此外，這些違約的情況經常發生在政府這一主導方與平民百姓（這裡專指雜劇演員）這一弱勢群

11　這個術語保存在宋人筆記《武林舊事》，見周密著，李小龍、趙銳評注：《武林舊事（插圖本）》（北京：中華書局，2007 年），卷四，頁 109–119。

體之間。如據《舊唐書》記載，裴延齡（728–796）因其善於為皇室聚斂財富而深受皇帝寵信，負責主管稅務；他「以敕索為名而不酬其直」，在市場上強行充公商品，並「以和雇為稱而不償其傭」，迫使平民百姓為政府服役。[12] 根據以上證據，把「和顧」錯誤理解成獲得法律支持的合約僱用，勢必導致錯誤的結論，以為在乾道、淳熙年間，大眾戲棚中以獨立合約形式僱用的專業樂人數目上遠較教坊的樂工為多，因此大多數樂人可以在宮廷與公共空間中自由出入和演出。[13] 再者，「和顧」事實上是否指一種僱傭過程仍然值得爭論，如李小龍和趙銳便把「和顧」與「和鼓」（使鼓聲協和）等而論之，意思是使鼓點樂；這樣「和顧」的含義便與之前的理解完全不同。[14]

　　最後一個陷阱是，早期戲劇研究對文獻資料缺乏必要的審查，以致錯誤使用相關材料。戲劇研究最常引用的材料之一是筆記軼事類文獻，當中不少筆記以明顯的懷舊筆調追憶兩宋都城的繁華生活。這些材料固然有一定啟發

---

12 《舊唐書》（北京：中華書局，1975 年），卷一三五，頁 2531。相近用法（「……仍不得以和雇為名，差雇百姓」）亦見於李燾撰，上海師範大學古籍整理研究所、華東師範大學古籍整理研究所點校：《續資治通鑑長編》，第 27 冊（北京：中華書局，1992 年），卷三九六，頁 9666。

13 Idema and West, *Chinese Theater, 1100–1450*, 103–4；亦見於張麗：〈宋代教坊樂隊的沿革及其歷史文化特徵〉，《音樂研究》2002 年第 1 期，頁 65–71；康瑞軍：〈和顧制度及其在宋代宮廷音樂中的作用〉，《音樂藝術》2007 年第 2 期，頁 79–88；孫民紀：《優伶考述》（北京：中國戲劇出版社，1999 年），頁 111。

14 周密：《武林舊事（插圖本）》，頁 111。

性，但是因為其筆記性質及情感化的筆觸，所以研究者在採用這些材料揭示其潛藏的社會和政治內涵時，必須慎之又慎。換言之，這些材料不能作為客觀史料直接使用。如果在運用相關材料時無視這一點，論說將可能淪為對歷史的隨意解讀，或成為削足適履的謬見。

以《西湖老人繁勝錄》為例，該書作者提到一位名叫小張四郎的說書人，他在南宋都城臨安（今杭州）的北瓦表演了大半生，以至人們逕直以他的名字稱呼那個勾欄。[15] 然而，儘管這座勾欄被稱為「小張四郎」，但不能由此證明他就是擁有者。[16] 對原文的過度闡釋，不僅錯誤解讀了這一條介紹北瓦十三座勾欄中著名說書人及男女演員的文獻材料，更有通過曲解原文的信息來印證一個本身界定不清的題目從而誤導讀者之嫌。《西湖老人繁勝錄》只稱這位說書人「一世只在北瓦，占一座勾欄說話，不曾去別瓦作場」，[17] 這就是人們為何會以「小張四郎」稱呼那座勾欄的緣由。若我們通讀上下文，則會得出與以上誤讀截然相反的結論，即小張四郎不是任何一座勾欄的主人，其獨特性在於終其一生得以成功地在一座勾欄說書，而毋需另覓別的演出場所。按此推論，大多數宋代說書人若僅在一處地盤謀生而不在其他地方巡迴演出便很難生存。如此經常

國家的財產，音樂的囚徒──論宋代雜劇演員的身分及其在瓦市中的角色

15　西湖老人：《西湖老人繁勝錄》，收入孟元老等著：《東京夢華錄（外四種）》（上海：古典文學出版社，1957 年），頁 123。

16　極端的說法如杜桂萍：〈元雜劇與勾欄文化〉，頁 95–96。杜氏基於這種解讀，甚至進一步認為所有宋代勾欄都是私營。

17　西湖老人：《西湖老人繁勝錄》，頁 123。

轉換陣地，反過來否定了說書藝人是所在勾欄主人的可能性。小張四郎的獨一無二於他的技藝與名聲足以吸引足夠聽眾，即使僅在某一瓦市的某一固定場地演出也能維持生計。他長時間在同一座勾欄演出，跟他擁有這座勾欄無疑不是同一回事情。再者，上文所說的「占」並不意味擁有那座勾欄，恰恰相反，它只表示小張四郎的技藝與聲望讓他享有優先使用那一勾欄的特權。

從奚如谷（Stephen H. West）的新近研究成果可以看出宋雜劇研究的新趨勢之一，即重構宋代宮廷生活與民間生活得以互動的都市環境，以及娛樂活動與表演藝人在這種互動中扮演的重要角色。[18] 在這個脈絡下究竟表演藝人是誰，以及娛樂活動如何在宋代都城社會生活發揮其作用，無疑值得深入探討。本文力求清晰界定可用的材料並置之於有意義的脈絡下，避免上述提及的謬誤和陷阱，將

18　參見 Stephen H. West, "The Emperor Sets the Pace," 25–50；Meng Yuanlao, "Recollections of the Northern Song Capital," trans. Stephen H. West, in *Hawai'i Reader in Traditional Chinese Culture*, eds. Victor Mair, Nancy Shatzman Steinhardt 夏南悉, and Paul R. Goldin (Honolulu: University of Hawai'i Press, 2005), 405–22；奚如谷：〈皇后、葬禮、油餅與豬 ——《東京夢華錄》和都市文學的興起〉，收入李豐楙主編：《文學、文化與世變 —— 第三屆國際漢學會議論文集（文學組）》（臺北：中央研究院中國文哲研究所，2002 年），頁 197–218；以及 West, "Spectacle, Ritual, and Social Relations: The Son of Heaven, Citizens, and Created Space in Imperial Gardens in the Northern Song," in *Baroque Garden Cultures: Emulation, Sublimation, Subversion*, ed. Michel Conan (Washington, D.C.: Dumbarton Oaks Research Library and Collection, 2005), 291–321.

通過剖析樂籍制度而探索個別雜劇演員的身分,進而確定唐宋時期教坊的制度功能。此外,本文將考察唐宋兩代如酒肆這些隱蔽的政府和軍事企業的運作,從而揭示瓦市中勾欄的歸屬和所有權。相關考察的成果將超越宋代戲劇表演的範疇,揭示出歷史上至少可以追溯至北魏時期(386–534)的樂戶群體的形成。

二、樂戶的產生與教坊的長存

雜劇演員在廣義上屬於藝人一類,其文字記載可以追溯至《左傳》,當中將演員描述成樂師、俳優或二者兼而有之。[19] 不過,雜劇演員的身分與最晚形成於北魏時期的樂籍制度更為密切相關,這個制度在之後歷朝歷代都起著重大影響,一直至清代雍正朝(1723–1735)被廢為止。樂籍制度不單定義何謂樂戶,使之成為建制的一部分,更讓樂戶及其社會身分延續達一千多年之久。因此當樂籍制度流傳至唐宋兩代,自然也被用來界定雜劇演員的身分。

為瞭解樂籍制度,有必要先回顧一下樂戶最初在北魏時期的形態。樂籍制度的出現實與罪犯家人(有時牽連整個宗族)所受的懲罰處分有關。《魏書》有以下記載:

---

19 王國維認為宋元雜劇可能源於上古巫術傳統,但關係最直接並有跡可尋的祖師應是「優人」這個群體,見王國維撰,葉長海導讀:《宋元戲曲史》(上海:上海古籍出版社,1998年),頁1–4。

> 至遷鄴，京畿群盜頗起。有司奏立嚴制：諸
> 強盜殺人者首從皆斬，妻子同籍配為樂戶；其不
> 殺人及贓不滿五匹，[20] 魁首斬，從者死，妻子亦
> 為樂戶；小盜贓滿十匹已上，魁首死，妻子配
> 驛，從者流。[21]

我們知道北魏永熙三年（534）遷都至鄴，據此我們可以推知以上奏章是在北魏被分為東魏（534–550）和西魏（535–556）兩個並存的政體之時上呈給皇帝的。雖然上述由東魏官員提出的「嚴制」未曾真正落實，但從以上引文可知被定罪犯人的妻兒，早在東魏以前已被劃入平民以外的類別。假如我們相信樂籍制度不是一夜之間形成，按常理推斷這種法制至少自北魏時便已存在。[22] 按照上述「嚴制」盜匪的家屬需入籍樂戶，可見這是其中一種最嚴重的懲罰，這亦相應反映樂戶的社會地位之低下。考慮到干犯上述最輕罪行的人所受的處罰是將妻兒流配至驛站，作為官家僕役無償為國家勞動，那麼在籍樂工的處境必定更加不堪。

　　從北魏開始直至清朝，樂籍制度在歷代一直大致延續，只有間中出現的亂世、國家正常運作受阻時才出現中

---

20 筆者懷疑此處魁首和從者的贓物應超過十匹才對，因為他們的懲罰比「小盜」更嚴厲。根據上文下理，「五」和「匹」之間或本有「十」字，在後人傳寫過程中刊落。

21 《魏書》（北京：中華書局，1974 年），卷一一一，頁 2888。

22 程樹德：《九朝律考》（上海：上海書店，1989 年，據商務印書館 1935 年版影印），頁 38。

斷。目前尚不太明瞭樂籍制度是何時在甚麼情況下產生，但是現存資料證明即使樂戶不全是罪犯的親屬及其後裔，至少相當數量上如此。從上述《魏書》的記載來看，作為懲罰而將罪犯家眷入籍樂戶，很可能意味著他們喪失一切人身自由。換言之，犯人的親族在法律下變成了國家的財產。至於這些作為官家財產的樂戶是否可以被轉賣，若然又受到甚麼樣的政策管制？相關問題的答案並沒有多少證據可尋，但現存資料揭示政府對個體樂戶的控制可能有別於其他登記人口，有需要時甚至可以作為禮物而轉送。楊衒之在《洛陽伽藍記》一書中追憶盛極一時、業已荒廢的北魏故都洛陽，其中提及兩個明顯與樂人相關的地方：「市南有調音、樂律二里。」[23] 考慮到北魏的洛陽是一個經過戰略性規劃、四周以城牆包圍的都城，政府對其掌管控制之嚴格，以至城內被劃分為多個帶有圍牆的「坊」並在晚間實施宵禁，似可據以推測《洛陽伽藍記》提到的兩個坊內的樂人很可能受政府監管。[24] 晚一點的證據似乎也支持這一推測。《三朝北盟會編》記載靖康二年（1127），即北宋徽欽二帝被金人所俘、直接造成北宋淪亡的一年，數百名歌女舞伎、伶人及各色藝人作為「贖金」被朝廷送

23　楊衒之著，范祥雍校注：《洛陽伽藍記校注》（上海：上海古籍出版社，1978 年），頁 203。

24　關於北魏都城洛陽的都城規劃，見 Nancy Shatzman Steinhardt 夏南悉，*Chinese Imperial City Planning* (Honolulu: University of Hawai'i Press, 1990), 82–88。關於遷都洛陽後的政治與社會轉變，見逯耀東：《從平城到洛陽——拓跋魏文化轉變的歷程》（北京：中華書局，2006 年）。

往金朝（1115–1234），以滿足金人的求索。這一則記載固然反映宋史上一個兵荒馬亂的時刻，但也給我們提供了線索，顯示當時藝人的社會地位低下，以及政府有主宰他們的權力。[25]

　　究竟北魏時期樂戶由哪個政府部門管轄，這個問題尚有相當多不明白的地方，相比之下《隋書》留下了清楚的記載，指出隋朝一統中原後，所有前朝遺留下來的樂人都入籍樂戶，並由太常寺監管：

> （裴）蘊揣知帝意，奏括天下周、齊、梁、陳樂家子弟，皆為樂戶。其六品已下，至于民庶，有善音樂及倡優百戲者，皆直太常。是後異技淫聲咸萃樂府，皆置博士弟子，遞相教傳，增益樂人至三萬餘。帝大悅，遷民部侍郎。[26]

這段文字不僅證實了樂籍制度在隋代（581–618）得到延續，同時表明，最遲在隋代太常寺便成為掌管祭樂和俗樂的政府部門。《隋書‧音樂志》中有一段相關記載，指出「帝乃大括魏、齊、周、陳樂人子弟，悉配太常，並於關中為坊置之」，將樂人徙置於都城中某個坊，恰好與上引《洛陽伽藍記》相呼應，並解釋了為何有些坊名與音樂

25　徐夢莘：《三朝北盟會編》（上海：上海古籍出版社，1987 年），卷七七，頁 583；相關段落的英譯見 Idema and West, *Chinese Theater, 1100–1450*, 84。

26　《隋書》（北京：中華書局，1973 年），卷六七，頁 1574–1575。

有關。[27]

　　大體而言，初唐因襲了隋朝的音樂機關，但隨著開元二年（714）教坊的成立，唐代的音樂機關亦出現了顯著的變化，標誌著俗樂在制度上正式跟祭樂分離。[28] 開設一個新部門去掌管原屬太常寺的職責，究竟有何動機？一種解釋認為唐玄宗（712–756 年在位）此舉無異於承認，將祭樂和俗樂這兩種截然不同的音樂歸屬同一部門實不恰當。[29] 然而，教坊與太常寺雖則同時並存，但在實際操作上並不能完全分開，尤其是兩個部門都有散樂藝人表演樂曲、百戲和雜耍。[30] 再者，教坊遍布帝國各地，實際職能有如地方上的太常寺，同時負責俗樂與祭樂的表演；而且教坊亦從未掌管所有俗樂，僅限於「倡優雜技」的表演。因此在太常寺以外另立教坊的真正原因，除了是玄宗對幫助他打敗韋皇后、登上帝位的散樂藝人有特別感情

27　同上注，卷十五，頁 373–374。相關的討論及有關裴蘊的上奏，參見岸邊成雄著，梁在平、黃志炯譯：《唐代音樂史的研究》（臺北：臺灣中華書局，1973 年），頁 123–129。

28　《新唐書》（北京：中華書局，1975 年），卷四八，頁 1244。開元二年（714），唐玄宗置內教坊於禁中，但與武德年間（618–626）以後設立的「內教坊」同名異實；後者在如意元年（692）被武則天改名為「雲韶府」。二者之間的不同，詳見岸邊成雄：《唐代音樂史的研究》，頁 220–230。

29　《資治通鑑》（北京：中華書局，2011 年），卷二一一，頁 6812。

30　岸邊成雄：《唐代音樂史的研究》，頁 195–197；有關「散樂」的定義，見同書頁 14，及崔令欽撰，任半塘箋訂：《教坊記箋訂》（北京：中華書局，1962 年），頁 44–46。

外，[31] 大概也與俗樂的影響與日俱增相關。俗樂在地方場所與朝廷同時流行，足以與太常寺的創作分庭抗禮。事實上，有證據顯示，至少從隋代開始，包括各種雜劇雛型的散樂表演已用於款待外國使節。[32]

　　負責龐大演出的教坊涵蓋的地域範圍很廣，從京師一直延伸至地方行政單位，包括在籍樂人所工作和居住的府和縣（有所謂「府縣教坊」）。[33] 在唐代都城長安同時設有內、外教坊，外教坊又分為左、右教坊兩部分。《教坊記》提到唐的東都洛陽設置了兩所大型教坊，亦被喚作左、右教坊。[34] 據《新唐書》記載，玄宗在位期間單是長安的教坊便一度有 11,409 名樂人供職，[35] 而在地方教坊供職的樂人數目肯定也相當多。據開元二十八年（740）戶部統計，唐朝境內共有 328 個郡府和 1,573 個縣，[36] 即使只有半數郡縣設立教坊，地方教坊所僱樂人的數目也很可觀。樂人亦會在軍中供職，這些人稱作「營戶」，是在籍樂戶群體

31 《新唐書》，卷二二，頁 474–475。類似的記載亦見於《教坊記》，參見崔令欽：《教坊記箋訂》，頁 8–9。

32 《隋書》，卷十五，頁 380–381。

33 有關玄宗時期教坊設於地方府縣的記載明確見於《明皇雜錄》，文中云唐玄宗曾訪東洛陽，「府縣教坊」的樂工藝人為他表演「百戲」。見鄭處誨撰，田廷柱點校：《明皇雜錄》（與裴庭裕《東觀奏記》合刊）（北京：中華書局，1994 年），卷下，頁 26。

34 崔令欽：《教坊記箋訂》，頁 14–17。長安和洛陽的教坊分布圖，見同書頁 196–197；關於長安教坊，並見岸邊成雄：《唐代音樂史的研究》，頁 221。

35 《新唐書》，卷四八，頁 1244。

36 同上注，卷三七，頁 960。

的另一分支。兵部於寶曆二年（826）獲准建立「營戶」制度以前，據載已長期僱用地方教坊中的樂人。[37] 此外，唐朝的寺廟和道觀也舉行俗樂和娛樂表演，參與演出的大都是教坊中的樂人。[38]

宋代的教坊制度大體沿襲歷經五代亂世而傳至宋初的唐代音樂機關，[39] 但同時見證了一系列變革，乍看之下似乎是教坊的職能撥回給太常寺，與唐代把太常寺的職能分成兩個獨立行政部門的做法背道而馳。宋代教坊最初隸屬宣徽院，但這個唐代遺留下來的機構於熙寧九年（1076）被廢，宋教坊亦於其後不久的元豐（1078–1085）初年改由太常寺管轄。[40] 南宋初年時局混亂，教坊甚至一度在官僚體制中削除，[41] 直到紹興十四年（1144）才得以恢復，但這次恢復僅僅持續了十多年，在隆興二年（1164）再次被廢，自此終南宋之世亦未再重置。[42]

37　王溥：《唐會要》（北京：中華書局，1955 年），頁 631。

38　項陽：《山西樂戶研究》（北京：文物出版社，2001 年），頁 13。

39　《宋史‧樂志》「教坊」條云：「宋初循舊制，置教坊，凡四部。」見《宋史》（北京：中華書局，1985 年），卷一四二，頁 3347。

40　同上注，頁 3358。《宋史‧樂志》另載熙寧九年之前，宋代教坊已隸屬於掌管宗廟祭祀的太常寺，岸邊成雄認為這個說法顯然有誤。比較之下，說熙寧九年之前教坊隸屬宣徽院似乎更有信服力，見岸邊成雄：《唐代音樂史的研究》，頁 294–296。

41　《宋史》，卷一四二，頁 3359。岸邊成雄認為應該發生在南宋初建炎元年（1127）。見岸邊成雄：《唐代音樂史的研究》，頁 296–297。

42　《宋史》，卷一四二，頁 3359。

　　然而進一步的研究表明，「教坊」職名雖廢，但其功能並未因而廢止，只是把所僱樂人分成不同組別，重新組合到三個不同部門：德壽宮的宮廷藝人、臨安府的衙前藝人（經衙門註冊的樂營），以及鈞容直的都城軍樂藝人。[43] 當有需要為皇室成員慶祝生日或朝廷贊助的節慶表演時，新成立的「教樂所」會從上述部門徵集藝人。[44] 值得注意的是即使作為政府機構的教坊被廢，教坊一詞仍然在用。如《武林舊事》仍把乾道（1165–1173）和淳熙（1174–1189）年間的藝人姓名列在「乾淳教坊樂部」之下。[45] 這並不代表教坊的運作一如以往般在其時未被中斷，但「教坊」一詞相沿勿改，無疑反映時人眼中被廢止的教坊與新成立的教樂所在職能上的相近甚至重疊。

　　史料顯示，宋代教坊的衰落其實並未深入影響到地方或軍隊層面的娛戲部門。相反，宋代衙前藝人在地方層面發揮的影響，比以前任何一個朝代都來得更加廣泛。《宋史》記載太宗雍熙元年（984）朝廷召侍臣賜飲，「集開封府諸縣及諸軍樂人列於御街」。[46] 陳暘《樂書》亦謂南宋時期「諸營軍皆有樂工」，「凡天下郡國皆有牙前樂營以籍工

43　胡忌：《宋金雜劇考》（上海：古典文學出版社，1957年），頁57、59；趙昇撰，王瑞來點校：《朝野類要》（北京：中華書局，2007年），頁30–31；Idema and West, *Chinese Theater, 1100–1450*, 102–103。

44　《宋史》，卷一四二，頁3359；吳自牧：《夢粱錄》，卷二十，收入《東京夢華錄（外四種）》，頁308。

45　周密：《武林舊事（插圖本）》，卷四，頁109。

46　《宋史》，卷一一三，頁2699。

伎焉」。[47] 這些記載倘若如實反映南宋音樂機構的發展，則可見教坊的廢止不單沒有造成政府對樂人的控制放寬，甚至可能完全相反：如上所述通過將教坊的權力分予三個功能單位，政府對樂人的控制更像是加強了。事實上，娛樂機關的網絡已然擴展至宋朝治內的各級機構。[48]

三、法制下樂戶作為社會低下階層的形成

雜劇演員身處上述的制度之中，並在宋代社會扮演著重要的角色。據成書於南宋端平二年（1235）左右的《都城紀勝》所載：「散樂，傳學教坊十三部，唯以雜劇為正色。」[49] 這裡提及的「教坊十三部」雖與南宋教坊僅僅共存了十八年，實是源出於北宋教坊制度即所謂「教坊四部」，並可進一步追溯至唐代教坊制度。[50] 現有證據顯示，雜劇表演已成為北宋教坊制度的一個重要方面。《夢粱錄》裡的一則記載提到：「向者汴京教坊大使孟角毬曾做雜劇本子，葛守誠撰四十大曲」，[51] 無論是說有一位雜劇作家出任教坊大使，還是有一位教坊大使受過雜劇寫作的訓練，這段文字顯示，雜劇表演在北宋社會和音樂機關都發揮了相當大的影響。

---

47 陳暘：《樂書》，卷一八八，《景印文淵閣四庫全書》（臺北：臺灣商務印書館，1983 年），第 211 冊，頁 849。

48 項陽：《山西樂戶研究》，頁 16。

49 灌圃耐得翁：《都城紀勝》，收入《東京夢華錄（外四種）》，頁 95。

50 岸邊成雄：《唐代音樂史的研究》，頁 681–719，尤其頁 692。

51 吳自牧：《夢粱錄》，卷二十，頁 308。

　　宋人對雜劇傳統的繼承和發揚，可見於有些角色隨
著時間的推移而轉變，亦可見於宋代雜劇所採用的音樂和
曲調。譬如雜劇在宋代日益流行，讓它得以吸納「參軍
戲」，而後者是自唐代教坊流傳下來的劇種，被視為宋元
雜劇的先驅；將參軍戲納入雜劇的門類，最終導致參軍的
角色在南宋晚期教坊的組織中消失。[52] 此外，宋代雜劇所
用的大部分樂曲（尤其是大曲和法曲），皆是通過在籍樂
工的努力才得以從唐代教坊流傳下來。[53] 有研究發現，《武
林舊事》所列 280 種官本雜劇中，103 本使用了大曲。[54]
作為官方音樂機關，教坊雖然在南宋僅存在了十八年，但
這些沿襲唐代的音樂機構在職能上並未經歷重大的變化。
日本學者岸邊成雄頗具信服力地指出，有宋一代，演員被
分派到不同角色的分配比率與唐代相比基本未變。至於宋
教坊有更多樂工演奏觱篥和笛子，是基於雜劇演出的特別
需要：為數甚多的雜劇曲目需要用觱篥和笛子演奏，而這
些作品都屬於教坊制度中的大曲分部。[55]

52　岸邊成雄：《唐代音樂史的研究》，頁 311–314。

53　張麗：〈宋代教坊樂隊的沿革及其歷史文化特徵〉，頁 65–71。
　　關於南昭教坊四部自唐至宋的沿革，見岸邊成雄：《唐代音樂史
　　的研究》，頁 681–719。

54　周密：《武林舊事（插圖本）》，卷十，頁 245–250；王國維：《宋
　　元戲曲史》，頁 45–52。王國維據《武林舊事》稽考宋雜劇採用
　　的樂曲，發現用大曲、法曲、諸宮調及普通詞調的近 150 本；
　　其中用大曲的雜劇有 103 本，所用樂曲共 28 種，當中 26 種屬
　　於宋代教坊部講習的「四十大曲」。

55　岸邊成雄：《唐代音樂史的研究》，頁 315；張麗：〈宋代教坊樂
　　隊的沿革及其歷史文化特徵〉，頁 66。

　　然而，教坊制度的傳承和規則將雜劇演員界定為社會地位最低下的一群。唐宋時期幾乎所有樂人都是出身於「賤民」階層的樂戶，而從前引《魏書》中的段落可知賤民這一特定社會階層早在唐以前已存在。唐代的賤民階層包含兩類人：官賤民和私賤民。前者通常與本人或親屬犯罪並隨之受懲處相關，成員有五類，包括：官奴婢、官戶或番戶、雜戶、工樂戶及太常音聲人。唐代樂人基本上由工樂戶和太常音聲人組成，他們起初隸屬太常寺，後來分屬太常寺和教坊。太常音聲人作為賤民階層的最高級別，在婚姻、物業津貼和其他特權上可以比入籍的樂工享有更多自由。例如他們可以在地方府縣註冊戶籍，與平民一樣獲政府分派土地，與平民通婚並享有平民的其他福利。太常音聲人與平民唯一的不同之處，在於他們需要長期為政府提供音樂服務（但在服務一定年期之後可以申請退休）。相較之下，工樂戶不能在地方府縣註冊戶籍，只能與樂人通婚（所謂「當色相婚」），而禁止與平民或官家通婚。只有極少數女工樂人在贖身後能成為平民甚至官員的妾，也就是說，她們需要支付相當一筆贖身費方能擺脫樂籍。[56]

國家的財產，音樂的囚徒——論宋代雜劇演員的身分及其在瓦市中的角色

---

56 關於藝妓在宋元社會、婚姻、倫理道德生活中扮演的角色，尤其從兩性研究角度探討她們在男性生活中的位置，參見近年出版的 Beverly Jo. Bossler, *Courtesans, Concubines, and the Cult of Female Fidelity: Gender and Social Change in China, 1000–1400* (Cambridge, Mass.: Harvard University Asia Center, 2012).

　　私賤民的問題並非本文討論的重點，但由於有助澄清「和顧」（在現代意義上通常被翻譯為「簽約僱用」）一詞，因此有必要就這個問題提供一些歷史背景。譬如私賤民之中有一類人稱為「隨身」，瞭解他們的性質有助於深化我們對整個問題的認識。首先，私賤民共分為四類：私奴婢、部曲、客女和隨身，其中後三者在個人權利與社會地位上並無顯著差別，因此可以歸類為廣義的「部曲」。部曲與私奴婢同樣受主人控制，但兩者的分別在於部曲並不視作主人的財產，不能被轉販（但可轉贈予他人），並可以與平民通婚。唐律授予隨身同樣的權益，但同時要求他們跟部曲和客女一樣履行相同的義務；不過按照法律上定義，隨身的社會地位相對比部曲高一些，因此律法中所定的階級次序依次為平民、隨身和部曲。唐律清楚列明隨身在法律上並非平民，而是由主人所「質」用的人。他們一旦被「質」，便自動成為賤民階級的一員，作為平民的權利在法律上隨即被剝奪，因此不能再要求擁有此前作為平民的自由和權利。換言之，主人「質」用一位平民為隨身，不僅獨享其服務，而且所「質」之人（至少部分）的自由和權利在法律上也歸其所有。由此看來至少在「和顧」期間，「隨身」事實上是主人的「部曲」。

　　這個見解亦有助加深我們對南宋和顧問題的瞭解。可以肯定的是，「和顧」（當意義上與「簽約僱用」相關）一詞的詮釋應當放在南宋社會和歷史脈絡下考察；然而作為唐代制度在功能上的延續（當然包括本文探討的宋代音樂機關），我們亦需要一個同時符合唐代律法和制度功能的

解釋，換言之，要與「顧」或「賃」（在籍樂戶所屬的特定社會階層）在唐代法律上的定義脗合。以此言之，從唐代律法和社會習俗上觀察宋代的「和顧」問題，較之於用現代人的社會經濟準則來比附顯得更有說服力。[57]

此外，賤民社會階層中的這一部分人肩負著傳授、製作、消費與傳播祭樂和俗樂的職責。《新唐書‧百官志》提供了不少有關音樂教育、教師、學員乃至唐代樂人的薪俸及升遷等問題的關鍵信息。[58] 隋代（581–618）有音聲博士教授音樂的傳統，隨後的唐政府蕭規曹隨，並從一開始就高度重視音樂教育。[59] 唐代的音聲博士隸屬於太常寺並分為四等，其中助教博士一職可由選拔出來、技巧熟練的在籍樂工，經過嚴格和多方面的訓練後擔任。一旦晉升為助教博士，樂人便能擺脫賤民身分，躍升至更高的社會地位。教師和弟子都需要通過考核，方能在教學和受訓過程中獲得晉升。對受業弟子來說，只有那些精通「五十難曲」或更多曲目者方有資格為朝廷效力，並被視作「業成」。在宋代教坊「四部合一」後，所有樂工都需要懂得

---

57 有關唐代賤民階級的討論，主要參照黃現璠：《唐代社會概略》（上海：商務印書館，1936 年），頁 1–65。對同一社會階層中樂工的詳細研究，見岸邊成雄：《唐代音樂史的研究》，頁 129–167。

58 《新唐書》，卷四八，頁 1243–1244；類似記載亦見於李林甫等撰，陳仲夫點校：《唐六典》（北京：中華書局，1992 年），卷十四，頁 406。

59 《隋書》，卷六七，頁 1574；《唐會要》，卷三四，頁 623。

演奏「四十大曲」（曲目選自法曲和龜茲樂）。[60]

　　精通所規定數目的曲調需要花很長時間，有記載提到習得「五十難曲」或「四十大曲」大約需時 1,500 天之久。[61]樂人來到都城，更準確說來到太常寺、教坊或南宋時的教樂所，每年要接受一定時間的培訓（由二、三、四、五、六至十二個月不等，取決於樂人居所與都城的距離），直至畢業為止，換言之培養一位合資格樂人約需四至二十四年。[62] 至於晉升方面，朝廷樂工表面上因為更接近皇權中心而享有更多的機會，可是從唐代至宋代，按慣例他們大都被禁止當官。[63]《宋史・樂志》有一則記載謂「諸部應奉及二十年、年五十已上，許補廟令或鎮將」，有學者據此認為宋教坊的樂工不一定屬於賤民階層。[64] 然而這條孤證不足以支持這種說法。例如《唐會要》也記載部分唐代樂人被任命為武官，但職位的轉換並未改變唐代樂戶身為社會最低下階層的法律地位。換言之，少量特例的存在，對

---

60 陳暘：《樂書》，卷一八八，《景印文淵閣四庫全書》，第 211 冊，頁 849。相同記載亦見於《文獻通考》，卷一四六及《御制律呂正義後編》，卷八九。宋教坊起初繼承了唐代的四部樂，繼而在哲宗元符三年（1100，其時陳暘《樂書》已纂修完畢）稍前「四部合一」；最後在理宗端平二年（1235，《都城紀勝》已成書）以前，南宋教坊再分為十三部。有關宋代教坊制度的沿革，見張麗：〈宋代教坊樂隊的沿革及其歷史文化特徵〉，頁 65–71。

61 《唐六典》，卷十四，頁 399。

62 岸邊成雄：《唐代音樂史的研究》，頁 172–176。

63 例見《唐會要》，卷三四及《宋會要輯稿》，卷七二。

64 《宋史》，卷一四二，頁 3358；岸邊成雄：《唐代音樂史的研究》，頁 91–93。

樂戶作為一個社會階層的整體身分並未帶來改變。至於
宋代的情況，《宋史》明確記載宋朝繼承了唐代的教坊制
度，由一開始便依唐教坊的做法建立四部。[65] 儘管進入南
宋後，教坊並不在政府部門之列，但作為音樂機關的教坊
一直存在；取而代之的南宋教樂所，實質上承擔了教坊大
部分的職能。總之，宋代教坊所建基的樂籍制度一直把樂
人定義為賤民，在這一點上我們不曾見過重大改變：由唐
至宋，樂人作為一個群體，其身分始終離不開賤民階層。

　　唐代教坊制度所反映的音樂教授方法，有助傳統的教
坊音樂代代相傳，亦使教坊制度的功能和影響力得以按唐
代的模式延續。樂人在太常寺或教坊習得了標準樂曲後，
部分人留下來繼續為朝廷演奏，其餘的則回到地方府縣，
為地方政府或軍隊服務。[66] 所有樂戶都隸屬於太常寺或教
坊，那些未有在太常寺或教坊註冊的樂戶，不得在地方府
縣有戶籍。然而，登記戶籍的地方與實際居住地不一定相
同，也就是說，大部分唐代樂戶均按法例規定在太常寺或
教坊登記，但他們通常居住在各自的府縣。除了每年例行
到都城接受培訓或提供服務，其餘時間都住在地方府縣。
假如因為生病等理由而未能履行職責，他們可以付錢抵
償。[67] 因此，地方樂人的樂風與朝廷的一致。另一方面，
身為賤民的樂戶不得與其他行業的人士聯姻，而樂戶的身
分和職業又是世代沿襲，因此可以理解很少有人自願選擇

國家的財產，音樂的囚徒——論宋代雜劇演員的身分及其在瓦市中的角色

---

65 《宋史》，卷一四二，頁 3347–3348。
66 《唐六典》，卷十四，頁 406。
67 岸邊成雄：《唐代音樂史的研究》，頁 141–148，303–304。

以演戲為生。唐高祖武德二年（619）頒布的詔令中便有
如此感喟：

> 太常樂人，今因罪謫如營署，習藝伶官，前
> 代以來，轉相承襲。或有衣冠世緒，公卿子孫，
> 一沾此色，後世不改，婚姻絕於士類，名籍異於
> 編甿，大恥深疵，良可哀愍。[68]

這道詔令隨後談到唐高祖對服務太常寺的樂人格外開恩，
但這種有限度的慷慨也未曾施予所有樂人。再者，這道詔
令明確指出即使格外開恩，「自武德元年以來配充樂戶者」
也不在此列。[69] 由此可見「前代以來，轉相承襲」的樂籍
制度，在新建立的唐朝照樣延續下去。這段文字關乎我們
討論的問題，即唐代以前形成的樂籍制度一直傳至宋代和
隨後的元明清，由始至終沒有重大變化，直至十八世紀後
期才被徹底廢除。

　　基於上述考察，宋代雜劇演員的身分變得明確起來。
有觀點認為宋代雜劇演員是晚唐以來，特別是兩宋商業和
經濟繁榮下被解放的平民，因利益的驅使而聚集於娛樂行
業勃興的都城。與此相反，以上筆者通過考察帝制時期的
音樂制度，即興起於先唐、完善於唐朝並持續發展至後世
的教坊制度，對宋代雜劇演員的身分提出另一種解讀。只

68　宋敏求編：《唐大詔令集》（北京：商務印書館，1959 年），頁
　　465。類似記載亦見於《唐會要》，卷三四，頁 728。
69　《唐大詔令集》，頁 465。

有將宋代雜劇演員置於這個脈絡下，方能有效地解答樂人
的身分為何、他們從哪裡來以及他們如何習藝等問題。如
前所述，隸屬於教坊制度的樂人大都來自在籍樂戶，一個
往往跟罪與罰相關的社會群體。他們被迫在官方音樂機構
接受音樂訓練，為朝廷、地方政府和軍隊提供服務。這些
培訓樂人的音樂機構互有輪替，並輪流在朝廷或公共場域
提供音樂服務。總的來說，樂戶出身的樂人及其後裔都是
國家的財產。儘管偶爾會有例外情況，一些走運的樂人能
通過婚姻關係（主要限於女性樂人）而註銷其樂戶的身
分，甚至被任命為政府或軍中要職（限於男性樂人），但
這些個案極為罕見，並不足以改變整個樂人社群的身分。
宋代雜劇演員跟先輩和同時代的樂人和藝人一樣，被剝奪
了選擇其他職業的自由，需要就祭樂和俗樂的創作、表演
及傳承接受長年訓練，繼而訓練他人從事於此。他們可說
是「國家的財產」和「音樂的囚徒」，但正是通過這些人
不斷的努力，才使得他們繼承的音樂傳統得以在當時流
傳，並在後世持續興盛。

四、勾欄的擁有者

確立了宋代雜劇演員的社會階級，我們便可以作更進
一層的討論，就當時所有勾欄都歸個人（通常是表演者自
己）擁有的這一假設提出質疑。這個爭論本文開篇時已經提
出，現在就深入探討誰有可能擁有勾欄這一問題。究竟樂
戶是否可能擁有自己的劇場呢？若可能，如何擁有？若不

能，我們又如何確定誰是擁有者？這些重要公共及御用劇場的擁有者和使用者之間的關係究竟是甚麼性質？

宋代的市民娛樂劇場名為勾欄，[70] 通常與「瓦市」相關連，瓦市則位於宋代繁榮都城的商業市場之內。瓦市又稱瓦子、瓦肆、瓦舍或瓦解，但這些名稱之間的關聯尚不太清楚，也無法確切知道它們得名的緣起。我們只能大致根據這些名稱所包含的與建築相關的含義，來推測瓦市、瓦舍、瓦肆和瓦子等詞擁有共同的語源，即它們都與位於城市商業區內為娛戲而設的建築物有關。由於沒有與瓦市建築相關的考古資料可供參考，學者只能依靠文獻推測瓦市的本來面貌。似乎早在南宋時期，瓦市這個概念的起源就已經成為問題，比如《夢粱錄》就提到：

> 瓦舍者，謂其「來時瓦合，去時瓦解」之義，易聚易散也。不知起於何時。[71]

這段文字認為瓦市可能與「瓦解」有關，但與上述提到瓦市相關名稱不同，瓦解一詞與建築物本身沒有直接關係。不過值得注意的是「解」與「廨」字在傳世文獻中有時可通用，而後者與「舍」字組成「廨舍」一詞則指官方建築

---

70 有關「勾欄」一詞的語義及勾欄建築的外觀結構，見馮沅君：《古劇說彙》（北京：作家出版社，1956年），頁1–6。

71 吳自牧：《夢粱錄》，卷十九，頁298。《都城紀勝》也有幾乎相同的記載（「瓦者，野合易散之意也，不知起於何時」），見灌圃耐得翁：《都城紀勝》，頁95。

物。[72] 果真如此，這些都市娛戲場所的不同名稱實皆同實異名，都是指專門為了說書、戲劇演出及其他形式的娛樂活動而建的瓦房建築。因此大部分學者傾向把瓦市或其他象徵娛樂場所的同類名稱，皆視作建築物的具體描述。[73] 也有學者認為瓦市可能指一種由瓦片覆蓋的樂器，因此這裡用瓦市一詞指代音樂。[74] 近來有學術著作通過語言學上的比較或重新詮釋相關的佛經譯名，嘗試把瓦舍和勾欄與佛寺和梵戲表演掛鈎；但也有學者提出異議，認為那些一鱗片爪的語言聯繫和再詮釋或許本末倒置，像論文中引及「劇場」等貌似源出佛經的外來詞作證據，實質上可能是如實反映了中國本土戲劇經驗的漢語原有語詞，只是隨後被借用來翻譯佛經而已。[75]

---

72 例見《晉書》，卷九二，頁 2403；卷九五，頁 2502。

73 另參周貽白：《中國戲曲發展史綱要》（上海：上海古籍出版社，1979 年），頁 72；沈祖安：〈始於南宋，源於杭州 —— 南宋雜劇的形成〉，見周峰主編：《南宋京城杭州（修訂版）》（杭州：浙江人民出版社，1997 年），頁 252；鄧紹基：〈《中國古代劇場史》序〉，見廖奔：《中國古代劇場史》，頁 1–2。

74 如吳晟：《瓦舍文化與宋元戲劇》（北京：中國社會科學出版社，2001 年），頁 43。

75 康保成：〈「瓦舍」、「勾欄」新解〉，《文學遺產》1999 年第 5 期，頁 38–45；康保成：〈「戲場」：從印度到中國 —— 兼說漢譯佛經中的梵劇史料〉，《瀋陽師範學院學報（社會科學版）》，2002 年第 2 期，頁 48–55；黃杰：〈瓦市新臆〉，《戲劇（中央戲劇學院學報）》，2003 年第 2 期，頁 105–109；黃大宏：〈勾欄：傳統文化與佛教文化相互影響的一個範例 —— 對康保成《「瓦舍」、「勾欄」新解》一文的質疑〉，《唐都學刊》2001 年第 1 期，頁 85–87。

　　對瓦市等詞得名的另一流行解釋，是一個最早見於明代而後人亦據以為說的觀點，即認為瓦市或瓦肆源於外來語，與遼代（907–1125）的政府機構「瓦里」相關。[76]《遼史》解釋道：「瓦里　官府名，宮帳、部族皆設之。凡宗室、外戚、大臣犯罪者，家屬沒入於此。」[77] 此文告訴我們，「瓦里」遍及大遼各地，用來監管某些地位崇高的犯人的親屬；不過這並不是說瓦里就是監獄，而只是這群本身並非罪犯、卻又不能再過正常生活的特殊人群的居所。這批人成為宮廷和親王的工人、奴僕或藝人，由稱為「著帳郎君」的吏人另行註冊，[78] 這種做法與唐宋教坊制度之相似並非純屬偶然。瓦里部門與教坊制度所司職責有相近之處，加上有學者指出「瓦市」與「瓦里」讀音上的聯繫，所以對我們追索瓦市一詞的起源頗有啟發。這種源於語言學的探尋，甚至可能有助最終揭示出宋代瓦市的演員身分和瓦市勾欄的擁有權。舉例說，宋人有可能採用了瓦里一詞並稍加變易，以命名大都會的娛樂區域，畢竟宋代瓦市藝人與遼國瓦里的表演者出身相同。以此言之，瓦市中的勾欄可能由朝廷、地方府縣以及後來的軍事單位所建立、擁有和掌管。

　　雖然不能完全確定，但文獻證據顯示，最早出現在北宋都城汴梁和其他可能的大城市裡的瓦市同樣由北宋

76　廖奔：《中國古代劇場史》，頁 40；王書奴：《中國娼妓史》（與陳顧遠《中國婚姻史》合刊）（長沙：嶽麓書社，1998 年），頁 119–120。

77　《遼史》（北京：中華書局，1974 年），卷一一六，頁 1544。

78　同上注，卷三十一，頁 371。

教坊所掌管。《東京夢華錄》有一則關於娛戲場所的記載指出：「崇觀（引者按：即崇寧〔1102–1106〕與大觀〔1107–1110〕年間）以來，在京瓦肆伎藝，張廷叟孟子書主張。」[79] 當中最後一句眾說紛紜，莫衷一是。如馮沅君（1900–1974）提出的一種解讀認為「《孟子》書」是說書的題目，[80] 倪鍾之甚至視之為中國相聲表演的先聲。[81] 這些錯誤推斷都是源於斷句有失，無法恰當地將這一句和下一句區分。[82] 再者，這樣的解釋也缺乏外部證據，說書和相聲兩種表演傳統中都找不到類似的表演主題。事實上根據上下文理，我們可以比較肯定孟子書是汴梁瓦市中其中一位頭角崢嶸的表演藝人。另外，南宋士人王明清（1163–1224）的筆記《揮麈錄》也有孟子書為北宋教坊樂官的記載，[83] 而收集了宋廷在徽宗（1100–1126 年在位）、欽宗（1126–1127 年在位）和高宗（1127–1162 年在位）

79　孟元老撰，鄧之誠注：《東京夢華錄注》（北京：中華書局，1982 年），卷五，頁 132。

80　馮沅君：《古劇說彙》，頁 33。

81　倪鍾之：《中國曲藝史》（瀋陽：春風文藝出版社，1991 年），頁 150–152。

82　例如這句話常被斷為「崇觀以來，在京瓦肆伎藝，張廷叟《孟子書》。主張小唱李師師、徐婆惜、封宜奴、孫三四等，誠其角者」，暗示張廷叟因講《孟子》一書而街知巷聞。見孟元老著，姜漢椿譯注：《東京夢華錄全譯》（貴陽：貴州人民出版社，2009 年），頁 81；類似的斷句見孟元老：《東京夢華錄》，卷五，收入《東京夢華錄（外四種）》，頁 29。

83　王明清：《揮麈錄》（上海：上海書店出版社，2001 年），卷四，頁 99。

三朝與北方鄰國交涉文獻的《三朝北盟會編》，亦同樣有「樂官孟子書」的記載。[84] 儘管仍需更多的材料去辨別張廷叟的身分，以及他是與孟子書同臺演出還是獨立表演，但我們有理由推斷張廷叟跟孟子書一樣供職於教坊。基於上述推論，宋廷、尤其是教坊可能一度直接掌管汴梁的瓦市，不過具體情形還有待深入考察。

不單北宋教坊在管理汴梁瓦市時起著一定作用，與教坊有關聯的雜劇演員也同樣在這些瓦市出演。在筆記《東京夢華錄》中，著者孟元老充滿懷緬地憶述當年在都城中幾個最大戲棚演出的雜劇名角：

> 內中瓦子蓮華棚、牡丹棚、裏瓦子、夜叉棚、象棚最大，可容數千人。自丁先現、王團子、張七聖輩，後來可有人於此作場？[85]

---

84 徐夢莘：《三朝北盟會編》，卷七八，頁 588。

85 孟元老：《東京夢華錄》，卷二，頁 14。筆者認為引文中的第二句突出了《夢華錄》的懷舊本質。這兒提及當年在故都大戲棚叱咤一時的名演員，牽引出對逝去年代更深沉的回憶，帶出一種貫徹全書的悲涼微茫之感。奚如谷先後兩次翻譯該文，理解大致相同，似乎認為所列舉的演出者是首批進駐瓦市，並令瓦市聲名鵲起的人。奚如谷早年將這段話翻譯成「自丁先現、王團子、張七聖輩後，後來者方獲准在此作場表演」，見氏著："The Emperor Sets the Pace," 32，及所譯 "Recollections of the Northern Song Capital," 410。他後來改譯成「自丁先現、王團子、張七聖後，許多人相繼在此作場演出」，見其為雜劇譯文集（合譯）所寫的前言，Stephen H. West and Wilt L. Idema, eds. and trans., *Monks, Bandits, Lovers, and Immortals: Eleven Early Chinese Plays* (Indianapolis: Hackett Publishing Company, 2010), xi。

雖然上述三人名字中王團子和張七聖的身分不明，但在熙寧（1068–1077）初年任北宋教坊使的丁先現（一作丁仙現）頗見於載籍，其中一些筆記描述他與宋廷官員對答時的雋言妙語。[86] 例如王國維（1877–1927）所編的《優語錄》，記載這位人稱「丁使」的丁仙現於熙寧初年的戲場演出中嘲諷王安石變法；[87] 而《續墨客揮犀》記載他在熙寧九年（1076）太皇生辰祝壽時，代表教坊表演雜劇；[88]《萍洲可談》載丁氏「在教坊數十年」並在劇作中頗議時事，晚年曾對士大夫說：「先現衰老，無補朝廷也」，遭到對方哂笑，說他忘記了自己出身低賤。[89] 儘管這些筆記材料所述皆為軼事，但都直接或間接地表現出丁先現是一位活躍於教坊多年的雜劇名伶，尤其富於機智與膽識，不失俳優藝人進諫的本色，以模仿、啞劇等表演形式向當權者

86　相關軼事見王國維：《優語錄》，《王國維全集》（杭州：浙江教育出版社，2009年），第2冊，頁305–306；孟元老撰，鄧之誠注：《東京夢華錄注》，卷二，頁67–69。奚如谷認為所有的知名演員都出身自教坊，但並未交代這個結論是如何得出。見 West, trans., "Recollections of the Northern Song Capital," 410, 421。

87　今本《鐵圍山叢談》找不到王國維所提到的這則軼聞，或許王氏所據別本已佚失不傳。不過《鐵圍山叢談》確實提到「教坊使丁仙現」，見蔡條著，馮惠民、沈錫麟點校：《鐵圍山叢談》（北京：中華書局，1983年），卷一，頁5。

88　彭乘撰，孔凡禮點校：《續墨客揮犀》（與趙令畤《侯鯖錄》及彭乘《墨客揮犀》合刊）（北京：中華書局，2002年），卷五，頁470–471。

89　朱彧撰，李偉國點校：《萍洲可談》（與陳師道《後山談叢》合刊）（北京：中華書局，2007年），卷三，頁165。

微言諷諫。廖奔假設瓦市必然為非官方和商業化性質，認
為丁先現於上文提到的戲棚演出，應當是他供職教坊以前
的事。這種把娛樂部門嚴格劃分為官方與非官方，並把瓦
市列為非官方娛戲場所的做法其實值得反思，不僅因為這
一做法缺乏證據支持，還因其忽略了教坊的制度功能。筆
者的假設與廖奔先生的說法相反，認為丁先現在那些著名
瓦市享譽一時的表演，很有可能是他出任教坊使時所為。

現有資料似乎顯示，基於財政和其他相關目的，宋廷
可能是勾欄的實際擁有和管理者，至少那些位於都城的勾
欄應當如此。像以下《咸淳臨安志》的記載便明確表示，
位於南宋都城內外的瓦市皆由政府部門設立和管理：

> 紹興和議（引者按：召開於紹興十一年〔1141〕）
> 後，楊和王為殿前都指揮使，以軍士多西北人故，
> 於諸軍寨左右營創瓦舍，招集伎樂以為暇日娛戲之
> 地。其後修內司又於城中建五瓦以處游藝。今其屋
> 在城外者多隸殿前司，城中者隸修內司。[90]

根據上文和《夢粱錄》的一則類似記載，[91] 首批在南宋都
城杭州城外的瓦舍是由軍隊建設和管理、專門供軍卒娛戲

90　潛說友纂修，汪遠孫校補：《咸淳臨安志》，卷十九，頁 19b，
　　收入中國地志研究會編：《宋元地方志叢書》（臺北：大化書局，
　　1980 年，據清道光十年〔1830〕汪氏振綺堂重刊本影印），第
　　7 冊，頁 4079。
91　吳自牧：《夢粱錄》，卷十九，頁 298。

之地。以上引文還提到，其後在都城內興建另外五所瓦舍，改由另一政府部門即修內司負責。修內司的主要職責是建造和修葺宮廷建築物，但它最終取代了教坊的職能，因此負責音樂培訓、祭祀音樂與娛樂表演的教樂所也歸於其下。前文已提到，把教坊從政府部門中剔除並不代表宋廷不再管理樂戶、音樂培訓或音樂服務等事宜，事實上只是對舊有教坊的職能作出革新，將其改組並隸屬於朝廷、軍隊和京畿。上文已清楚指出，位於都城內的瓦市毫無疑問由朝廷擁有，因此像丁先現等前教坊藝人可以在城內瓦市演出，便沒有甚麼出奇之處。[92]

五、為「國家企業」服務

至此，我們可以更進一步推論，大多數（即使不是所有的）藝人——必然包括雜劇演員在內——均受到朝廷、地方政府和軍中娛樂部門控制，這個推論是基於以下觀察得出的。首先正如我們所發現，帝制時期的中國音樂制度史顯示，至少從北魏時期開始形成的樂籍制度，是宋代官方音樂制度的基礎。宋代教坊制度經歷了一系列的改

---

92 奚如谷在近著中表示，為了娛樂用途而將都市中部分皇家地方開放給普羅百姓，不單體現了古代聖君與民同樂的政治理想，同時也通過城市空間的建構揭示出天子、百官和人民之間新建立的關係，而這種關係恰恰與他們新近發展出來的都市生活方式息息相關。開放大型瓦市並派遣宮廷藝人到場表演與負責經營，無疑切合這種新發展大勢。詳見氏著：〈皇后、葬禮、油餅與豬〉，頁 197–218；West, "Spectacle, Ritual, and Social Relations," 291–321。

革，如教坊名稱的廢止和恢復，其後隨著宋代政治和軍事的變遷，教坊的行政職能被瓜分並由三方（朝廷、京畿和軍隊）共同承擔。根據這項制度，樂人和藝人幾乎無一例外出身於樂籍，而樂籍的出現源自一種自古以來懲罰罪犯的刑法，特別是針對受罰官員及其家屬而設。這些樂戶通過特定方式登記戶口，被定為社會地位低下的一群，與社會其他階層分隔開來，只准樂人嫁娶樂人，並且不得選擇別的職業。[93] 音樂與娛樂的創作和傳承，幾乎完全由這群由政府主宰，被社會地位較高者鄙視的賤民負責，因此市民大眾從事音樂或演藝事業的意欲亦大大減低。

其次，政府也限制一般人投身音樂或娛樂行業。政府之所以如此蔑視樂人和藝人，其中一個理據便是樂戶和罪與罰緊密關連，而另一個政府不鼓勵平民以此為業的原因，顯然也是出於倫理道德的考慮。不同證據一再顯示：法律規定，除了極少數在太常寺服務的藝人外，其餘藝人一律不得與社會各階層人士通婚，至於那些沒有入籍的樂人，通常必須降低自己的社會地位方能與樂戶通婚。[94]

宋雜劇《宦門子弟錯立身》是個很好的例子，此劇講述金世宗時期（1161–1189 年在位），河南府同知的兒子愛上了一個女雜劇演員，為了共諧連理，他放棄了自己所

93　例如《元典章》明文規定官員或平民百姓「禁取樂人為妻」。見《元典章（大元聖政國朝典章）》（北京：中華書局；天津：天津古籍出版社，2011 年），卷十八，頁 667。

94　岸邊成雄：《中國音樂史的研究》，頁 129–167。

有的社會特權並加入了劇團。[95] 儘管文學作品不能當作史料，但這部雜劇提供了豐富的信息，不僅描述了演藝者社會地位低下，同時也表明，官家子弟若想要與伶人結合，就必須在社會地位和經濟地位方面作出犧牲。

《唐會要‧論樂》中常常出現對藝人的指責，認為藝人需為以往王朝的衰落負責，而為了防止村民腐化，巡遊藝人禁止在廣場演出。[96] 這一禁令似乎一直生效並延續到後世，如元初的法律典籍記載一群北方村民的首領因試圖學演戲而受罰，連村民也承認自己行為不當，可見一般群眾的音樂培訓和正式表演都是被明令禁止的：

> 除係籍正色樂人外，其餘農民市戶良家子弟，若有不務本業，習學散樂、般（搬）說詞話人等，並行禁約。[97]

上述對音樂和娛樂活動的嚴格管制亦支持了我之前提出的關於社會階層的分等以及從政策和法律層面將這種藝術表演與犯罪和懲罰聯繫起來的觀點。總之，藝人的身分和職業不可避免地受到歧視。受到這樣的社會規範主宰，我們不難明白，儘管樂人創作藝術愉悅他人，他們自己卻被當

國家的財產，音樂的囚徒──論宋代雜劇演員的身分及其在瓦市中的角色

---

95 錢南揚：《永樂大典戲文三種校注》（北京：中華書局，1979年），頁 219–255。
96 《唐會要》，卷三四，頁 623–632；有關禁止「散樂巡村」，參見同卷，頁 629。
97 《元典章》，卷五七，頁 1937–1938。這些建議獲當局採納，頒布成文。

作是道德敗壞的象徵而遭受歧視。[98]

　　最後，筆者懷疑瓦市的藝人跟在酒肆或其他場所工作的在籍女藝人（下文會提供更多細節）沒有太大分別，同樣是政府或軍隊控制下的廉價勞工，是替其服務機構博取最大的利益的工具。為此，在籍樂戶中的女樂人輪流接受培訓，除了需要提供服務，在平時娛樂朝廷大官、官吏和士兵，還要在政府贊助的節慶日子裡娛樂市民大眾，並於政府和軍隊設立與管理的舞臺上演出，為政府和軍方部門賺錢。

　　為了弄清這點，不妨回顧一下之前引用的《咸淳臨安志》裡有關在南宋都城臨安內外建設瓦市的段落。儘管當初因為滿足軍隊需要而將首批瓦市設在臨安城外，但我們不應想當然地認為那些瓦市只是單純為軍中占大多數的北方人而設，相反，我們應設想所有士兵都有資格到瓦市尋歡作樂，享受演奏、說書、演劇和其他藝術表演。再者，根據《東京夢華錄》的一則記載，由軍營控制的瓦市也向公眾開放，甚至在藝人即將出場前販賣糖果和小吃，吸引婦女和兒童前來觀看。[99] 在另一本宋人筆記裡，我們知道，即使表演技巧被認為較瓦市藝人次一等的巡迴表演者「路岐人」，也能找到門路進入教場演出。[100]

98　普羅大眾對樂人和藝人的觀感態度，往往反映並緊貼當時的社會、道德及知識發展大勢，例如南宋時期高舉男忠女貞，自必影響人們對藝妓和藝人的態度。這方面參見 Beverly Bossler, *Courtesans, Concubines, and the Cult of Female Fidelity*, 161–289。

99　孟元老：《東京夢華錄》，卷三，頁 23。

100　西湖老人：《西湖老人繁勝錄》，頁 119–120。

　　我們也應該注意，那些瓦市當初或許是為了娛兵而建，但這些娛樂並非免費。事實上，宋代受僱於政府的軍人有相當好的薪俸和福利，他們似乎構成娛樂消費者中重要的一群。與賣酒和經營旅舍等其他形式的軍方生意相似，在軍辦瓦市所作的戲劇和各式表演亦會為軍隊帶來相當的財富。[101] 基於上述原因，我們可以假設，那些軍辦瓦市不管最初懷著甚麼目的，但始終以士兵和大眾為目標顧客，宗旨離不開為軍隊牟利。至於修內司在城牆內建立的瓦市也是向公眾開放，這點也沒有多少疑問。

　　從現存關於宋代樂戶的文獻可見，瓦市的建設是政府在樂籍制度的基礎上經營的業務。若把在籍樂工跟在官營酒肆賣唱的女子比較，或可更好說明前者在瓦市這個官辦企業中所扮演的重要角色。那些為朝廷、地方政府和軍隊服務的註冊女樂人，大概是隨著樂籍制度的形成而出現。女藝人在初唐時被稱為宮妓、官妓和營妓。儘管樂戶制度隨著時間的推移而有所變化，但有一點非常一致，即女藝人大都出身於樂籍，遭政府肆意剝削，作為妓女或侍女被安排在官營場所服務客人，以履行其身為在籍樂工的職責。[102] 例如，南宋時朝廷為了增加國庫收入，戶部（轄下的修內司於南宋初年負責在京師興建瓦市）把美艷的女藝人派往政府擁有的酒肆工作，以期增加酒類的銷售。以下

國家的財產，音樂的囚徒──論宋代雜劇演員的身分及其在瓦市中的角色

101 張同勝：〈宋代募兵制與瓦舍勾欄的興盛〉，《菏澤學院學報》2008 年第 6 期，頁 91–94。
102 黃現璠：《唐代社會概略》，頁 79–88；岸邊成雄：《唐代音樂史的研究》，頁 363–459。

所引的宋人筆記《武林舊事》在羅列十多間位於都城的代表性酒肆後，清楚描繪了這樣的情況：

> 以上並官庫，屬戶部點檢所，每庫設官妓數十人，各有金銀酒器千兩以供飲客之用。每庫有祗直者數人，名曰「下番」。飲客登樓，則以名牌點喚侑樽，謂之「點花牌」。元夕諸妓皆併番互移他庫。夜賣各戴杏花冠兒，危坐花架。然名娼皆深藏邃閣，未易招呼。[103]

這段文字生動地描述了註冊女藝人如何為官營酒肆服務，但作者在文末傳達出這樣的印象：「官中趁課，初不藉此，聊以粉飾太平耳。」[104] 然而另一部宋人筆記《夢粱錄》明白無誤地道出將「官名角妓」派往酒肆，目的只在「設法賣酒」。[105] 根據同一材料，我們可以清楚地知道朝廷允許戶部保留部分賣酒所得的利潤，尤其是標誌特別釀酒季節開始的清明和中秋二節。[106] 為了增加利潤，官私妓女在酒節中擔當相當重要的角色。由點檢所舉辦的慶典，以聚焦於女藝人性感嫵媚的巡遊為高潮，而巡遊通常以府或縣的教場為起點，一路吸引人們到官府擁有的主要酒肆

---

103 泗水潛夫：《武林舊事》，卷六，收入《東京夢華錄（外四種）》，頁 441。
104 同上注。
105 吳自牧：《夢粱錄》，卷十，頁 214。
106 同上注，頁 213。

沽酒作樂，並以一場持久的狂歡飲酒筵會收尾。整個巡遊隊伍的焦點都落在官私女藝人身上，她們會按照美貌、服飾的質量與顏色分為三等，即使是身穿華衣錦服的官員，也只能跟隨在巡遊隊伍後頭。[107] 同樣值得注意的是，雜劇和各路雜耍藝人也會加入這個宣傳賣酒的儀式，因為這些表演者同樣隸屬戶部。[108] 即使是「貧賤潑妓」，女藝人在巡遊一律要為賣酒巡遊好好打扮，必要時需「借備衣裝首飾，或託人僱賃，以供一時之用」，否則會被「責罰而再辦」。[109]

臨安府點檢所的努力換來豐厚的回報。儘管官方酒肆所定的酒價通常比私家酒肆高，但在註冊女藝人的幫助下，政府管理的榷酒事業往往蒸蒸日上。《武林舊事》提到「點檢所酒息，日課以數十萬計」，[110] 以熙寧十年（1077）為例，當年賣酒所得的稅收就高達一千三百六十萬貫，超過了同年的商稅收益。單單是都城賣酒所得，便為整體稅收帶來超過四十萬貫進帳，同時還有為數可觀的進帳未被抽稅或納入年度預算，而這些錢留在諸州府縣道供地方政府自由支配。[111] 以上細節暗示，為中央政府擴大

107 同上注，卷二，頁 149。

108 周密：《武林舊事（插圖本）》，卷三，頁 80；灌圃耐得翁：《都城紀勝》，頁 93。

109 吳自牧：《夢粱錄》，卷二，頁 149。

110 泗水潛夫：《武林舊事》，卷六，頁 450；關於酒肆的情況參見孟元老：《東京夢華錄》，卷二，頁 12。

111 張守軍：《中國古代的賦稅與勞役》（北京：商務印書館，1998年），頁 97；吳自牧：《夢粱錄》，卷九，頁 203。

稅收並為地方府縣牟利，是點檢所積極推廣賣酒的主要動力。在樂籍制度下，利用註冊女藝人的成本甚低，正好組織她們招徠顧客，但同時凸顯了政府在這方面的剝削。

筆者懷疑瓦市的興建也是為了類似的經濟原因。雖然有別於榷酒所得的稅收，我們也沒有官方公布的瓦市盈利數據可資利用，然而量化數據的闕如卻不能排除政府在建設和管理瓦市中牟利的可能性。事實上，正如上文描寫釀酒和賣酒巡遊時所提到的，雜劇表演在儀式上扮演了一定角色，且對增加酒類銷售和稅收方面的利潤作出了貢獻。瓦市作為集娛樂、餐館和商舖於一身的綜合場所，娛樂活動肯定有助帶旺場內的生意，從而間接增加政府的稅收。由此看來，瓦市似乎對政府財政繁榮穩健起著基礎性作用。

儘管瓦市發揮著基建作用，我們卻缺乏直接的統計資料來證明其為政府帶來的實際收益，但有證據表明雜劇和各式娛樂表演確實直接帶來進帳。相關的現存文獻資料雖然較散碎，卻明白地道出，觀眾要看表演就必須付費。例如，在《莊家不識勾欄》中，鄉人付了兩百錢去看勾欄演戲，[112] 而在十五世紀韓國的中文會話教本《朴通事諺解》中提到勾欄的入場費為五錢。[113] 這兩部文獻雖為元代時所作，但兩個價錢無法作比較，[114] 箇中差異或許源於地點或

---

112 賀新輝、李德身主編：《元曲精品鑑賞辭典》（北京：中國社會科學出版社，2003 年），頁 17–18。

113 佚名撰，崔世珍諺解：《朴通事諺解》（與《老乞大諺解》影印合刊）（臺北：聯經出版，1978 年），頁 139。

114 參見朱德熙：〈《老乞大諺解》《朴通事諺解》書後〉，《北京大學學報（人文科學）》1958 年第 2 期，頁 69–75。

時代的不同以致娛樂費用不一，或是由於文學表達原來就不必以觀看勾欄的實際費用為根據，但這已足以證明人們要付入場費才能進入勾欄看表演的事實。

　　然而，我們尚不清楚勾欄的入場費是否全部歸政府所有。我們明白藝人也需要錢去餬口和養家，但根據有關在籍樂工的明文規定，藝人有義務每年在一段時間內為政府無償服務，因此原則上勾欄表演者可能在沒有報酬的情況下表演，至少服役期間如此。當然在這個大原則下，具體的執行方式可以保持靈活。譬如，個別註冊藝人可以向官府支付一定金額來「僱用」他人代替自己，以免除按規定須為軍中提供的服務：「軍妓，以勾闌妓輪值之，歲各入值一月。後多斂資給吏胥購代者。」[115] 這段話可能反映了宋代某些在籍樂工履行自身職責的一種模式。一如那些可以通過付費免卻為軍隊服務的勾欄女藝人，註冊樂戶如果願意並且有足夠金錢，同樣可以用此法卸除勾欄表演的差事。換句話說，根據在籍樂工的意願和財力，金錢和義務可以互換，而這種模式同時能照顧到政府與樂工雙方的利益。這不僅讓某些在籍樂工毋須從事他們不擅長的音樂和表演，用金錢換來的時間去做其他生意，也有助政府僱用和補貼瓦市中的優秀藝人，為政府帶來更多收入。

　　這個模式也可解釋「和顧」的問題，即本文一開始及隨後幾處談及政府僱用「簽約」藝人的現象。如果上文提到以金錢免除義務的假設成立，那麼《武林舊事》記載朝

115　俞樾著，貞凡、顧馨、徐敏霞點校：《茶香室叢鈔》（北京：中華書局，1995 年），《四鈔》，卷九，頁 1622。

廷樂人時在「和顧」分項下列出的樂人，極有可能是政府
以在籍樂工所付的錢來僱用的。修內司固然可僱用在籍或
不在籍的樂工，但考慮到唐宋樂人社會地位的卑微和人們
對音樂行業的偏見，不在籍樂戶人數有限也就很可以理解
了。因此我們有理由推斷，大部分「和顧」藝人是在教坊
制度下培訓出來的註冊樂人，也是基於同樣的原因，有些
個人或家庭戲班能夠受僱「占據」同一勾欄數十年，靠自
己的技藝演出謀生。

入場費和在籍樂工為豁免義務而繳納的費用，可能
相當可觀，但與修內司和軍方經營城中瓦市所得的利潤相
比，繳費不太可能是政府或軍方財富的主要來源之一。例
如，位於相國寺的娛樂區大概在宋代以前就是一個重要的
商貿交匯點，到了北宋早年，該區儼然成為其中一個最賺
錢的瓦市。據一則材料記載：

> 東京相國寺乃瓦市也，僧房散處，而中庭兩
> 廊可容萬人。凡商旅交易，皆萃其中，四方趨京
> 師以貨物求售轉售他物者，必由于此。[116]

相國寺作為商業中心得以長年興旺，源於其與朝廷的聯
繫、地理位置和空間寬闊，方便商人存放貨物和交易買
賣。如引文接著提到，至道二年（996），宋太宗（976–
997 年在位）下令重建相國寺三門並御筆題額，公開展現

---

116 王栐：《燕翼詒謀錄》（與王銍《默記》合刊）（北京：中華書
　　局，1981 年），卷二，頁 20。

政府權力，以表聖上對這所寺廟眷顧有加，[117] 而朝廷的支持肯定為該所瓦市帶來可觀收入。據宋人筆記《東京夢華錄》所載，相國寺瓦市每月開放五次並進行「萬姓交易」，交易的商品從珠寶、藝術品到奇珍異獸、日常器物和佛具不等。[118] 儘管不清楚瓦市之內是否有相國寺擁有的店舖，但毫無疑問該寺可以從租賃物業獲利，就像普慶寺的經營模式那樣，「東廡通庖井，西廡通海會，市為列肆，月收僦贏，寺須是資。」[119] 此文出自〈普慶寺碑〉，作者姚燧（1238–1313）是一位活躍於南宋、元初的文人，碑文反映了普慶寺的格局及元武宗時期（1307–1311 年在位）重修和拓建的情況。另從趙孟頫（1254–1322）所撰〈大元大普慶寺碑銘〉可知，重修後的普慶寺「合為屋六百間」，[120] 而出租一部分房屋所得的收入便足以維持整座寺院的日常開支。

與普慶寺相比，論純利潤相國寺肯定是更勝一籌的商業中心。寺院向商人和旅客提供住宿並讓他們寄存貨物以從中牟利。尤其是後者，因寺院獲免徵稅，將貨物寄存在寺產或有助商人逃稅。[121] 因此，我們也可以推測，由軍

---

117 同上注。

118 孟元老：《東京夢華錄》，卷三，頁 19。

119 姚燧：《牧庵集》（上海：商務印書館，1936 年，「叢書集成」本），卷十一，頁 129。

120 趙孟頫：《松雪齋集》（北京：中國書店，1991 年），《外集》，頁 14b。

121 黃敏枝：〈宋代寺院的工商業經營〉，《宋史研究集》第 17 輯（臺北：國立編譯館，1988 年），頁 355–396。

隊和朝廷掌管的瓦市可能也是以相同的模式經營。宋廷實
行酒、茶和鹽的專賣，地方商人為此需要前往京師採購匯
聚於此的商品，或向政府購買許可證明來買賣某些商品。
都城內廣泛的交易活動既按季度出現高峰，又每天照常進
行，因此免稅的寄存設施肯定對商人非常有吸引力。與佛
寺相比，殿前司和修內司更有權在這方面幫助商家，對商
人而言就更有吸引力。[122] 殿前司和修內司建造的瓦市顯然
滿足了雙方的需要：一方面是軍隊或修內司，另一方面是
與宮廷和軍營關係密切的商人。這套複雜方案無非為了增
加軍方和修內司的收入，而勾欄表演既是方案的一部分，
也有助吸引和娛樂商人和購物者，最終令瓦市成為繁榮興
盛的市集。

六、結語

　　本文以樂戶制度、在籍樂戶及其所隸屬教坊之間的關
係為中心，對宋代雜劇演員及其在瓦市中的角色提供了一
個與此前研究截然不同的看法。首先，本文並不認為雜劇
演員是由於官營商業繁榮，或因土地獲利而得以從農商經
濟解放出來的個體。相反，本文視雜劇演員為在籍樂工的
一部分，他們既因從事的職業而遭鄙夷，亦因一個或多個
家庭成員犯法而與社會其他階層隔離開來。樂戶制度最遲

122　宋代軍方參與貿易的事例，見梁庚堯：〈南宋的軍營商業〉，
　　《宋史研究集》第 32 輯（臺北：國立編譯館，2002 年），頁
　　317–389。

在北魏時期已建立起來，一直穩定地流傳，直至十八世紀才被廢止。在這一歷史悠久的制度限制下，包括雜劇演員在內的樂人被禁止與其他行業的人士通婚，從而杜絕了他們通過婚姻改變低下的社會地位或職業的機會。換言之，在籍樂工的身分代代相傳，只有極少數幸運兒能打破宿命，如晉身太常寺工作的男性樂人，或被官員、平民納為妾室的女性樂人。由於在籍樂工的形象通常與犯罪和賣淫相關，成為地位低賤和傷風敗俗的代名詞，因此阻礙了其他身分的社會人士加入到樂人的行列，儘管隨著唐宋時期城市化和商業化的擴展，樂人提供的服務日益受到民眾的歡迎。

其次，本文認為，座落於瓦市的勾欄，並不是如一些學者所主張的那樣，是演員的個人財產；現有證據表明，這些勾欄是由政府擁有、管理並有利可圖的舞臺，提供給在籍樂工演出使用。軍方或朝廷設立這些瓦市和勾欄，無論在京畿或地方的軍方和政府部門，都意在從觀眾身上獲利，包括觀眾直接繳付的入場費和在瓦市中進行的買賣生意。由於與以上兩種生財方式相關的資料極其有限，我們無法對勾欄表演者直接或間接產生的利潤作更詳細的分析。故此我藉著討論榷酒模式和寺院衍生的經濟模式，闡釋軍方和政府有可能採用的方式管理瓦市以期取得最大經濟效益。在這方面，我認為勾欄藝人對瓦市經濟的貢獻是屬輔助和基礎性質（通過吸引和娛樂商人），而不是直接為軍方和相關政府部門賺取大量金錢。

通過印證以上兩點，本文最終得出的結論是，雖然經

過了一千多年，祭祀音樂與世俗音樂的傳統一樣，都是通過賤民階層代代相傳，而這個社會階層也通過樂戶制度，相當嚴格而穩定地維持下去。雖然社會地位低下，但在籍樂工不一定出身寒微，相反當中不少人只因身為罪犯的親屬而受到株連。一旦入籍為樂戶便作為「國家的財產」和「音樂的囚徒」而存在 —— 樂人以及他們子孫的命運，大都由其遠祖或遠親干犯的罪行決定，他們也因此淪為政府或軍隊的廉價勞工、藝人、妓女，甚至皮條客，但同時也是國家音樂的創造者和傳播者。他們被依法界定為道德敗壞的群體，而正是這樣一群人為俗世及主宰俗世、頒布天命並經儀式化了的上天提供娛樂。

饒宗頤國學院院刊　增刊
2018 年 9 月
頁 193–214

《詩經》口傳起源説的興起與發展

夏含夷（Edward L. SHAUGHNESSY）
芝加哥大學東亞語言文明系

陳竹茗校

　　二十世紀初以來，西方學界探討世界早期文學時往往強調其口述傳統，對中國文學的研究自不例外。用口傳文學理論研究《詩經》的中外學者中，葛蘭言（Marcel Granet, 1884–1940）和王靖獻（C.H. Wang）的影響尤鉅。葛蘭言的名著《古代中國的節慶與歌謠》（*Fêtes et chansons anciennes de la Chine*）於 1919 年出版，堪稱西方《詩經》學最重要的研究論著，不過鮮為人知的是此書深受文學理論家包蘭（Jean Paulhan, 1884–1968）的早期研究影響。第二部用口傳起源說解釋《詩經》的力作是王靖獻的《鐘與鼓 ——〈詩經〉的套語及其創作方式》（*The Bell and the Drum:* Shih ching *as Formulaic Poetry in an Oral Tradition*, 1974），他借重帕里（Milman Parry, 1902–1935）和洛德（Albert B. Lord, 1912–1991）的理論則較為人所知。鑑於新近出土文獻及其對《詩經》早期

歷史的重要性需要作更宏深的研究，本文將作為前奏探討
兩位主張口傳起源說的學者治《詩》的背景，並對他們的
研究如何影響上世紀漢學界作一檢討。

關鍵詞：《詩經》　口傳文學　葛蘭言　王靖獻
　　　　　口述套語詩歌理論

我最近在一篇題為「出土文獻與《詩經》口頭和書寫性質問題的爭議」的文章中，[1] 嘗試揭示「書寫」在《詩經》形成的各個階段裡所起的重要作用，從西周時期首批詩篇開始撰作，一直追溯到漢代《詩經》成書定形為止。首先探討幾種新近發現的上海博物館和清華大學藏簡，指出它們有系統地引《詩》並收入部分詩篇的早期版本，足證所引詩決不會晚於戰國時代寫成。接著探討其他較間接的證據，它們充份顯示在《詩經》創作和流傳過程中每一步驟都與書寫有關。從青銅器銘文所見，西周和春秋時代至少有一部分社會精英，完全有能力寫出非常貼近傳世《詩經》作品的詩文。傳世文本出現的異文和訛脫，大概是公曆紀元以前的多個世紀裡文字轉寫或習語用法改變而造成，顯示在漫長的東周時代至少有一部分文本是通過輾轉抄寫而流傳。另外，漢代學者曾將兩首獨立的詩篇混而為一，這種例子至少一見，可見當時的整理者曾用竹簡本參校。以上證據已足以提示讀者，《詩經》是在一個書寫條件完備的脈絡下形成。其實在西周末年，也就是傳統上說大部分《詩經》作品的創作年代，史官在商、周朝廷進行書寫記錄工作已有約四百年歷史。

---

1 Edward L. Shaughnessy, "Unearthed Documents and the Question of the Oral versus Written Nature of the *Classic of Poetry*," *Harvard Journal of Asiatic Studies* 75.2 (2015): 331–75；中文譯文可見夏含夷著，孫夏夏譯：〈出土文獻與《詩經》口頭和書寫性質問題的爭議〉，將收入清華大學出土文獻研究與保護中心編：《出土文獻》（待刊）。

　　這種強調書寫在《詩經》形成過程中所起作用的說法，跟近年來不少探討此書本質的論斷背道而馳。尤其是西方漢學界流行一種觀點，認為「詩三百」原為口頭創作，而且在相當程度上靠口頭流傳，最低限度在周朝國祚裡長期如此。不少當代最具影響力的漢學家和《詩經》專家都或多或少提出過這種觀點，包括周文龍（Joseph R. Allen）、何莫邪（Christoph Harbsmeier）、康達維（David R. Knechtges）、戴梅可（Michael Nylan）和宇文所安（Stephen Owen），從以下的節引可見一斑。

美國明尼蘇達大學榮休教授周文龍：

　　雖然早期注疏家沒有多少直接論述，可是他們以為詩歌是在不同的表演環境產生，漢代以前有關詩的說法都是針對那種環境而說的。在最早的階段，這個環境完全是變動不居、轉瞬即逝的；在表演時刻以外，詩歌就不存在。詩歌或許是重複詠唱，不過複沓的部分沒有固定的模型。[2]

2　Joseph R. Allen, "Postface: A Literary History of the *Shijing*"（編後記：《詩經》的文學史）, in *The Book of Songs*, trans. Arthur Waley, and ed. with additional translations by Joseph R. Allen (New York: Grove Press, 1996), 336–67.（引文見頁 336）

挪威奧斯陸大學榮休教授何莫邪：

在「荷馬的希臘文」早已成為過時語言（假如承認它一度是流行的口語）以後，《伊利亞特》仍然以之唱誦並首次書寫下來。同樣，我們應該相信中國的《詩經》也是在它的語言已經變得古老或過時的時候才寫成文字。荷馬史詩和《詩經》儘管有時用套語、不無人為生造的語言書寫，但兩者的主要共通點是明顯根據口傳的歌詩而來。幾乎可以肯定它們最初由不識字的人吟唱朗誦，在節慶之後才順便寫下來。在文字發明之後盲者還可以當詩人，正是因為他們不需要識字。

到公元前 3 世紀，學識平平的抄寫者對《詩經》文本的認識和理解仍是以聲音為主，而不是文字，這點從馬王堆《老子》帛書裡引文的通假方式可以印證。總的來說，文本大量使用通假字，足以說明文本基本上是通過字音而不是字形而為人銘記。即使刻本出現後，聲近假借仍然大量（而不規則地）存在，正是文獻的口傳形式先於書寫形式最堅實的證據。在一個基本不識字的社會中，這一點也不奇怪；反而如果不是這樣，無論從人類學或歷史學上看都會非常特異。[3]

《詩經》口傳起源說的興起與發展

---

3 Christoph Harbsmeier, *Language and Logic in Traditional China*, vol. 7, pt. 1 of *Science and Civilisation in China*, ed. Joseph Needham (Cambridge: Cambridge University Press, 1998), 41–42.

華盛頓大學榮休教授康達維：

> 我們現在所能看到的《詩經》文本已經遠遠脫離原來創作的時代（有的詩可能作於西周時期）。再者，鄭玄是在文字規律化（這從公元 100 年《說文解字》成書之時已可看出）後整理出他的《詩經》文本。傳世《詩經》的書寫文字和文本，無不受到漢代學者如何寫和讀《詩》中字詞所影響。譬如說，白一平（William R. Baxter）論證了《詩經》用韻深受漢代讀法和寫法影響。他說得好：「我們現在看到的《詩經》是披上漢代衣冠的周朝文獻；不但文字如此，文本也在一程度上受到《詩經》以後音韻的影響，因此不是總能充當上古音的可靠指南。」
>
> 白一平質疑傳世《詩經》用韻不可靠，用來作上古音指南需慎之又慎，這種態度非常重要，因為我們知道現在所讀的《詩》並不是周朝的古本，而是後漢時修訂的本子；周代的傳本基本上是由口頭傳授的。[4]

4　David R. Knechtges, "Questions about the Language of *Sheng Min*" (有關〈生民〉語言的問題), in *Ways with Words: Writing about Reading Texts from Early China*, eds. Pauline Yu et al. (Berkeley: University of California Press, 2000), 15–16.

加州大學柏克萊分校教授戴梅可：

> 《詩》收集了潤飾過的民歌、臨時撰作的雅
> 樂以及莊嚴肅穆的頌歌，是五經中最古老的文獻
> 匯集，也是第一部被視作經書的典籍。這個總集
> 包含 305 首詩，有的可能早在公元前五世紀已
> 作為口頭表演本子而存在，因此孔子得以用作教
> 材。然而在公元前 221 年秦統一天下之前，收入
> 三百篇的選本還沒有以寫本形態出現。傳說孔子
> 將古詩三千刪定為「三百首」，這種說法固然沒
> 有證據支持，但傳世本的確可能像傳說那樣，是
> 從數量龐大得多的表演歌詞中刪汰而成。[5]

哈佛大學教授宇文所安：

> 《詩》以文字書寫之前大概長期作為口傳文獻
> 而存在，即使開始書於竹帛（雖然無法斷言，但我
> 猜想最早在春秋末年），但直至戰國末年（另一個
> 猜測）《詩》的主要傳授模式大概還是以口傳為主。[6]

《詩經》口傳起源說的興起與發展

---

[5] Michael Nylan, *The Five "Confucian" Classics* (五種「儒家」經典) (New Haven, Conn.: Yale University Press, 2001), 72–73.

[6] Stephen Owen, "Interpreting *Sheng Min*" (解讀〈生民〉), in *Ways with Words*, 25. 宇文教授曾對《詩經》的口傳本質再加闡釋，參見宇文所安、盛韻對談：〈宇文所安談文學史的寫法〉，《東方早報・上海書評》，2009 年 3 月 8 日。他在訪談中說《詩經》「可能是到比較晚的年代才出現了集合本」，「不是一個固定時刻寫成的文本，而是屬於一段相當長期的傳播和詮釋的歷史」，與中國傳統說法基本一致。

雖然宇文所安將他對《詩經》本質的看法謙稱為「猜測」，
但以上引述的其他權威學者立場都比較明確，像康達維所
言「現在所讀的《詩》並不是周朝的古本，而是後漢時修
訂的本子；周代的傳本基本上是由口頭傳授」，以及戴梅
可所說「這個總集包含 305 首詩，有的可能早在公元前
五世紀已作為口頭表演本子而存在，因此孔子得以用作教
材。然而在公元前 221 年秦統一天下之前，收入三百篇的
選本還沒有以寫本形態出現」，持論比較極端。說《詩》
起源於表演環境，最早階段沒有固定的歌詞，到春秋時代
才有寫本出現，晚後才收集成固定的匯編，最終更經過漢
人寫定改訂，這似乎是西方漢學的共識，應該有充分的根
據。但奇怪的是，這些學者都沒有提出具體證據，只是反
覆地複述口傳起源說。事實上，大多數主張《詩經》口傳
起源說的論據，無不或明或晦地襲用荷馬史詩、《新約聖
經》、馬爾加什通俗詩 *hain-teny*、南斯拉夫民謠和古英
語詩等研究成果。大家一般同意這些各地詩歌最初是口頭
創作，只有到後來才寫成文字，但同意之處基本上到此為
止。美國學界對口傳文學的討論，尤其是詩歌，幾乎無可
避免地、甚至可說公式化地套用「帕里—洛德口述套語詩
歌理論」（Parry-Lord theory of oral-formulaic poetry）。[7]

---

7 「帕里—洛德口述套語詩歌理論」是由米爾曼‧帕里（Milman
Parry, 1902–1935）和阿爾伯特‧貝茨，洛德（Albert Bates Lord,
1912–1991）師徒提出，在洛德的著作《故事的歌手》（*The Singer
of Tales*. Cambridge, Mass.: Harvard University Press, 1960；尹虎彬中
譯本收入「外國民俗文化研究名著譯叢」，北京：中華書局，2004
年）裡有極詳盡的闡釋。

不過有關文學口傳起源的研究早已有長足發展，有研究更以《詩經》為對象，發表時間比 1923 年帕里來到巴黎時還要早；而隨著 1960 年洛德發表《故事的歌手》，將二人的理論發揚光大，後來者也在其他領域取得長足發展，有些研究同樣關乎《詩經》。

　　鑑於《詩經》在中國文學傳統裡占據重要地位，有需要考察這個學說是如何引入《詩經》研究。在二十世紀，有兩位學者先後推廣了這個說法的影響力，分別是葛蘭言（Marcel Granet, 1884–1940）和王靖獻（C.H. Wang）。下面將介紹二人的《詩經》研究及著作。

葛蘭言

　　葛蘭言的名著《古代中國的節慶與歌謠》（*Fêtes et chansons anciennes de la Chine*，以下簡稱《節慶與歌謠》）於 1919 年出版，旨在證明《詩經》裡的作品是在春秋二季農民祭祀儀式中創造的。

> 　　（這些歌謠）使我們有可能研究由民間創設的風俗究竟是怎樣運作的：研究將表明，歌謠是一種傳統的、集體的創作，它們是根據某些已經規定的主題在儀式舞蹈的過程中即興創作出來的。從它們的內容顯然可以看到，歌謠的場合是古代農業節慶中重要的口頭表演儀式，而且，它們因此也成為一份直接的證據，來證明產生這些

定期集會的情感。[8]

不少漢學家都知道，葛蘭言最初就讀巴黎大學高等研究應用學院宗教科學部，師從著名人類學家涂爾幹（Émile Durkheim, 1858–1917），而《節慶與歌謠》中對集體農祀的關注主要來自涂爾幹的《宗教生活的基本形式 —— 澳洲的圖騰制度》（*Les formes élémentaires de la vie religieuse: Le système totémiqueen Australie*, 1912）（葛蘭言曾將本書獻給涂爾幹，和傳授他中國和漢語方面知識的沙畹〔Édouard Chavannes, 1865–1918〕）。[9]葛蘭言只對分析社會和宗教感興趣，將《詩經》的個人性一筆抹煞：

> 獨特性沒有得到任何的關注。這馬上就說明了一個事實，即詩歌之間在相互借用詩句，或者整章整章地借用。這也進一步解釋了，為甚麼能夠輕而易舉地將意義隨意塞進詩歌裡面去。但最重要的是證明了，要想在單首詩裡發現作者的個

---

8 葛蘭言著，趙丙祥、張宏明譯：《古代中國的節慶與歌謠》（桂林：廣西師範大學出版社，2005 年），頁 6。英譯本見 Marcel Granet, *Festivals and Songs of Ancient China*, trans. E.D. Edwards (London: George Routledge & Sons, 1932), 7。

9 有關葛蘭言的生平，尤其是他在社會學方面的貢獻，參見 Marcel Granet, *The Religion of the Chinese People*, trans and ed. Maurice Freedman (Oxford: Blackwell, 1975), 1–29。Freedman 對《節慶與歌謠》一書作了鞭辟入裡的評價：「涂爾幹筆下的澳洲和《節慶與歌謠》是同一個世界。」（頁 19）

性，只不過是徒勞之舉。這些沒有個性的戀人
們，全都在一個純粹程式化的背景裡，體驗著完
全相同的沒有個性的情感。因此，他們絕非詩人
的創作。詩歌缺乏個人性，這必然可以假定，詩
歌的起源是非個人性的。[10]

涂爾幹的影響毋庸置疑，但就詩歌分析來說葛蘭言其實
大受同代人讓・包蘭（Jean Paulhan, 1884–1968）啟發。
包蘭是二十世紀第一位鼓吹口傳文學的大家，在 1908 至
1910 年間，他執教於時為法國殖民地的馬達加斯加首府
安塔那那利佛，經常觀察當地不識字的工人以套話、諺語
和定型化的短語作口舌上的較量。1913 年，包蘭出版了
《梅里納 Hain-teny——馬爾加什通俗詩》（Les Hain-teny
merinas, poésies populaires malgaches），[11] 首次介紹了這
種「詩賽」（joute poétique），並定名為 "hain-teny"：

　　試想像一種語言由二、三百種押韻的短語和
四、五種韻文類型組成，然後一次過固定下來，
絲毫不變地代代口耳相述。詩的創作就是以既有

10　葛蘭言：《古代中國的節慶與歌謠》，頁 75。Granet, *Festivals and
　　Songs of Ancient China,* 86.

11　在論述包蘭和下文提到的儒斯（Marcel Jousse）時，我基本上引用
　　芝大同事蘇源熙（Haun Saussy）的專著 *The Ethnography of Rhythm:
　　Orality and Its Technologies* (New York: Fordham University Press,
　　2016)。蘇源熙教授讓我拜讀初稿，並允許我在新著出版前率先引
　　用，在此特致謝忱。

　　的詩歌為模本，用它們的意象鍛造出新的詩句，
　　新詩將擁有同樣的形式、韻律、結構，以及盡可
　　能相同的意思。這樣的語言將會跟馬爾加什詩歌
　　的語言非常類似：它以諺語為文類，詩則仍照諺
　　語的形式成百上千地模擬創造，將諺語伸長縮
　　短，用來跟其他韻腳不同的短語錯綜對比；這種
　　詩歌競賽稱為 *"hain-teny"*。[12]

最近，蘇源熙（Haun Saussy）對口傳文學理論的起源做
了精闢而深入的研究，並在論著中闢出第一章專門談論包
蘭。據他所言，「參與 *hain-teny* 的人沉浸在集體之中，這
是生成詩歌的爭論環境和所能取資的有限素材所造成」。[13]
蘇源熙還指出包蘭對葛蘭言有一定的影響。在《節慶與歌
謠》裡，葛蘭言曾在多處明確提到梅里納 *Hain-teny*，而
「附錄一」更幾乎完全依賴這種「他山之石」來解讀〈行露〉
一詩。蘇源熙敏銳地指出，葛蘭言在描述《詩經》作品的
套語式對唱時，曾不下 66 次用上「競賽」（*joute*）一詞。[14]
葛蘭言在附錄一中以《詩經・召南・行露》作為這種對唱
的例子，得出如下分析：

12　Jean Paulhan, *Les Hain-teny merinas, poésies populaires malgaches*
　　(Paris: Geuthner, 1913), 53；引用段落之英語譯文，見 Saussy, *The*
　　Ethnography of Rhythm, 22。

13　Saussy, *The Ethnography of Rhythm*, 26.

14　同上注，頁 180 注 30。

戀人間的爭論並不是一場訴訟。結果是早已定好的，爭論者只是為了榮譽才爭辯，而爭辯過程又是彬彬有禮的：他們的衝突只是形式上的；這是一場遊戲，一場競賽。……

諺語是從象徵程式中包含的前提推出所需結論的手段。通過賦予結論以一種受人尊崇的自然對應性，它鞏固了結論的可信度。曆法的象徵程式是實際的誡律，它們是不充份的，因為一個法定的習語不能用於言說。一個因個人觀察而浮現在腦海中的意象，一個由個人才智想像出來的譬喻，對觀念來說都是無所助益的，因為它們是個人獨創的，沒有甚麼份量可言。另一方面，俗諺則提供了一些受人尊敬的意象，從而確保贏得詩歌競賽的勝利。它們必然是令人崇信的，因為它們與象徵程式有密切的關聯，而且因它們可被用於多種目的，所以它們可以充當象徵，支持人們想要證明的具體命題。誰用諺語說話，誰就是這場戀愛爭論的勝利者。[15]

正如蘇源熙所說，「包蘭筆下的馬達加斯顯然得到和應」（"The echo of Paulhan's Madagascar is obvious."）。[16] 遺憾的是，葛蘭言堅持從社會學角度解讀《詩經》不得不說

《詩經》口傳起源說的興起與發展

15　葛蘭言：《古代中國的節慶與歌謠》，頁 213–215。Granet, *Festivals and Songs of Ancient China,* 247–48.

16　Saussy, *The Ethnography of Rhythm*, 29.

是勞而無功，絲毫沒有包蘭對 *hain-teny* 的文學研究所作
出的細膩洞察。葛蘭言不但抹煞了《詩經》作者的個性，
更一筆抹煞他們在詩歌上的任何創造性。在他眼中《詩
經》淪為重複語句的總匯，永遠相同而又永遠不同。雖然
如此，葛蘭言的《詩經》研究進路對西方學者有非常深遠
的影響。在 1920 年，即《古代中國的節慶與歌謠》出版
的次年，葛蘭言已贏得有漢學界諾貝爾獎之譽的儒蓮獎
（Prix Stanislas Julien）；英文和日文譯本相繼出版；[17] 不
過在《詩經》傳播和接受史上最大的影響，顯然是英國漢
學家韋利（Arthur Waley, 1889–1966）於 1937 年出版的
英譯《詩經》深深服膺葛蘭言的學說。在譯者序中，韋利
曾這樣評價《節慶與歌謠》：

> 葛蘭言最先察覺《詩經》作品的真正本質，
> 在 1911 年（引者按：原文如此）出版的《古
> 代中國的節慶與歌謠》便處理了近半數的求偶和婚
> 姻詩。我在某些大問題和不少細節上持不同的意
> 見，但無減其為劃時代鉅著。我只希望將來的
> 《詩經》譯者能跟眼前的譯本一樣，對葛蘭言先

---

17 E.D. Edwards 英譯本於 1932 年出版，日譯本見內田智雄譯：
《支那古代の祭禮と歌謠》（東京：弘文堂，1938 年）。早年
中國學者曾提出譯成中文但未竟，見楊堃〈葛蘭言研究導論
（下篇）〉，《社會科學季刊》2 卷 1 期（1943 年），頁 2–3，
33–34；全文收入氏著：《社會學與民俗學》（成都：四川民族出
版社，1997 年），頁 107–141。

生懷有同樣深切的敬意。[18]

　　包蘭筆下的馬達加斯加影響的學者不止葛蘭言一人，另一位深受其啟發的重要學者是馬塞爾・儒斯（Marcel Jousse, 1886–1961）。他是天主教耶穌會法籍神父，時人誇耀他能道出「耶穌本人的話」（"the very words of Jesus"）。[19] 有關儒斯神父與現代派語文學家的論爭，以及他推動的「言語運動個體的韻律式及記憶術式口傳風格」研究，[20] 在此還是按下不表，有興趣的讀者可參考蘇源熙教授的新著，尤其是第四章，對儒斯的著作有極精采的論述。值得一提的是，儒斯神父在巴黎所作的演講甚至引起美國《時代》雜誌的關注，據報「當儒斯神父開講時，臺下總有兩百名聽眾睜大眼睛聽講：醫生、唯靈論者、語文學家、芭蕾舞學員、詩人（包括梵樂希〔Paul Valéry〕），還有兩名耶穌會神學家，像禿鷹般時刻捕捉異端邪說的痕跡」。[21] 儒斯神父曾將耶穌（每每被他稱作「拿撒勒的耶書亞拉比」）的話語描述成 *hain-teny* 式的複杳句，富於韻律的反

18　Arthur Waley, *The Book of Songs: The Ancient Chinese Classic of Poetry* (1937; rpt. New York: Grove Press, 1987), Appendix 1, 337.

19　André Gorsini, "Psychologie expérimentale et exégèse," *La Croix*, February 3, 1927, 4；經蘇源熙轉引並譯成英文，見 Saussy, *The Ethnography of Rhythm*, 127。

20　Marcel Jousse, *Études de psychologie linguistique: Le style oral rythmique et mnémotechnique chez les verbo-moteurs* (Paris: G. Beauchesne, 1925).

21　"Rhythmocatechist," *Time*, November 6, 1939, 54；轉引自 Saussy, *The Ethnography of Rhythm*, 138–39。

覆申說，並對《舊約聖經》作重新編排，而聽過這種意見
的人之中便有帕里在內。[22]

王靖獻

　　帕里的學術已為學界所知，毋須在此饒舌。他對荷馬
史詩和南斯拉夫吟遊詩人的研究最為人所知，常常被視作
口述套語詩學理論的提出者，在美國學界尤其如此，影響
力之大自不待言。蘇源熙曾形容他的學說「化身為千百篇
博士論文」，教人一聽難忘。[23] 在這上千篇博士論文中，至
少有一篇是關於《詩經》，即王靖獻（筆名楊牧）於 1971
年在加州大學柏克萊分校提交的博士論文〈《詩經》：套語
及創作方式〉，[24] 修訂後於 1974 年出版，題目改為《鐘與
鼓 ——〈詩經〉的套語及其創作方式》，[25] 迅即在漢學界掀

22　有關儒斯神父的著作和他對帕里的影響，參見 Edgard Richard
　　Sienart, "Marcel Jousse: The Oral Style and the Anthropology of
　　Gesture," *Oral Tradition* 5.1 (1990): 91–106。蘇源熙教授指出帕里最
　　初從儒斯口中首次得知南斯拉夫的吟遊詩人，日後才以之作為研究
　　題目，見 Saussy, *The Ethnography of Rhythm*, 43。

23　Saussy, *The Ethnography of Rhythm*, 170.

24　Ching-hsien Wang, "*Shih Ching*: Formulaic Language and Mode of
　　Creation" (Ph.D. diss., Universdity of California, Berkeley, 1971).

25　C.H. Wang, *The Bell and the Drum:* Shih Ching *as Formulaic Poetry in
　　an Oral Tradition* (Berkeley: University of California Press, 1974). 中譯
　　本見王靖獻著，謝濂譯：《鐘與鼓 ——〈詩經〉的套語及其創作方
　　式》（成都：四川人民出版社，1990 年）。由於中譯本每頁注明英
　　文原著的對應頁碼，以下引用時一律只引中譯本。

起討論。王靖獻名副其實以相當「機械」的方式，[26] 將帕里的理論（尤其是經過洛德發揮闡釋的學說，即所謂「帕里—洛德口述套語詩歌理論」）套用到《詩經》研究，並將套語定義為「由不少於三個字的一組文字所形成的一組表達清楚的語義單元，這一語義單元在相同的韻律條件下，重覆出現於一首詩或數首詩中，以表達某一給定的基本意義」。[27] 根據王氏的分析，《詩經》各部分使用全行套語的百分比如下：

國風	26.6%
小雅	22.8%
大雅	12.9%
周頌	15.1%
魯頌	16.8%
商頌	2.6%

鑑於前人將 20% 重複率定為口頭創作的門檻，王靖獻因而得出《詩經》是「可以想像為口述的文學」（"conceivably oral"），「並可證明為套語化的創作」（"demonstrably formulaic"）的結論。[28]

---

26 王靖獻自言利用電腦進行分析（「我走過了一條彎曲的路。製表、劃線分析，計算，以製訂出關於字、短語、詩句、詩章、最後是詩篇的統計資料」，見《鐘與鼓》，頁 153），在當年的人文學科研究中必然極為罕見。

27 王靖獻：《鐘與鼓》，頁 52。

28 同上注，頁 3。

王靖獻深知《詩經》的創作時代（他接受傳統說法，定為公元前 1000 至前 600 年）與荷馬時代的希臘大不相同，其時中國文字書寫的歷史已有數百年之久，因此提出對帕里—洛德理論作適當的修正，主要取法馬貢（Francis Peabody Magoun, Jr., 1895–1979）以口述套語理論研究古英語詩的進路。馬貢認為古英語詩本質上是口述套語化的詩歌，但亦有明顯的文學借用，因此他稱之為「過渡性質的口述—書寫混合詩」。[29] 王靖獻指出少數《詩經》作品的作者具名，跟《貝奧武夫》（*Beowulf*）收入詩人基涅武甫（Cynewulf）屬名的詩作做法相似，因此總結「這些詩都應是書寫的創作，雖然它們也帶有套語的影響」。[30] 這個說法跟正統的帕里—洛德理論背道而馳，因而日後遭到前哈佛大學「口述傳統研究中心」行政主任兼「帕里口傳文學特藏部」主任拜納姆（David E. Bynum）的猛烈抨擊。[31] 不過王靖獻在著作裡提供的結論讓他重回該學說的正軌，其中特別強調《詩經》的重複與變化：

> 我之所以作以上的討論，旨在說明對一個《詩經》學者來說，沒有必要非得將某一組作品嚴格地繫於某一時期⋯⋯流傳至今以某一歷史

---

29 參見 Francis P. Magoun Jr., "Oral-Formulaic Character of Anglo-Saxon Narrative Poetry," *Speculum* 28.3 (1953): 446–67。

30 王靖獻：《鐘與鼓》，頁 36。

31 David E. Bynum, "The Bell, the Drum, Milman Parry, and the Time Machine," *Chinese Literature: Essays, Articles, Reviews (CLEAR)* 1.2 (1979): 241–53.

事件為題材的詩歌可能即作於事件發生之後。但我們今天所看到的未必跟當時的那種形式絲毫不差。每一首詩在語言與結構上都經歷了不斷潤飾甚至大改的階段。這一階段即《詩經》形成期，是所有詩篇經歷流傳的過程。這一時期也許貫穿了周初至孔子時代；在此之前，《詩經》作品都未可稱為臻於完成。[32]

不過，「形成期」和「流傳過程」等說法未能說服拜納姆：

> 王靖獻對口述傳統的另一個重大誤解是他沿用了馬貢的想法，著眼於所謂「口述時代和文學時代的過渡時期」。他深知道不能直接用帕里和洛德提出的「口傳理論」，有力地證明《詩經》作品的口傳性質；無論是套語或傳統主題方面，這個總集可以提供的證據亦嫌太少，難以重構其口述傳統中最具特色的詩歌形成過程。帕里認識到某些真正的口述傳統無可轉圜地要求對理論前設作對照實驗，而馬貢發現「過渡」這個說法正好提供所需的轉圜餘地，王靖獻則拾其牙慧。……

---

32 王靖獻著，謝濂譯：《鐘與鼓》，頁 116–117；引用時對譯文有較大改動。

　　洛德說得直白，馬貢所謂的過渡根本不存在，至今也沒有任何真正的口述傳統提出相反的證據。……一個傳統裡任何一個「元素」都不足以等同「整個」傳統，馬貢未果的嘗試可以為證；我們只好承認隨著書寫文學的誕生，勢必導致在其中發揮作用的人揚棄口述傳統。[33]

　　這裡有兩種對口述套語文學不同的見解：究竟如拜納姆所說，書寫文學的誕生導致對口述創作傳統的揚棄，抑或像馬貢所主張，書寫的開始標誌著口述——書寫混合的「過渡階段」，此中誰是誰非本文無意作一定奪。王靖獻認為「《詩經》形成期，是所有詩篇經歷流傳的過程」，至今看來仍然無可辯駁。然而，他的研究儘管表面上有充份數據支持，個人認為遠未足以支持他的論點。我在〈出土文獻與《詩經》口頭和書寫性質問題的爭議〉一文裡提出比較有力的證據（包括新出土的文獻和銘文），證明在《詩經》本質上，口述與書寫成份孰輕孰重仍然很成疑問。

結語

　　當 1970 年代初王靖獻撰寫博士論文之時，大家對中國「書寫文學」能夠追溯到多遠提出質疑，是很可以理解

33　Bynum, "The Bell, the Drum, Milman Parry, and the Time Machine," 250–51.

的。當時殷商（約前 1200– 前 1050）甲骨卜辭和兩周（前 1045– 前 256）金文雖已為世所知，但未有引起文學研究者足夠的重視；加上二十世紀 20 至 30 年代的古史辨運動勢如破竹，毫不留情地究詰傳世文獻的真偽。不過就在 1974 年《鐘與鼓》出版的同年傳出了發現馬王堆漢墓帛書的消息 —— 這個重大發現從此改變了學者如何研究中國的古代文明，尤其是上古的文獻傳統。馬王堆出土以來的四十年，中國考古學家（不幸地還有盜墓者）陸續發現竹帛文獻，單是最近廿年便有數百種抄本問世，其中不少可定為戰國期代（前 453– 前 222）文獻，全都抄成於「秦火」以前。無論是數量還是質量，這些出土文獻都極其重要，任何想參與中國古代文學的討論，為相關研究添磚加瓦的人都無法繞過這大宗材料，而且對它們僅有片面的認識已嫌不足。[34]

　　對中國上古文字材料的悠久與深廣度加以考察，我想大家不難發現葛蘭言和王靖獻對《詩經》創作和流傳的學術研究，其立論基礎已變得愈來愈缺乏說服力。回頭再看文首引述多種有關《詩經》口傳本質的說法，雖然出自研究傳統中國文學的第一流學者之口，但由於未有充份把握古文

《詩經》口傳起源說的興起與發展

---

34 譬如何莫邪論及「新近發現的著名《老子》寫本」（即馬王堆帛書本）時提出：「從考古發現累積的金石材料可見，通假字的大量出現揭示了文本主要不是通過字形，而是通過字音來記誦。」然而參考近四十年來對相關出土文獻的研究，可以清楚認識到音同、音近的通假字，以及無讀音關係的假借字大量出現，主要反映中國書寫文字尚未統一齊整，而不是書寫尚未盛行。

字材料，故有必要予以重新審視。[35] 我呼籲學者日後從事《詩經》本質的探究時，應首先立足於中國上古的書寫傳統，繼而——倘真有需要時——才與世界各地口傳文學作比較研究。

---

35 這裡我有必要指出提倡《詩經》口傳起源說不遺餘力的柯馬丁（Martin Kern）曾發表系列論文，探討古文字資料對《詩經》研究的影響，尤其參見 Martin Kern, "Methodological Reflections on the Analysis of Textual Variants and the Modes of Manuscript Production in Early China," *Journal of East Asian Archaeology* 4.1-4 (2002): 143–81（中譯本見柯馬丁著，李芳、楊治宜譯：〈方法論反思：早期中國文本異文之分析和寫本文獻之產生模式〉，收入陳致主編：《當代西方漢學研究集萃・上古史卷》〔上海：上海古籍出版社，2012 年〕，頁 349–385）; "Early Chinese Poetics in the Light of Recently Excavated Manuscripts," in *Recarving the Dragon: Understanding Chinese Poetics*, ed. Olga Lomová (Prague: Charles University; The Karolinum Press, 2003), 27–72；"The *Odes* in Excavated Manuscripts," in *Text and Ritual in Early China*, ed. Martin Kern (Seattle: University of Washington Press, 2005), 149–93（中譯本見柯馬丁著，王平譯：〈出土文獻與文化記憶 ——《詩經》早期歷史研究〉，載《經學今詮四編》〔《中國哲學》第二十五輯〕〔瀋陽：遼寧教育出版社，2004 年〕，頁 111–158）; "Excavated Manuscripts and Their Socratic Pleasures: Newly Discovered Challenges in Reading the 'Airs of the States,'" *Études Asiatiques/Asiatische Studien* 61.3 (2007): 775–93（中譯本見柯馬丁著，馬寧譯：〈從出土文獻談《詩經・國風》的詮釋問題：以《關雎》為例〉，《中華文史論叢》2008 年第 1 輯〔總第 89 輯〕，頁 253–271）; "Bronze Inscriptions, the *Shangshu*, and the *Shijing*: The Evolution of the Ancestral Sacrifice during the Western Zhou," in *Early Chinese Religion, Part One: Shang through Han (1250 BC–220 AD)*, eds. John Lagerwey and Marc Kalinowski (Leiden: Brill, 2009), 143–200；"Lost in Tradition: The *Classic of Poetry* We Did Not Know," in *Hsiang Lectures on Chinese Poetry*, vol. 5, ed. Grace S. Fong (Montreal: Centre for East Asian Research, McGill University, 2010), 29–56。本文開首提及拙作〈出土文獻與《詩經》口頭和書寫性質問題的爭議〉，我在該文已有專章評論柯馬丁的說法和證據，於此不贅。儘管柯馬丁的學術研究完全體現了治學方法嚴謹，所持觀點亦值得學界關注，但所下的結論不能令我信服。

饒宗頤國學院院刊　增刊
2018 年 9 月
頁 215–250

「道」與「文」
—— 論《文子》的論證特點*

費安德（Andrej FECH）
香港浸會大學中文系

陳竹茗譯

　　本研究旨在展示如何通過斷簡殘篇中所見的論證特點，對原始文本的內容和結構取得更全面的認識。道家典籍《文子》現存兩個版本，即傳世的今本及 1973 年河北定州出土的西漢簡本《文子》，由於兩者存有不少差異，並同樣經過竄改及殘缺不全，因此尤為適合本研究之用。本文首先探討《文子》與重見於其他中國早期文獻的文字，不單證明《文子》很大程度上受到《老子》和《荀子》的影響，為其創作時代提供了旁證，更揭示某些論證特點的重要性；當中以「反義平行」（antithetical parallelism）最為突出，本文的著眼點即在於利用此一修辭手法嘗試重

---

* 　本文部分建基於作者的博士論文，論文則於 2012 年修訂成書出版。見 Andrej Fech, *Das Bambus*-Wenzi: *Versuch der Rekonstruktion des philosophischen Standpunktes eines daoistischen Textes der Frühen Han-Zeit* (Frankfurt am Main: Peter Lang, 2012). Pp. 363.

構一組原始文字。再者，本文提出的反義平行雖在《老子》等中國早期文獻裡廣泛使用，但仍能找到證據表明《文子》採用這種論證手段是師法《荀子》。在《荀子》一書中，「反義對舉」（antithesis）是構成「文理」論述的重要元素，最終目的在於反照周初先王的文化遺產——「文」。「文」這個概念在《文子》中亦極為重要，是道家的核心思想「道」得以完滿實現的標誌，惟其重要性往往被人忽略；有鑑於此，結論部分提出《文子》跟《荀子》一樣，試圖貫通其哲學學說的內涵和文本表現的形式。

關鍵詞：《文子》　互文性　反義平行　《荀子》《老子》

引言

1973 年，河北省定縣（1986 年撤縣，改為定州市）八角廊村西漢中山懷王劉脩墓出土了竹簡《文子》（下稱簡本《文子》），[1] 本文即旨在重構其中一部分論證特點。《文子》在漢代被目為道家思想的重要代表作，作者相傳為文子，是漢代人心目中與老子關係最親密的弟子。[2] 是以重構和分析《文子》的論證結構有幾方面的重要意義，最明顯的得益是通過分析一個文本的論證策略和形式結構，有助我們更全面理解寫作的動機和意義，這點已日益獲學界肯定。[3] 再者，此一分析亦可以揭示早期道家宣揚者發展出的遊說技巧在哪些方面與《老子》相符，要知道《老

1　有關是次出土發現的詳情，參見定縣漢墓竹簡整理組：〈定縣 40 號漢墓出土竹簡簡介〉，《文物》1981 年第 8 期，頁 11–13。

2　王充（27–97）把老子和文子的師徒關係比擬為孔子與其愛徒顏回（前 521–481）：「以孔子為君，顏淵為臣，尚不能譴告，況以老子為君，文子為臣乎？老子、文子，似天地者也。」見黃暉：《論衡校釋》（北京：中華書局，1990 年），頁 783。

3　麥笛（Dirk Meyer）提出：「在生成意義時，一個文本的形式結構顯然是詞彙層面以外至為關鍵的要素。」見 Meyer, *Philosophy on Bamboo: Text and Production of Meaning in Early China* (Leiden: Brill, 2012), 50。耿幽靜（Joachim Gentz）認為：「在很多情況下，一個文本的論證文句需要通過重構其文學編排，方能毫不含糊地加以重構，因其文學編排體現和融入了整個論證。」見 Gentz, "Defining Boundaries and Relations of Textual Units," in *Literary Forms of Argument in Early China*, eds. Joachim Gentz and Dirk Meyer (Leiden: Brill, 2015), 133。

子》主要利用比喻來體現其中心思想 —— 不可言喻的
「道」。[4]

　　我在談論簡本《文子》時採用重構（reconstruction）
一詞，是因為西漢末年盜墓者刻意起火或不慎失火，令這
部文獻跟其他定州竹簡一樣遭受嚴重毀損，倖存的斷簡被
燻黑碳化，簡上墨跡只能在某個角度下辨識。[5] 其後，蒐
集得來的斷簡於 1976 年唐山大地震中再遭毀損，次序淆
亂。因此簡本《文子》的現存狀態過於零散不全，連對原
書結構及其哲學內涵作一最基本的評價也做不到。[6] 然而，
簡本《文子》有別於大部分定州竹書，尚有一個傳世文本

4　有關《老子》書中比喻的分析，參見 Sarah Allan, *The Way of Water
　　and Sprouts of Virtue* (New York: State University of New York Press,
　　1997)（中譯本見艾蘭著，張海晏譯：《水之道與德之道 —— 中國早
　　期哲學思想的本喻》。北京：商務印書館，2010 年）；Allan, "The
　　Great One, Water, and the *Laozi*: New Light from Guodian," *T'oung
　　Pao* 89.4–5 (2003): 237–85；Edward Slingerland 森舸瀾, *Effortless
　　Action:* Wu-wei *as Conceptual Metaphor and Spiritual Ideal in Early
　　China* (Oxford and New York: Oxford University Press, 2003)；Hans-
　　Georg Moeller, *The Philosophy of the* Daodejing (New York: Columbia
　　University Press, 2006)（中譯本見漢斯—格奧爾格·梅勒著，劉增
　　光譯：《〈道德經〉的哲學 —— 一個德國人眼中的老子》。北京：
　　人民出版社，2010 年）；Andrej Fech 費安德, "Spatial Concepts in
　　the *Laozi*: a Contemporary Metaphor Theory Perspective," *Berliner
　　China Hefte* 46 (2015): 43–57。

5　劉來成：〈定州西漢中山懷王墓竹簡《文子》的整理和意義〉，
　　《文物》1995 年第 12 期，頁 38。

6　同上注。

流傳下來。[7] 儘管對《文子》兩個版本所作的比較顯示，文本在流傳過程中經歷頗為重大的改動，包括人物、概念範疇、文章結構和哲學觀點等，[8] 但鑑於出土文本高度零散，傳世本仍具有非常可貴的參考價值。

出土《文子》的部分重要論證特點已有學者論及，例如葉波（Paul van Els）在研究後得出的結論是，該文本的對話結構和經常使用定義的做法，可以比擬「用問答方式概括基督教義理的『教義答問』（catechism）」[9] 他認為，主人公文子的定義式應對代表「其所持觀點是放諸四海皆準的客觀定義，因而是對所談概念唯一可能的詮釋。」[10]

7　據鮑則岳（William G. Boltz）估計，「有傳世文本的出土文獻與沒有的比例大約是 1 比 10。」見 Boltz, "The Composite Nature of Early Chinese Texts," in *Text and Ritual in Early China*, ed. Martin Kern (Seattle: University of Washington Press, 2005), 52。由於過去十年大部分已出土和出版的文獻都沒有傳世版本，這個比例自 2005 年以來沒有增加多少。

8　今本《文子》十二篇中，只有第五篇〈道德〉的部分章節重見於簡本。兩個文本之間究竟經過多少重構和重編程序實在難測，因為傳本編纂者在過程中的參與固然明顯，但劉向（前 79–8）、劉歆（前 46–23 年）父子在校錄皇家藏書時亦完全有可能對文獻的原本結構作大幅度改動，《荀子》即為顯例（參見劉向〈孫卿書錄〉）。有關劉氏父子在重構《荀子》時的參與，見 John Knoblock 王志民 , Xunzi: *A Translation and Study of the Complete Works* (Stanford: Stanford University Press, 1988–94), 3:271–74。

9　Paul van Els, "Persuasion through Definition: Argumentative Features of the Ancient *Wenzi*," *Oriens Extremus* 45 (2005/06): 220.

10　同上注。

然而我在下文將提出，文子在說服對話者平王他的哲學觀點合理可從時運用了不同策略，而定義不過是其中一種，儘管其重要性毋庸置疑，一段推展相當複雜的論證便常常以定義開始。我尤其不同意葉波的說法，認為「該文本總是使用正面定義（positive definitions），說這個詞是甚麼，而不會說它並非甚麼。」[11] 我將證明反面定義（negative definitions）及否定式論證是這個文本最突出的特點之一。

我會先討論互文性（intertextuality）的問題，原因是一方面《文子》所引用的文字範圍之廣著實令人注目，另一方面選擇取資於甚麼文獻來源，本身就是作者論證策略最根本的步驟之一。此外，所有引文都有獨特的推論結構，最終成為目標文本的一部分。我將指出在簡本《文子》與其他文獻共通的段落裡，有一個特點尤其顯著——「反義平行」（antithetical parallelism）。這一點清楚交代後，我將示範如何利用反義平行這種修辭手段，重構傳世本出現前的原初文本結構。結論裡，我會嘗試解釋具體的論證選擇是否、及如何與文本的哲學相關。

一、《文子》的互文性問題

要討論這個問題，傳世本卷五〈道德〉篇最後一節應最為合適，因為它是全書唯一一段以文子和平王對話構成的章節。為便於分析，我用英文字母標示出不同語段

---

11 同上注，頁234。

單位：[12]

> 平王問文子曰：「吾聞子得道於老聃，今賢人雖有道，而遭淫亂之世，以一人之權，而欲化久亂之民，其庸能乎？」
> 文子曰：「夫道德者，匡邪以為正，振亂以為治，化淫敗以為樸，淳德復生，天下安寧，要在一人。

A	人主者，民之師也；上者，下之儀也。上美之，則下食之；上有道德，則下有仁義，下有仁義，則無淫亂之世矣。
B	積德成王，積怨成亡，積石成山，積水成海；不積而能成者，未之有也。
C	積道德者，天與之，地助之，鬼神輔之；鳳皇翔其庭，麒麟遊其郊，蛟龍宿其沼。
D	故以道蒞天下，天下之德也；無道蒞天下，天下之賊也。以一人與天下為讎，雖欲長久，不可得也，
E	堯舜以是昌，桀紂以是亡。」 平王曰：「寡人敬聞命矣。」[13]

以上平王和文子的對話談到國君如何治理天下這個大難題，而在進入互文性重文的探討前，可以先指出這種對話框架並非《文子》所特有。同類對話（主要是虛構）在先秦和漢初子書中屢見不鮮，[14] 不過有些文獻跟《文子》特別相近，如馬王堆帛書《黃帝四經‧十大經‧果童》云：

---

12 按：用框標出的字句重見於簡本《文子》，下同。

13 王利器：《文子疏義》（北京：中華書局，2000 年），頁 225。

14 譬如銀雀山殘簡「虛設」了不少君臣的相遇，見銀雀山漢墓竹簡整理小組編《銀雀山漢墓竹簡（貳）》（北京：文物出版社，2010 年），頁 169–180。

> 黃帝問四輔曰：唯余一人，兼有天下。今余
> 欲畜而正之，均而平之，為之若何？果童對曰：
> 不險則不可平，不諶則不可正。[15]

傳說中的黃帝孤身一人君臨天下，希望「畜而正之」，於
是向四輔請教，並用平王詢問文子的語氣道出他的窘境。
話說回來，我們可以從文子的應答中拈出幾個主題單元。
首先（單元 A）談到君主作為臣下儀表的作用；其次（B）
提到蓄積道德（本書的中心思想）的必要；第三步（C）
指出積道德如何能獲致更「高等」的自然力量，如天、
地、鬼神、鳳凰和麒麟等前來相助；接著（D）說明人民
對統治者的看法取決於後者是否以道治天下；最後文子以
史為鑑，印證他的說法確鑿不移（E）。

以上五個單元幾乎都可以在其他文獻找到重文。文子
在單元 A 的論點即君主是天下萬民的表率，幾乎一字不差
地重見於《荀子》不同的段落，如〈彊國〉及〈正論〉篇
的兩句：

> 且上者，下之師也。[16]

---

15 國家文物局古文獻研究室編：《馬王堆漢墓帛書》（北京：文物
　　出版社，1980 年），頁 66；陳鼓應：《黃帝四經今註今譯：馬
　　王堆漢墓出土帛書》（北京：商務印書館，2007 年），頁 241。
　　《黃帝四經・十大經・成法》亦有相似的對話情境，見《馬王堆
　　漢墓帛書》，頁 72。
16 王先謙：《荀子集解》（北京：中華書局，1988 年），頁 305。

　　主者，民之唱也；上者，下之儀也。[17]

同一單元的下句與《孟子》和〈緇衣〉[18] 的句式相似，如
《孟子‧滕文公上》說道：

　　上有好者，下必有甚焉者矣。[19]

單元 B 談及「積」的問題，首兩句與《黃帝四經‧十大
經‧雌雄節》某句類近：

　　故積德者昌，〔殃〕積者亡。[20]

其後的部分重見於《荀子‧勸學》及《大戴禮記‧勸學》，[21]

17　同上注，頁 321。

18　〈緇衣〉一文至少有三個版本，包括收入《禮記》的傳世文本、
　　郭店楚墓竹簡本及上海博物館藏楚竹書本，夏含夷（Edward
　　Shaughnessy）曾比較三者的異同，見 Shaughnessy, *Rewriting Early
　　Chinese Texts* (Albany, N.Y.: State University of New York Press, 2006),
　　64–130。〈緇衣〉中與《文子》相近的文句為「上好是物，下必有
　　甚者矣」，見夏著，頁 104。

19　朱熹：〈孟子集注〉，《四書章句集注》（北京：中華書局，1988
　　年），頁 253。

20　《馬王堆漢墓帛書》，頁 70；陳鼓應：《黃帝四經今註今譯》，
　　頁 271。

21　《老子》中的對應部分，見何志華、朱國藩、樊善標編著：《〈文
　　子〉與先秦兩漢典籍重見資料彙編》（香港：中文大學出版社，
　　2010 年），頁 156。

其中《荀子》作：[22]

　　積土成山，風雨興焉；積水成淵，蛟龍生
焉……。不積小流，無以成江海。[23]

接著單元 C 開篇的話可在不少文獻中找到相近文句，如
《管子・形勢解》云：[24]

　　鬼神助之，天地與之，舉事而有福。[25]

隨後對於天人和諧的治世描寫更是屢見不鮮。我們可以從
《呂氏春秋》、[26]《孔子家語》、[27]《史記》、[28]《說苑》[29] 等著作
中找到類似的句式，在《淮南子》更是一再出現，像用這

---

22 《荀子》和《大戴禮記》中的〈勸學〉篇有不少相同的段落，至於
　　孰先孰後，王志民的研究認為《大戴禮記》本一律是二次文獻，
　　見 Knoblock, Xunzi: *A Translation and Study of the Complete Works*,
　　1:125。不過這個結論無助釐清《文子》與二文的關係和性質。

23 王先謙：《荀子集解》，頁 7。

24 銀雀山竹簡中的〈五議〉篇亦有相近文句：「天地與之，鬼神相
　　助。」見《銀雀山漢墓竹簡（貳）》，頁 141。

25 黎翔鳳：《管子校注》（北京：中華書局，2004 年），頁 1173。

26 〈應同〉：「夫覆巢毀卵，則鳳凰不至；刳獸食胎，則麒麟不來；
　　乾澤涸漁，則龜龍不往。」見陳奇猷：《呂氏春秋新校釋》（上
　　海：上海古籍出版社，2002），頁 683。

27 《景印文淵閣四庫全書》（臺灣：臺灣商務印書館，1986 年），
　　第 128 冊，卷十三，頁 21a。

28 《史記》，卷四七，頁 1926。

29 《景印文淵閣四庫全書》，第 696 冊，卷十三，頁 2b。

樣的文句形容黃帝治下的世道：

> 鳳凰翔於庭，麒麟遊於郊……。[30]

單元 D 首兩句與《老子》今本六十及六十五章幾乎同出一轍，其中《文子》襲用六十五章的文句較接近西漢帛書本，故以下引用馬王堆帛書《老子》甲本〈德經〉：

> 〔以道涖〕天下，其鬼不神。（同今本六十章）
> 故以知（智）知（治）邦，邦之賊也；以不知知邦，〔邦之〕德也。（同今本六十五章）[31]

緊接其後的「文本構件」（詳下）提出人君不應與天下為讎，與下引《韓非子·解老》有明顯的共通之處：

> 眾人多而聖人寡……，今舉動而與天下之為讎，非全身長生之道也……。[32]

30　何寧：《淮南子集釋》（北京：中華書局，1998），頁 478。

31　兩條引文均見《馬王堆漢墓帛書》，頁 5。《老子》今本六十五章與帛書本的主要分別在於：今本中「賊」的對文為「福」，而構成第一和第三句對立關係的否定詞「不」則放在「以」之前，出土文本及《文子》則無一例外置於「知（智）」之前。今本文句見樓宇烈：《老子道德經注校釋》（北京：中華書局，2008），頁 168。

32　王先慎：《韓非子集解》（北京：中華書局，1998），頁 138。

這段重文尤其有意義，因為它出現於《韓非子》和《文子》作者對《老子》所做的解釋中。不過值得注意的是，《文子》這幾句似乎與《老子》六十四章相通，而在〈解老〉裡，相關文句則用來解釋五十八章「方而不割，廉而不劌，直而不肆，光而不燿」一句。

文子在總結時引古為證，為他的訓誡提供事實根據。不過上舉例子一樣，「他」的言辭跟不少中國古代文獻大同小異，如《淮南子‧主術》云：

堯舜所以昌，桀紂所以亡者……。[33]

將兩個版本的《文子》和上述文獻對照並列，可以得出這樣的認識：

表一：傳世本、簡本《文子》
及其他中國早期文獻的重文比較

		傳世本《文子》	簡本《文子》[34]	其他文獻
A	1. 2.	人主者，民之師也； 上者，下之儀也。	2208「之師也， 上者，下之義法 也。」	主者，民之唱也； 上者，下之儀也。 （《荀》）
	3.	上美之，則下食之；		上有好者，下必有甚 焉者矣。（《孟子》， 另見〈緇衣〉）

---

33 何寧：《淮南子集釋》，頁 695。

34 河北省文物研究所定州漢簡整理小組：〈定州西漢中山懷王墓竹簡《文子》釋文〉，《文物》1995 年第 12 期，頁 27–34。釋文內的直角引號只用於標示竹簡的相應段落，前面的四位竹簡編號則是出土過程中所分配。

		傳世本《文子》	簡本《文子》	其他文獻
	4.	上有道德，	0575「德，則下	
		則下有仁義，	有仁義，	
	5.	下有仁義，	下有仁義，	
		則無淫亂之世矣。	則治矣。」	
B	6.	積德成王，	0737「〔曰〕：積	故積德者昌，
	7.	積怨成亡，	怨成亡，	〔殃〕積者亡。（〈雌雄
			積德成王，	節〉）
	8.	積石成山，	積」	積土成山，風雨興焉；
	9.	積水成海；	2315「天之道也，	積水成淵，蛟龍生
				焉……。
	10.	不積而能成者，未之有也。	不積而成者寡矣。	不積小流，無以成江
	10½.		臣〔聞〕」	海。（《荀子》、《大戴
				禮記》）
C	11.	積道德者，	0569「有道之君，	
	12.	天與之，	天舉之，	鬼神助之，
	13.	地助之，	地勉之，	天地與之……。（《管
	14.	鬼神輔之；	鬼神輔」	子》，另見〈五議〉）
	15.	鳳皇翔其庭，		鳳凰翔於庭，
	16.	麒麟遊其郊，		麒麟遊於郊……。
	17.	蛟龍宿其沼。		（《淮南子》，另見《呂
				氏春秋》、《史記》）
D	18.	故以道蒞天下，		故以知知邦，
	19.	天下之德也；	2442「之德也；	邦之賊也；
	20.	無道蒞天下，	以毋道立者，	以不知知邦，
	21.	天下之賊也。	天下之賊也。	邦之德也。（馬王堆帛
	21½.		以〔口六曰君〕」	書《老子》甲本）
	22.	以一人與天下為讎，	0579「一人任與	眾人多而聖人寡……，
			天下為讎，	今舉動而與天下之為讎，
	23.	雖欲長久，不可得也，	其能久乎。	非全身長生之道
				也……。（《韓非子》）
E	24.	堯舜以是昌，	此堯」	堯舜所以昌，
	25.	桀紂以是亡。		桀紂所以亡者……。
				（《淮南子》）

「道」與「文」——論《文子》的論證特點

如上所示，傳世本的廿五句中只有第 4-5 行在其他文獻中找不到相應文句；不過，《文子》與相關文獻的脗合度和性質存在不同程度的差異，每個單元的情形都不一樣。一部分文句與重文幾乎完全一樣（第 1-2 行），另一部分則可能經過改寫和調整（第 3、8-10 及 22-23 行）。借用鮑則岳（William G. Boltz）所提出「文本構件」（textual building blocks）的概念，每一個主題單元都包含不同數量的「構件」。[35] 譬如單元 C 有兩個明顯不同的文本構件，可以通過特定的句子結構和用韻來區分[36]（前者的「與」[*laʔ]、「助」[*dzrah] 及「輔」[*baʔ] 三字押魚韻，後者的「郊」[*krâu] 及「沼」[*tauh] 同押宵韻）。[37] 互見重出的頻率如此之高，似乎印證了鮑則岳的觀察：「從現有文獻的寶庫中取資，並按情況所需加上新撰材料，這種編寫文本的做法似乎不止『在古代中國』廣為流行，甚至可能是常態。」[38]《文子》的文本往往有別於其

---

35 Boltz, "The Composite Nature of Early Chinese Texts," 70.

36 有關《文子》的用韻，見江有誥：《音學十書》（北京：中華書局，1993），頁 199-210。

37 本文的上古音擬音採用了許思萊（Axel Schuessler）的「最低限度上古音構擬」（Minimal Old Chinese，簡稱 OCM，參見 Schuessler, *Minimal Old Chinese and Later Han Chinese* (Honolulu: University of Hawai'i Press, 2009)），對高本漢（Bernhard Karlgren, 1889-1978）所提出、普遍為西方學界接受的上古音系構擬多有補充發明。有關高本漢的上古音系，見 Karlgren, *Grammata Serica Recensa* (Stockholm: Museum of Far Eastern Antiquities, 1957)（中譯本見潘悟雲等編譯：《漢文典》。上海：上海辭書出版社，1997 年）。

38 Boltz, "The Composite Nature of Early Chinese Texts," 70.

他文獻，也支持了方破（Paul Fischer）的論斷：在中國上古哲學文獻裡，借來的材料「往往被有意改動，以期符合新的語意脈絡並印證新的觀點。」[39] 套用到《文子》的個案裡，作者要印證的觀點顯然是君主唯有隨順道和德，方能治國。

鑑於相關引用文獻在流通程度和地位上互有差別，引用它們可以說是出於幾種不同的考量。例如，當相似的文句涉及（數種）名不經傳的文獻來源時，主因大有可能是貪圖方便，襲用既有的文字。不過對於引用《老子》，以及可能引及的《荀子》，[40] 目的似乎是借助有份量的權威文獻來引以自重。[41]《文子》作為一篇漢初形成的道家文獻，卻引及了儒家名著[42] 實在很值得注意。另外，其對《老子》的處理迴異於兩部早期最著名的解《老》之作——《韓非子》[43] 和《淮南子》。總之，《文子》的互文關係在本質上

39　Paul Fisher, "Intertextuality in Early Chinese Master-Texts: Shared Narratives in *Shi Zi*," *Asia Major*, Third Series 22.2 (2009):34.

40　《老子》盛行於漢初早已是中國學術史的常識，不過同一時期《荀子》的影響力也達到了高峰。詳見 Knoblock, *Xunzi*, 1:39。

41　這點對應了方破所提出重文出現的成因二及三，見 Fisher, "Intertextuality in Early Chinese Master-Texts," 9。

42　從郭店楚簡〈五行〉及《孝經》的例子可見，《荀子》並非簡本《文子》唯一引用的儒家文獻。

43　有關《韓非子》引《老子》，參見 Sarah A. Queen 桂思卓 , "*Han Feizi* and the Old Master: A Comparative Analysis and Translation of *Han Feizi* Chapter 20, 'Jie Lao,' and Chapter 21, 'Yu Lao,'" in *Dao Companions to the Philosophy of Han Fei*, ed. Paul R. Goldin (Dordrecht: Springer, 2013), 200–5.

似乎比以往推斷的要複雜得多。[44]

　　至於上引段落的結構，只有單元 D 和 E 可以借助殘簡為傳世本的編排方式提供一定理據。從其餘例證可見，傳世本並未如實反映文獻最初的面目。以單元 B 及 C（第11 行）的連詞為例，傳世本是用「積道德」一語過渡，但簡本卻沒有這個連接用語。對此可以有幾種詮釋，如單元 B 談及「積」的一段最初是在文獻別的部分，後來才被今本編纂者插進此處。這種竄改痕跡亦可能見於單元 D，當中傳世本透過押職韻（德 [*tək]、賊 [*dzək]、得 [*tək]）來連接兩個「文本構件」，反觀簡本不單沒有利用韻腳來串聯二者，[45] 中間更多出「以〔□六曰君〕」一語作分隔。

　　雖然在以上個案裡實在無法重構論證的宏觀結構，不過在個別單元的層面上仍可看出文本採用了多種修辭手法，如上述的平行句構及用韻來推展論證。當然，鑑於引用的外部材料如此密集，大多數論證策略似乎是隨文本材料一併借來。文中的反義平行即屬此例，以同一個前置介詞帶出語義對立的內容，形成強烈對比，例見第6–7、10、20–21 及 25 行（如 6–7 行：「積德成王，積怨成亡」）。在進入這種反義對舉論證方式的討論前，我想

---

44 譬如葉波在 "Persuasion through Definition" 一文提出，由於《文子》「與其他文獻的互文聯繫幾乎闕如」（頁 223），因此《老子》作為其外部文獻源頭顯得更形重要。

45 單元 D 構件二內的兩句似乎用之幽通韻來貫連（雔 [*du]，幽部；久 [*kuʔ]，之部）。

特別指出這段《文子》引文只有第 4-5 行沒有在其他文獻
中找到重文。簡本相應的文句為：

> 0575　　{上有道}⁴⁶德，則下有仁義，下有仁
> 義，則治矣。⁴⁷

這裡採用了連環句式，即上句的結尾在下一句開首重
複，在漢語修辭學中稱為頂真⁴⁸（英語中稱為 sorites 或
anadiplosis⁴⁹），形式上可以描述為：S1 則 S2，S2 則 S3，
S3 則 S4 等等。在中國古代諸子著作裡，頂真是一種常見
的論證手法，有時可以一重重延伸出去，像《大學》這句
名言：

> 知止而後有定，定而後能靜，靜而後能安，
> 安而後能慮，慮而後能得。⁵⁰

有關頂真格的特殊功能，何莫邪（Christoph Harbsmeier）
認為是讓「中國思想家對世界的不同面貌建立間接的關

「道」與「文」——論《文子》的論證特點

46　花括號內是筆者認為簡本原來或有的文字。
47　〈定州西漢中山懷王墓竹簡《文子》釋文〉，頁 30。
48　唐松波、黃建霖主編：《漢語修辭格大辭典》（北京：中國國際
　　廣播出版社，1989 年），頁 345-346。
49　Richard A. Lanham, *A Handlist of Rhetorical Terms* (Berkeley and Los
　　Angeles: University of California Press, 1991), 10.
50　朱熹：〈大學章句〉，《四書章句集注》，頁 3。

聯。」[51] 將論斷的首尾串連起來（上文是由「知止」到「得」）固然是頂真的重要特色，但我認為不應忽視環與環之間構建的直接因果關係，因為這使語義層級得以形成，並讓前一環成為後一環的前提。定州漢簡 0575 號竹簡比不上《大學》的連環長句，它在說明達成「治」（S3）這個最終目的時只舉出兩個先決條件，即在上者要有道德（S1）和在下者要有仁義（S2）。這一條簡文的論證可以概括為：

$$S1 \rightarrow S2 , S2 \rightarrow S3（治）$$

正如下文所示，《文子》作者在談到如何達成其政治目的時往往採用相似方式，提出有多少個所需條件和性質為何，這在全文俯拾皆是。

值得一提的是簡本《文子》殘篇中，有一支簡似乎是利用頂真作三層推衍論證，其中前兩個從句類似剛提到的連環句前提，分別之處只在採用了否定形式。簡文云：

2248　　{上毋}道德，則下毋仁義之心，下毋仁義之{心，則亂。}[52]

51　Christoph Harbsmeier, *Language and Logic in Traditional China*, vol. 7, pt. 1 of *Science and Civilisation in China*, ed. Joseph Needham (Cambridge: Cambridge University Press, 1998), 282.

52　〈定州西漢中山懷王墓竹簡《文子》釋文〉，頁 30。

假如我對這一行文字的重構無誤，單元 A 似乎包含一組反義對舉的論證（0575 對 2248），其中第二部分用上否定句式（有對毋），結尾則用反義詞（治對亂）。我們已看到《文子》經常使用反義平行，這裡通過否定來營造對立，頗為貼近耿幽靜（Joachim Gentz）所謂的「否定式平行句」（parallelism in the negative mode）。[53] 若 S4 確為「亂」，這段文字便可以表述成：

$$S1 \rightarrow S2 , \quad S2 \rightarrow S4（亂）$$

雖然不能肯定 2248 及 0575 號竹簡原本是否構成一個文本單元，不過其他殘簡蘊含更多（近乎）平行的句式，亦與治亂的問題相關。這裡舉一對竹簡為例：

0717　　矣。故有道者立天下，則天下治

0695　　〔治矣〕，毋道而立之者，則亂。故治
　　　　〔亂〕[54]

53　耿幽靜舉了以下《孔子家語》一句作例子：「夫道者，所以明德也；德者，所以尊道也。是以非德道不尊，非道德不明。」（間線為引者所加）見 Gentz, "Defining Boundaries and Relations of Textual Units: Examples from the Literary Tool-Kit of Early Chinese Argumentation," 147.

54　〈定州西漢中山懷王墓竹簡《文子》釋文〉，頁 31。

文中大談治亂，可視為推斷《文子》成書時間的寶貴線索，因為這類論辯尤其常見於「戰國末期至漢武帝末年的文獻」。[55] 從以上例子可見，《文子》深明在位者有道是治世的主要先決條件。我認為本書中心思想跟治亂問題的關聯，正是該文本的論證策略最關鍵的元素。

總結本部分內容，我們可以確定《文子》是一部互文性重文高度集中的中國早期文獻。然而，「集百家於一身」並未妨礙文本開展自己的哲學思路，其旨歸仍在於將道和德的概念跟成功統治的問題連在一起。採用「否定式平行」似乎在文本裡起著重要作用，可以為文本的論證方法提供更多佐證。目前為止我們只看到比較簡單的例子，說明文本如何用正反對立論證作遊說手段。儘管如上所言，傳世本《文子》並未如實反映早期版本的內容和結構，但我們仍可借以嘗試重構文本中更為複雜的論證個案。

二、以反義平行論證

以下引文出自傳世本《文子‧道德》篇，主要是圍繞御民之道展開的討論。這裡同樣可以分為幾個主題單元，我將用英文字母區分：

---

55 Geoffrey Lloyd 羅界 , "The Techniques of Persuasion and the Rhetoric of Disorder (*luan* 亂) in Late Zhanguo and Western Han Texts," in *China's Early Empires: A Re-appraisal*, eds. Michael Nylan and Michael Loewe (Cambridge: Cambridge University Press, 2010), 451.

文子問政。老子曰：

A	御之以道，養之以德，無示以賢，無加以力。
B	損而執一，無處可利，無見可欲，「方而不割，廉而不劌」，[56] 無矜無伐。
C	御之以道，則民附，養之以德，則民服，無示以賢，則民足，無加以力，則民樸。
D	無示以賢者，儉也，無加以力，不敢也。下以聚之，賂以取之，儉以自全，不敢自安。
E	不下，則離散，弗養，則背叛，示以賢，則民爭，加以力，則民怨。
F	離散，則國勢衰，民背叛，則上無威，人爭，則輕為非，下怨其上，則位危。
G	四者誠修，正道幾矣。[57]

「道」與「文」──論《文子》的論證特點

簡本《文子》的相應段落為：

0885　平王曰。為正（政）奈何。文〔子曰。御之以道，□〕

0707　之以德，勿視以賢，勿加以力，□以□□

2205　□〔言。平王曰。御〕

2324　□□以賢，則民自足，毋加以力，則民自

0876　可以治國。不御以道，則民離散。不養

---

56 《老子》五十八章，見樓宇烈《老子道德經注校釋》，頁 152。
57 王利器：《文子疏義》，頁 242–243。

0826　　　則民倍（背）反（叛），視之賢，則民
　　　　　疾諍，加之以 ‖

0898　　　則民苛。兆民[58] 離散，則國執（勢）
　　　　　衰。民倍

0886　　　〔上位危。平王曰。行此四者何如。文
　　　　　子〕[59]

跟上節的引文一樣，這一段《文子》亦可在其他文獻中找
到相近的重文。下引《管子‧幼官》一句非常貼近《文子》
單元 A 和 C 的句式：[60]

　　　畜之以道，養之以德。畜之以道，則民和；
　　　養之以德，則民合……。[61]

單元 C 談及君主施行的政策合乎道，人民亦會變得自足和
簡樸，跟《老子》第五十七章頗為相似：

　　　我無為，而民自化；我好靜，而民自正；我
　　　無事，而民自富；我無欲，而民自樸。[62]

58　此處從張豐乾校定本，將「兆」字斷入下句，見氏著：《出土文
　　獻與文子公案》（北京：社會科學文獻出版社，2007 年），頁
　　24。按「兆民」一詞在古漢語十分常見，故我將二字連讀。
59　〈定州西漢中山懷王墓竹簡《文子》釋文〉，頁 30。
60　張豐乾首先指出，見其《出土文獻與文子公案》，頁 103。
61　黎翔鳳：《管子校注》，頁 176。
62　樓宇烈：《老子道德經注校釋》，頁 150。

隨後一部分述及君主罔顧治國之道的後果（單元 E 及 F），同樣可找到更多重文，最明顯是《老子》第三章的忠告「不尚賢，使民不爭」。[63] 其他文獻來源也不陌生：《韓非子》就人民背叛和怨上、[64]「主失威」和「上位危」提出相似的憂慮，[65]《管子》也用了「輕為非」（視為非作歹為小事）一語。[66] 不過如上所示，存在重文不就代表所涉及的文獻直接互相引據，畢竟不容抹煞大家徵引同一源頭的可能性。此外，跟其他文獻取得高度調和，並未妨礙《文子》作者表達個人的哲學觀點。單元 A 及 C 在呼應《管子》之餘，推衍出更為複雜的論證。

由於單元 B 深受《老子》影響並有指出自後人竄入，[67] 故此處置之不論；傳世本《文子》相關段落的邏輯組織可細分為四個步驟：

63　何志華等編著：《〈文子〉與先秦兩漢典籍重見資料彙編》，頁 149。

64　〈八說〉：「憎心見，則下怨其上，妄誅，則民將背叛。」見王先慎《韓非子集解》，頁 428。

65　〈外儲說右上〉：「臣乘君則主失威，下尚校則上位危。」同上注，頁 325。

66　〈明法解〉：「主無術數，則群臣易欺之，國無明法，則百姓輕為非。」見黎翔鳳《管子校注》，頁 1215。

67　晁福林：〈定州漢簡《文子·道德》篇臆測〉，《中國歷史博物館館刊》2000 年第 2 期，頁 81；張豐乾：〈竹簡《文子》探微〉（北京：中國社會科學院研究生院博士論文，2002 年），頁 40。

表二：傳世本《文子・道德》第 13 節的邏輯組織

一	A	御之以道， 養之以德，　（職） 無示以賢， 無加以力。　（職）		
二	C	〔正論〕 御之以道，則民附， 養之以德，則民服， 無示以賢，則民足，（屋） 無加以力，則民樸。（屋）	E	〔反論〕 不下，則離散，　（元） 弗養，則背叛，　（元） 示以賢，則民爭， 加以力，則民怨。（元）
三	D1	無示以賢者，儉也，（談） 無加以力，不敢也。（談）	F	離散，則國勢衰，　（微） 民背叛，則上無威，（微） 人爭，則輕為非，　（微） 下怨其上，則位危。
	D2	下以聚之，　　　　（侯） 賂以取之，　　　　（侯） 儉以自全，　　　　（元） 不敢自安。　　　　（元）		
四	G	四者誠修，正道幾矣。　（微）		

從上可見，講者（這裡是老子）在第一步（單元 A）點出了四個成功治民的準則，接著在單元 C 闡述這對人民的正面影響，是謂正論；其後在單元 E 展開了一段與單元 C 內容相對的反論，通過使用否定語句（如「養」對「弗養」），闡述沒有遵循四個治民之道將會在國民之間造成的惡果，並以反義詞道出跟單元 C 相反的內容。相關的正反義詞包括「附」和「離」、「服」與「叛」等；兩個文本單元亦用不同的韻腳區分，如單元 C 押屋韻（足 [*tsok]、樸 [*phrok]），單元 E 則押元韻（散 [*sâns]、叛 [*bâns]、怨 [*ʔons]）。

第二步正反立論的總體結構可以描述成：

$$S1 \rightarrow S2（C）\quad 及 \quad S1 \rightarrow S4（E）$$

其中 S2 與 S4 意義相反，而且如上例所示各自帶著四個從句；再加上對立的單元（C 和 E）不是互相緊接，而是插進了單元 D，使得相關論證充其量只能以書面形式展示，方能在每個文本構件之間來回閱讀，對已論證的地方作比較。

緊隨著反論的推展，我們可以看到洶湧的民情（S4）在單元 F 裡延續，並被指為造成國家和在上位者嚴峻處境的誘因（S5）。0898 號簡包含了單元 E 和 F 的內容，證明這段論證推展確實見於簡本。通觀全文脈絡，整段反論可以表述為：

$$S1 \rightarrow S4（E），S4 \rightarrow S5（F）$$

正如上節所舉的頂真例子，我們再次看到一條以三個元素構成、用兩個步驟完成的論證鏈。第一個元素（S1）同樣包含道與德的概念，第二個（S4）也談及下民的反應。最後，第三個元素談到這些對國家大勢的後續影響，並通過用韻——此處押微韻（衰 [*srui]、威 [*ʔui]、非 [*pəi]）——加強文本的連貫性。

目前為止，我們只看到這段文字呈現高度的組織性，所以當發現屬於正論的單元 C 和 D 之間的連接，跟屬於

反論的單元 E 和 F 結構並不一致，或多或少會感到意外。
單元 D 包含兩個不同的子單元，其中一個（D1）是「無
示以賢」和「無加以力」的界說，另一個（D2）則含有四
個四言句。將單元 C 和 D 並列可以得出以下的印象：

C	D1	D2
御之以道，則民附	……………………	下以聚之
養之以德，則民服	……………………	賂以取之
無示以賢，則民足 ⟶	無示以賢者，儉也 ⟵	儉以自全
無加以力，則民樸 ⟶	無加以力，不敢也 ⟵	不敢自安

從中清楚看出傳世本在這個關節並不完全，單元 D1
顯然缺了兩個定義。[68] 通過比較現有元素，可以推斷餘下
的定義應為「御之以道，下也」及「養之以德，賂也」。[69]
有意思的是前者可以在簡本《文子》別的地方找到：

> 2364　　〔仁〕。文子曰：「□夫御以道者，下之
> 也者 [70]

可以肯定「御以道者，下也」這個定義在書中起著重要

---

68 丁原植注意到此處少了兩個定義，但未有嘗試還原，見氏著：
　　《〈文子〉資料探索》（臺北：萬卷樓圖書，1999 年），頁 253。
69 已為張豐乾所提出，見其《出土文獻與文子公案》，頁 42。
70 〈定州西漢中山懷王墓竹簡《文子》釋文〉，頁 32。

作用，因為它把作品的宇宙學和政治層面連結起來。[71] 不
過，這句話似乎是在答文王問仁，所以（跟 D1 其他內容
一樣）大抵不是列在單元 C 後面；與 D1 有密切關聯的 D2
亦然。假如文本單元（D）的原貌比現時所見更為完整，
我們對原來的排列方式和內容可以說出甚麼？從反論的編
排方式可見，這裡原來應有四句形容道德對國家的正面影
響，亦即本章的真正命題。下簡的內容正好助成此說：

> 0876　　可以治國，不御以道，則民離散。不
> 養[72]

顯而易見，「可以治國」一句應出現在進入反論（單元 E）
之前，讓正論部分告一段落，所以應屬於第二步的最後一
行。[73] 不少學者已對簡本《文字》這句話的原貌作出了臆
測。[74] 不過我未能認同這些說法，因為個人認為它們都沒
有把文本的平行結構考慮在內。我主張整段文字的邏輯結
構應該是這樣：

---

71 「無示以賢者，儉也」一句亦如此。《文子》中相近的文句為：
　「聖人法之，卑者所以自下也，退者所以自後也，儉者所以自小
　也，損者所以自少也。」見王利器：《文子疏義》，頁 219。
72 〈定州西漢中山懷王墓竹簡《文子》釋文〉，頁 30。
73 張豐乾已指出，見其《出土文獻與文子公案》，頁 25。
74 如晁福林以意校補為：「御之以道，可以治國，不御以道，則民
　離散」，見〈定州漢簡《文子·道德》篇臆測〉，頁 81。張豐乾
　認為應改作：「行此四者，可以治國，不御以道，則民離散」，
　見《出土文獻與文子公案》，頁 42。

表三：簡本《文子》與傳世本〈道德〉
第 13 節相應段落的邏輯組織重構

一	A	御之以道， 養之以德，　　（職） 勿視以賢， 勿加以力。　　（職）	
二	B	〔正論〕 御之以道，則民附， 養之以德，則民服， 勿視以賢，則民自足，（屋） 毋加以力，則民自樸。（屋）	〔反論〕 不御以道，則民離散，（元） D 不養以德，則民倍反，（元） 視之賢，則民疾諍， 加之力，則民苛。　（元）
三	C	｛民附，則……｝ ｛民服，則……｝ ｛民自足，則……｝ ｛民自樸，則｝可以治國。（職）	兆民離散，則國勢衰，（微） 民倍反，則上無威，　（微） E 民疾諍，則輕為非，　（微） 民苛，則上位危。　　（微）
四	平王曰：行此四者何如？ 文子……		

　　如以上例子所示，論證裡其中一句蘊含安邦治國之
方，[75] 另一句則相反，構成一治一亂的反義平行。上文
已指出，先秦諸子著作和哲學文獻經常運用反義平行，
這種平行推論甚至可以「視為中國古代說理文的『預設

---

75 此文「可以治國」一句押韻，「國」字為篇中韻腳，在古本《文
　　子》其他段落亦同。這點跟《黃帝四經》等漢初出土文獻有別，
　　因為後者裡的「國」往往是後人所改，用以避「邦」字諱，所
　　以大都不合全篇用韻情況。例見《黃帝四經・經法・六分》，
　　《馬王堆漢墓帛書》，頁 49，行二二至二四。這或許說明《文子》
　　成書於漢代，其時「國」已普遍用來取代「邦」字。

模式』」，[76] 反映「中國哲學論述的『二元思維方式』」（dualistic thinking）。[77] 能夠在各式各樣古代中國哲學著作，包括儒家[78] 和道家[79] 哲人的文章中找到反義平行句式，實在令人嘖嘖稱奇。不過，《荀子》有些段落「即使以先秦文章的標準以論」也呈現出「高度平行」，[80] 在議論範疇和對稱嚴謹方面正好與上引《文子》論證作一對照。以下是《荀子·正論》的例子。

| 一 | A | 〔正論〕
上宣明，則下治辨矣；
上端誠，則下愿愨矣；
上公正，則下易直矣。 | D | 〔反論〕
上周密，則下疑玄矣；
上幽險，則下漸詐矣；
上偏曲，則下比周矣。 |

---

76 Andrew H. Plaks 浦安迪, "Beyond Parallelism: A Rethinking of Patterns of Coordination and Subordination in Chinese Expository Prose," in *Literary Forms of Argument in Early China*, 69.

77 Plaks, "Where the Lines Meet: Parallelism in Chinese and Western Literatures," *Chinese Literature: Essays, Articles, Reviews (CLEAR)*, 10.1–2 (1988): 48.

78 如出土文獻〈五行〉及〈性自命出〉，分別參考 Dirk Meyer, *Philosophy of Bamboo: Text and Production of Meaning in Early China*, 70–130，及梅道芬（Ulrike Middendorf）：〈「情」的秩序——郭店〈性自命出〉、〈語叢二〉以及相關先秦文獻中的語言與性情考〉，《饒宗頤國學院院刊》創刊號（2014 年），頁 252–257。

79 《老子》首章曰：「故常無欲，以觀其妙；常有欲，以觀其徼」，最能用來說明反義平行。

80 A.C. Graham, *Disputers of the Tao: Philosophical Argument in Ancient China* (La Salle, Ill.: Open Court, 1989), 254. 中譯本見葛瑞漢著，張海晏譯：《論道者——中國古代哲學論辯》（北京：中國社會科學出版社，2003 年）。

二	B	治辨，則易一， 愿愨，則易使， 易直，則易知。	E	疑玄，則難一， 漸詐，則難使， 比周，則難知。
三	C	易一，則彊， 易使，則功， 易知，則明， 是治之所由生也。	F	難一，則不彊， 難使，則不功， 難知，則不明， 是亂之所由作也。[81]

兩個文本在幾個方面甚為相似。跟《文子》一樣，《荀子》談到在上者的行為如何影響到在下者（第一步），在下者的情狀又如何影響到國家的安危（第二和三步）。《荀子》也像《文子》般，通過使用否定詞（第三步中的彊與不彊、功與不功、明與不明）和反義詞（易與難）來作正反對比。另外，上一章談到的《文子》與《荀子》的重文恰恰出現在上引〈正論〉段落之前。鑑於研究者普遍持《文子》成書於公元前二世紀之論，[82] 這些共通點可能說明《文子》作者不單以《荀子》為文獻來源，更可能從中受到啟發，借以構建自己的論證策略。

---

81 王先謙：《荀子集解》，頁 321–322。

82 王博：〈關於《文子》的幾個問題〉，《哲學與文化》第 23 卷 8 期（1996 年），頁 1911；何志華：《〈文子〉著作年代新證》（香港：中文大學出版社，2004 年），頁 67–68；Paul van Els, "The *Wenzi*: Creation and Manipulation of a Chinese Philosophical Text" (Ph.D. diss., Leiden University, 2006), 111–13；張豐乾：《出土文獻與文子公案》，頁 125；及 Fech, *Das Bambus-Wenzi*, 135–42。

三、反面定義

簡本《文子》的中反面論證有時是由反面定義開始，
且大都採用「謂之無□」的形式，如下列的例子：

0716	子曰：「君子之驕奢不施，謂之〔無德〕
0874	茲謂之無仁，淫
0591	踰節謂之無禮。毋德者則下怨，無
0811	□立，謂之無道，而國不 [83]

將驕、奢和不施等概念（0716號簡）統歸於無德之下，
而不說「謂之怨」[84] 之類，可見作者刻意將討論集中在德，
旨在強調其重要性；其他地方提出無禮、無仁和無道等亦
然。從0591號簡可見，在簡本裡反面定義之後緊接著析
論，說明缺乏某種素質將對臣下造成甚麼影響。雖然這些
定義不見於傳世本，但析論部分仍有跡可尋：

君子 無德 則下怨，無 仁 則下爭，無義 則下
暴，無禮 則下亂。四 經 不 立 ，謂之無道 ，無道 不

83　以上散見於〈定州西漢中山懷王墓竹簡《文子》釋文〉，頁
　　33、31 及 29。

84　值得指出的是，賈誼《新書》收錄了漢初最重要的哲學名詞，
　　包括其定義和反義詞。有關該書的文本、分析和英譯，見 Rune
　　Svarverud 魯納 , *Methods of the Way: Early Chinese Ethical Thought*
　　(Leiden: Brill, 1998)。

亡者，未之有也。[85]

我們可以借助傳世本，嘗試重構簡本此節的論證推展：

一	君子之驕奢不施，謂之無德， {……} 茲，謂之無仁， 淫 {……，謂之無義}， {……} 踰節，謂之無禮。
二	毋德者，則下怨， 無 {仁}，則下諍。 無義，則下暴。 無禮，則下亂。
三	四 {經不} 立，謂之無道， {無道} 而國不 {亡者，未之有也。}[86]

分作三個文本構件後，這種頗具特色的文章編排方式再現眼前，凸出了國家的治亂興亡（三），完全取決於君主（一）和臣下（二）的相互影響。

　　這一段新重構的反論，可以在傳世本同一段落中找到對應的正論。文章一開頭是對「德」、「仁」、「義」和「禮」的正面定義，構成了這段論證的第一步，這裡因文繁不引。接下來是：

85　王利器：《文子疏義》，頁 225。

86　另參晁福林對此節的構擬，見〈定州漢簡《文子‧道德》篇臆測〉，頁 76。

二	故　修其德，則下從令，	（耕）
	修其仁，則下不爭，	（耕）
	修其義，則下平正，	（耕）
	修其禮，則下尊敬，	（耕）
三	四者既修，國家安寧。[87]	（耕）

不難看出論證的整體推論方向是由「四德」的定義（一）開始，接著是修此四端對教化臣下的影響（二），最後以四者修則國家安寧一語作結（三），與簡本中發現的反論平行。正論部分儘管在定州漢簡找不到具說服力的對應文句，但推斷簡本《文子》此處用了兩段對稱的反義平行論證似乎尚算合理。

結語

總結而言，我們看到《文子》作者在著書時主要面對幾項工作，包括挑選、調整和組合不同的「文本構件」，務求生成一個概念高度統一的文本，凸顯道、德兩個概念的重要性。為加強說服力，著作很大程度由兩條對立並對稱的論證線索構成，因為這種論證方式可用來強調，除了服膺文中所定的主要行為準則外別無他法，而一旦偏離了這些準則，將導致國家混亂與君主失勢。從上舉例子可見，論證的具體內容大都與國君及國民相關，我們從中可以體認到作者充分認識民心所向將直接影響國家的安危，

---

87 王利器：《文子疏義》，頁 225。

並將社會因素納入於其道論之內。

反義平行可謂原本《文子》最主要的論證特色之一，在傳世文本中卻以支離破碎和歪曲失實的形式呈現出來，對此我們可以怎樣解釋？這是後世編纂者的責任，還是文本落在其手中時早已殘破不全？上文已指出簡本《文子》近三分之二內容並未重見於傳世本，似乎證明第二個可能性較大，因為傳世本編者故意摒棄如此豐富的內容並不合理。[88] 不過，通過比較傳世本《文子》及其主要源頭《淮南子》，[89] 可以發現前者往往刪節或曲解後者的關鍵論證元素，以致文句扞格難通。[90] 因此，傳世本《文子》的「底本」完全有可能更為完整並編排有法，到後來才遭到重編和竄入其他文獻。柳宗元〈辯《鶡冠子》〉的名句：「吾意好事者偽為其書」，正好套用到今本《文子》身上。造成傳世本「歪曲失實」的原因至少有兩個：文本資料在傳世過程中大量流失，以及對餘下文本的編輯「失當」。

《文子》平行、對稱並有序展開論證的文字十分有特色，風格跟相傳為文子老師的老子大異。《老子》出奇地缺乏結構，以至劉殿爵這樣的知名學者也不得不說，此書「不過是一部篇章的合集，共通點只是思想傾向一

88　Paul van Els, "The *Wenzi*," 169–70.

89　有關二書的詳細比較，見丁原植：《〈淮南子〉與〈文子〉考辨》（臺北：萬卷樓圖書，1999 年）。

90　Barbara Kandel 坎德爾, Wen Tzu – *Ein Beitrag zur Problematik und zum Verständnis eines taoistischen Textes* (Frankfurt am Main: Peter Lang, 1973), 93ff.

致。」[91] 儘管對該書論證特點的新近研究已有力證明這種觀點陳舊過時，[92] 我仍然認同漢斯—格奧爾格‧梅勒（Hans-Georg Moeller）的說法，即「如果分開閱讀各章，或者線性地閱讀此書，文本封閉難解的性質依然不變」。要理解《老子》這部書，唯有仔細審視文中的意象，並順著意象之間的內部指涉閱讀。[93]

因此，雖然有大量證據證明《文子》在微觀層面上明確運用《老子》的技巧，如襲用《老子》風格的四言韻文，[94] 但在宏觀層面上，它對論證的處理則頗受另一重要先秦文獻影響——《荀子》。該書並不認為文理兼備的著作是「文飾」，而視之為「郁郁乎文哉」的周初文化遺產的體現和

91　D.C. Lau 劉殿爵 , trans., *Tao te ching* (Hong Kong: Chinese University Press, 1989), 134.

92　William H. Baxter 白一平 , "Situating the Language of the *Lao-tzu*: The Probable Date of the *Tao-Te-Ching*," in Lao-tzu *and the* Tao-te-ching, eds. Livia Kohn and Michael LaFargue (Albany, N.Y.: State University of New York, 1998), 231–54; Rudolf G. Wagner 瓦格納 , *The Craft of a Chinese Commentator: Wang Bi on the* Laozi (Albany, N.Y.: State University of New York Press, 2000), 62–96（中譯本見瓦格納著，楊立華譯：《王弼〈老子注〉研究》〔南京：江蘇人民出版社，2009年〕，頁 57–92）; Joachim Gentz 耿幽靜 , "Zwischen den Argumenten lesen. Doppelt gerichtete Parallelismen zwischen Argumenten als zentrale Thesen in frühen Chinesischen Texten," *Bochumer Jahrbuch für Ostasienforschung* 29 (2005): 37–40.

93　Moeller, *The Philosophy of the* Daodejing, 6–10.

94　David Schaberg 史嘉柏 , "On the Range and Performance of *Laozi*-Style Tetrasyllables," in *Literary Forms of Argument in Early China*, 99.

呈現媒介。[95] 我在別處提出「文」亦是簡本《文子》的中心思想,甚至主人公文子也以之為名,反映這個概念的重要性。所以我想在此作一總結:《文子》對「文」的理解雖與《荀子》不同,但仍然有證據支持兩書之所以採用富於文理章法的論證策略,是試圖令形式和內容取得一致,使其教誨發為言辭時達到文意合一。

---

95 Schaberg, *A Patterned Past: Form and Thought in Early Chinese Historiography* (Cambridge, Mass.: Harvard University Press, 2001), 50.

饒宗頤國學院院刊　增刊
2018 年 9 月
頁 251–264

「主」與「客」
—— 以兵家和道家為中心*

湯淺邦弘（YUASA Kunihiro）
大阪大學大學院文學研究科

　　「主」與「客」是一對典型的反義詞，一般表示主人與客人，而作為哲學用語，則表示主體與客體、主觀與客觀等意思。

　　《說文解字》曰：「主，燈中火主也」，「主」的原義為燈火，借用為「主人」之意。至於「客」，《說文》云：「客，寄也」，不過「客」的原義為從外地來的異鄉人，許慎解作「寄寓」是其引申義；「客」有時也特指從外地來就任官職的人，有名的「逐客令」即為此種用例，《史記·秦始皇本紀》即云：「李斯上書說，乃止逐客令。」

　　問題是，能否認為此等「主」與「客」的意義在中國古典裡基本不變？下文將主要以諸子百家時期兵家與道家文獻為例，就其中富有特色的「主」與「客」用例進行探討。

關鍵詞： 主　客　《老子》《孫子》　銀雀山漢墓竹簡

* 　本文內容曾於 2015 年 10 月 4 日，香港浸會大學饒宗頤國學院與香港教育學院合辦「先秦經典字義源流」國際學術研討會上以中文宣讀，現將講稿內容整理發表。

一、《老子》的「主」與「客」

　　首先來看道家的《老子》。第三十五章有云:「樂與餌,過客止」,即有音樂與美食,過客也會留步的意思。這裡的「客」指旅行者,是在中國古典中最常見的用法,例如《論語》中的「客」,也是同類用例。[1]

　　不過在《老子》第六十九章,還可見到以下「主」與「客」的用法:

　　　　用兵有言曰:「吾不敢為主而為客,不敢進寸而退尺。」[2]

上例引自新出土的北京大學西漢竹書本,[3] 但諸本差異不大。為求嚴謹,此處將有代表性的文本排列如下,方便對照。

　　　　〔北大漢簡本〕 用兵有言曰:吾不敢為主而為客, 不敢進寸而退尺。
　　　　〔馬王堆甲本〕 用兵有言曰:吾不敢為主而為客,吾不 進寸而芮尺。

1　《論語》中〈公冶長〉與〈憲問〉篇有「賓客」用例各一。
2　北京大學出土文獻研究所編:《北京大學藏西漢竹書(貳)》(上海:上海古籍出版社,2012年),頁138。
3　有關北京大學2009年入藏西漢竹簡《老子》文本的詳細情況,參見拙著《竹簡学 —— 中国古代思想の探究》(日本:大阪大學出版會,2014年)第三部第五章。

〔馬王堆乙本〕　用兵又言曰：吾不敢為主而為客，　不敢進寸而退尺。

〔傅奕本〕　　　用兵有言曰：吾不敢為主而為客，　不敢進寸而退尺。

〔河上公本〕　　用兵有言　：吾不敢為主而為客，　不敢進寸而退尺。

〔王弼本〕　　　用兵有言　：吾不敢為主而為客，　不敢進寸而退尺。[4]

上引版本僅在有無「曰」字上稍有差異，「主」、「客」二字沒有變動。那麼，應當如何理解此處的「主」與「客」？通常的解釋是：

> 用兵之言有云：「自己寧可作為客體而不敢作為主體，寧可多後退一尺而不敢多前進一寸。」

換言之，將「主」理解為主動，「客」為被動；另外也可將二者理解為積極與消極。尤可注意此處視為「用兵」之言，牽涉到軍事問題。

例如木村英一註釋、野村茂夫補注的日譯本《老子》認為：「此章由多組成語組成，『吾不敢為主而為客，不敢進寸而退尺』中『客、尺』押同一韻，是兵家慣用的成

4　《北京大學藏西漢竹書（貳）》，頁 186–187。

語。」[5] 另外，池田知久《馬王堆出土文獻譯注叢書·老子》也指出：「下文應是引用當時兵家之言。」[6]

對於「主」與「客」本身的理解應該沒有問題。作為用兵的秘訣，此處從「客」的立場加以論述。在戰爭中，一般都想掌握主導權、率領兵馬大舉向前，但老子認為應該克服這種想法，從相反方向考慮如何後退。將老子的教誨用於軍事，無為無欲反而會帶來勝利。

同樣的思想其實在緊接其前的第六十八章也可見到：

> 善為士者不武，善戰者不怒，善勝敵者不與，善用人者為之下。是謂不爭之德，是謂用人之力，是謂配天古之極。[7]

真正的武士並不威猛跋扈，善戰者不露怒色。第六十八與六十九章均論述了「武」，而且共通之處是以表面看似消極的態度為尚。這可以視為《老子》曲折的「無為而無不為」思想在軍事方面的應用。

然而，將第六十九章「主」與「客」的對比理解為引用「兵家」者言是否合適？以下將確認《孫子》等兵家提出的「主」與「客」是否為同一概念。

5　木村英一 注，野村茂夫補注：《老子》（日本：講談社，1984年），頁 142。

6　池田知久：《馬王堆出土文獻譯注叢書·老子》（日本：東方書店，2006 年），頁 139。

7　《北京大學藏西漢竹書（貳）》，頁 186。

二、《孫子》的「主」與「客」論述

首先，在《孫子》中也有賓客含義的「客」字用例：

> 孫子曰：凡用兵之法，馳車千駟，革車千
> 乘，帶甲十萬，千里饋糧，則內外之費，賓客之
> 用，膠漆之材，車甲之奉，日費千金，然後十萬
> 之師舉矣。[8]

〈作戰〉篇此節與《老子》第三十五章相同，為外來客（使節團）含義的用例。孫子認為動員十萬軍隊時難免包含「賓客之用」，需要鉅額軍費。

但是，作為軍事用語的用法則完全不同，例如〈九地〉篇云：

> 凡為客之道，深入則專，主人不克。掠於饒
> 野，三軍足食。謹養而勿勞，併氣積力，運兵計
> 謀，為不可測。投之無所往，死且不北。死焉不
> 得，士人盡力。[9]

此節的意思為，凡編成遠征軍前往敵地（客）時，原則是越過國境、深入敵國發動進攻，則士卒一鼓作氣殊死奮

---

8 曹操等注，楊丙安校理：《十一家注孫子校理》（北京：中華書局，1999 年），頁 29–30。

9 同上注，頁 246–248。

戰，在本國迎擊的敵人（主人）將無法招架。在肥沃的土
地上掠奪農作物，則軍糧充足。用其食糧來充分休養士
卒，不使倦怠，並振奮士氣使盡全力，巧妙調兵遣將運用
謀略，使敵人無法預測我方行動。然後使兵士深入敵後進
行攻擊，不勝無歸，則人人皆出死力進行奮戰，也不會陣
前逃亡。如此兵士們無不下必死的決心，全力殺敵。

在此，「客」與「主人」呈現了鮮明的對比。「客」為
侵入他國的軍隊，「主人」則為守在根據地迎擊的一方。
《孫子》指出作為「客」方的秘訣，在於本著必死的決心
徹底進攻。如果中途可以隨時歸國，士卒便不會一往直
前。當越過國境，深入敵地發動攻勢，便要讓士卒清楚惟
有一戰而勝，方能歸還本國，他們才會拼死作戰，殺出一
條生路。同時，作為迎擊來敵（客）的一方（主人），也
不可因為據守而戰便掉以輕心，因為在本國作戰而感到安
心，反而會招致劣勢。

本節提出的內容，基本上以「客」方的種種困難、身
處的不利條件為前提。在〈九地〉篇後文再一次言及：

凡為客之道，深則專，淺則散。[10]

意思是，越過國境深入敵國攻擊之際，士卒將團結一致，
若只是淺攻，則會導致逃散。說明了因「客」在作長距離
攻擊，其進攻過程將伴隨種種困難。因此《孫子》在〈九
地〉篇首將深入敵國定義為「重地」，淺入敵國則為「輕

10 同上注，頁255。

地」。根據進攻距離的不同，關注點也隨之而變化。

另外，〈行軍〉篇從「水戰」的觀點來論述「客」：

> 絕水必遠水；客絕水而來，勿迎之於水內，
> 令半濟而擊之，利。欲戰者，無附於水而迎客，
> 視生處高，無迎水流，此處水上之軍也。[11]

此處涉及在沼澤或河中作戰（我方軍隊在河岸）時要注意之處。「客」渡河時，不應在河中與之交鋒，而應在半渡之際出擊。總之不應在河的附近作戰，更不要處於下流而與從上流來的敵人對陣。此處的「客」也是來犯之敵的意思，明確論述了迎擊渡河而來之敵人的方法。

總之，在《孫子》中除「賓客」一例外，「主」與「客」均用作軍事用語，基本上論述了「客」方的不利。

三、兵家的「主」與「客」

由此可見在《孫子》中，「客」與「主人」具有獨特的意義。但這應當理解為《孫子》獨有的特色，還是在其他兵書中也可見到的軍事術語？

首先來看銀雀山漢墓竹簡內的兵書。[12]《銀雀山漢墓竹

「主」與「客」——以兵家和道家為中心

---

11 同上注，頁 184–187。

12 銀雀山漢墓竹簡的詳細情況，參看前引《竹簡学》第三部第二至四章，及拙著《中國出土文獻研究：上博楚簡與銀雀山漢簡》（臺灣：花木蘭文化出版社，2012 年）第三部分第九至十一章。

簡（貳）》所收「論政論兵之類」中有一篇名為〈十問〉，
文中有以下的「客主」用例：

> 兵問曰：交和而舍，糧食均足，人兵敵衡，
> 客主兩懼。敵人圓陣以胥，因以為固，擊〔此奈
> 何？曰：〕擊此者，三軍之眾分而為四五，或傅
> 而佯北，而示之懼。……此擊圓之道也。[13]

《銀雀山漢墓竹簡》的整理者解釋「客主」為：「客指進攻
的一方，主指被攻的一方」，[14] 應為比較妥當的註釋。本段
論述應付外敵之法，當敵人排出牢固的圓陣時，我方應分
散兵力展開攻勢，有時「佯北」（佯輸詐敗）來迷惑敵人。
此即為擊破敵人圓陣的方法。

篇末也有同樣的用例：

> 交和而舍，客主兩陣，敵人形箕，計敵所
> 願，欲我陷覆，擊之奈何？擊此者，渴者不飲，
> 飢者不食，三分用其二，期於中極，彼既□□，
> 材士練兵，擊其兩翼。故彼先喜後□，三軍大
> 北。此擊箕之道也。[15]

13　銀雀山漢墓竹簡整理小組編：《銀雀山漢墓竹簡（貳）》（北京：
　　文物出版社，2010 年），頁 193。
14　同上註，頁 195。
15　同上註，頁 194。

此處亦在提出「客主」之後，用「敵人」代替「客」。文
中論述敵人做出「箕」形陣勢、試圖擊潰我軍時的對策。
說者認為這時應下必死的決心，將全軍一分為三，選拔精
兵攻擊敵人兩翼。無論如何，可以看出「客」與「主」是
重要的軍事用語。

再者，在銀雀山漢墓竹簡中還有專門論述這一對
「主」與「客」的篇章。〈客主人分〉篇曰：

> 兵有客之分，有主人之分。客之分眾，主人
> 之分少。客倍主人半，然可敵也。負……定者
> 也。客者，後定者也，主人安地撫勢以胥。夫客
> 犯隘逾險而至〔……〕。[16]

翻譯為白話文便是：戰爭有客（入侵他國的軍隊）之分與
主人（在自己國土進行防衛的軍隊）之分。客之分必須人
數眾多，主人之分則不需很多。兩倍的客兵對付主人一
半的兵力，方可以說勢均力敵。當「負……」（主人首先
將防守陣勢）確定了後，客才確定攻擊態勢；主人借助
地形之利，保持守勢以伺來敵。客須冒隘路而進，逾危險
而至。

本篇的特色是對客與主人的「分」（分量、能力）加
以明確解說。「客」方編成遠征軍，深入他國範圍發動攻
擊，需要眾多的兵力：客以二倍的兵力來對付主人一半的
兵力，方為互相匹敵。主人一方可先行整飭防衛機制，客

「主」與「客」──以兵家和道家為中心

---

16 同上注，頁 150。

則隨後才確定攻擊態勢。另外，主人一方可以活用地形及形勢之利，等待敵人的到來，客則必須以身犯險，完成充滿危險的長征。

《孫子》也曾對於「客」方的困難進行論述，不過〈客主人分〉篇所論更為明快。

另外，〈客主人分〉篇原本被視作《孫臏兵法》的一篇，後在《銀雀山漢墓竹簡（貳）》刊行時另行編入「論政論兵之類」。假使該篇並非《孫臏兵法》，也基本繼承了《孫子》的「主客」觀，而且將其力量關係用「倍」、「半」等具體的比率加以表示。

銀雀山漢墓竹簡中同樣言及「客」、「主」關係的還有〈五名五恭〉篇，其中論述如下：

> 入境而暴，謂之客。再舉而暴，謂之華。三
> 舉而暴，主人懼。[17]

此處將首次越過國境、侵入對方領地內，而且表現狂暴的敵人定義為「客」，一而再入侵的名為「華」；至於敵軍三番侵略作亂，足以令「主人」感到恐懼。將「客」的入侵分為三個階段論述實在頗具特色，不過對「客」與「主人」的定義則與以上諸例相同。

不僅上引出土文獻出現兵學術語中的「主」與「客」，傳世文獻亦然。例如《尉繚子‧守權》云：

---

17 同上注，頁153。

> 凡守者，進不郭圍，退不亭障以禦戰，非善
> 者也。豪傑英俊，堅甲利兵，勁弩強矢，盡在郭
> 中，乃收窖廪，毀折而入保，令客氣十百倍，而
> 主之氣不半焉。敵攻者，傷之甚也。然而世將弗
> 能知。[18]

如果防禦設施不完備，客方（入侵的敵軍）士氣將百倍高
漲，主方（守備軍）的士氣則一半也沒有。不過《尉繚子》
跟《孫子》及銀雀山漢墓竹簡兵書稍有不同，除「主」與
「客」以外還指出援軍的重要性。

> 攻者不下十餘萬之眾，其有必救之軍者，則
> 有必守之城；無必救之軍者，則無必守之城。[19]

進入戰國時期，戰爭更形複雜化，不僅有「主」與「客」
之間的對壘，更可設想第三方、即援軍的有無將足以左右
戰局。

　　然而，「主」與「客」的定義還是完全相同，因此可
以認為出土文獻和傳世兵書中的「主」與「客」涵義基本
相同。及至後世，「主」與「客」仍然是兵家關注的重點。
唐李靖的兵書《李衞公問對》有云：

18　八六九五五部隊理論組、上海師範學院古籍整理研究室注：《尉
　　繚子注釋》（上海：上海古籍出版社，1978 年），頁 34。
19　同上注，頁 36。

「主」與「客」——以兵家和道家為中心

太宗曰：「兵貴為主，不貴為客；貴速，不貴久。何也？」靖曰：「兵，不得已而用之，安在為客且久哉？《孫子》曰：『遠輸則百姓貧。』此為客之弊也。又曰：『役不再籍，糧不三載。』此不可久之驗也。臣較量主客之勢，則有變客為主，變主為客之術。」太宗曰：「何謂也？」靖曰：「『因糧於敵』，是變客為主也；『飽能飢之，佚能勞之』，是變主為客也。故兵不拘主客遲速，唯發必中節，所以為宜。」[20]

此節太宗問，為何在軍事上貴為「主」而不貴為「客」，並且貴「速」而不貴「久」？李靖答以「兵，不得已而用之」，守備禦敵與速戰速決都非常重要。換言之，作為「客」而去進攻他國，與因此而長期作戰皆非上策，因而應貴為「主」而「速」。此處與《孫子》相同，都認為客方直駕長驅、深入敵後為不利，並論及種種可注意之處。

四、另一種「主客」

實際上兵學中「主」與「客」的定義，也可以用兵書以外的文獻印證。例如《國語・越語下》云：「夫聖人隨時以行，是謂守時，天時不作，弗為人客」，韋昭注認為「攻者為客」；《公羊傳》中也有近似的定義：「春秋伐者為客」

---

20 吳如嵩、王顯臣校注：《李衞公問對校注》（北京：中華書局，1983 年），卷中，頁 48–49。

（莊公二十八年）；《禮記・月令》鄭注亦言「為客不利，主人則可」，孔疏云「起兵伐人者，謂之客，敵來禦捍者，謂之主」。這些均與兵書中「主」與「客」的定義完全相同。

另外，《商君書》雖不是兵書，但其中有談軍事的〈兵守〉篇，曰：「城盡夷，客若有從入，則客必罷，中人必佚矣。」《墨子・號令》也說：「敵人且至，千丈之城，必郭迎之，主人利。不盡千丈者勿迎也，視敵之居曲，眾少而應之，此守城之大體也」，〈雜守〉篇亦云：「禽子問曰：『客眾而勇，輕意見威，以駭主人。薪土俱上，以為羊坽，積土為高，以臨吾民，蒙櫓俱前，遂屬之城，兵弩俱上，為之奈何？』」。

由此可見，兵書之中無論是出土文獻還是傳世文獻，「主」與「客」均是重要的兵學用語，此一用法亦在兵書以外的其他文獻得到確認。兵學中的「主」與「客」固然並非常用字義，但也可以說原義已包含在各自的語意之中：「客」是越過國境線發動攻擊的敵人，「主」則是在根據地迎擊敵人的軍隊。主、客的原義在軍事場合中被賦予了特殊的含義。

另外，亦需要注意出土資料中一些與軍事場合不同的用例，即在睡虎地秦墓竹簡、居延漢簡、敦煌漢簡等出現的行政用語「客」。要之，出現在這類出土文書中的「客」，是指客居在西北邊境地區的「東方」人，並且可組成「客吏民」、「客民卒」等稱呼，由是可知作為「客」也有身分上的差異。[21]「客」是非定居一地的流動人口，特別

---

21 詳見王子今：《秦漢稱謂研究》（北京：中國社會科學出版社，2014 年）。

「主」與「客」——以兵家和道家為中心

在西北地區的政治、經濟、軍事、外交等方面是極其重要的存在。試舉一例，睡虎地秦簡《法律答問》云：「何謂旅人？‧寄及客，是謂旅人。」[22] 此種行政上的「客」也很重要，但因為是特殊用例，與本文探討內容沒有直接的關聯。[23]

結語

綜上所述，「主」與「客」是一對兵家著作中共有的軍事用語。「客」指離開本國、入侵他國領域的遠征軍，「主人」則為在本國國土迎擊的守衛軍。基本上「客」方需要更多的兵力、物資、食糧等，條件較為不利。

那麼《老子》第六十九章中的「主」與「客」，到底可否斷言為引用兵家之言？我們固然可以如此認為，但不一定就在引用《孫子》之類的兵書；而且與其認為這句話是兵家者言，倒不如理解為有關用兵的諺語。兵家強調當「客」的困難，但比起作為「主」的立場，《老子》更主張成為「客」。兩者的「主客觀」，可以說是截然相反。

22 睡虎地秦墓竹簡整理小組編：《睡虎地秦墓竹簡》（北京：文物出版社，1990年），頁141。
23 另外，作為行政用語的「主客」意思完全不同，此為後世官名，專門負責接待外國使節。

饒宗頤國學院院刊　增刊
2018 年 9 月
頁 265–276

評柯馬丁《秦始皇石刻 —— 早期中國的文本與儀式》

Kern, Martin. *The Stele Inscriptions of Ch'in Shih-huang: Text and Ritual in Early Chinese Imperial Representation*. New Haven, Conn.: American Oriental Society, 2000. Pp. viii+221.

〔中譯本〕柯馬丁著，劉倩譯，楊治宜、梅麗校：《秦始皇石刻 —— 早期中國的文本與儀式》（《早期中國研究叢書》第四輯）。上海：上海古籍出版社，2015 年。12+200 頁。

尤鋭（Yuri PINES）
耶路撒冷希伯來大學東亞系

金方廷譯，朱銘堅校

書評

　　秦朝（前 221–207）的國祚雖短，但在中國歷史上卻具有極為突出的地位。它不但結束了連綿近五個世紀的列國之爭、統一了「天下」，更重要的是為中華帝國政體打下了堅實的行政、社會、政治和思想基礎，使其得以在隨後兩千年裡稱雄於東亞大陸。尤其是秦王政（前 246 年

即位秦國國君，即後來的秦始皇帝）在前 221 年以「皇帝」名號自居，所開創的帝制成為中華帝國最重要的「政治機關」（political institution）。沒有「皇帝」這個角色，中華帝國根本無法想像。儘管幾千年來秦始皇帝（前 221–210 年在位）一直因殘暴寡恩而受盡世人唾罵，所開創的王朝也在他駕崩後三年黯然結束，但秦朝無疑在中國政治進程上有著極大的影響力。

儘管秦朝在各方面的重要性毋庸置疑，秦朝史研究卻被二十世紀西方漢學界所忽視。卜德（Derk Bodde）影響深遠的 *China's First Unifier: A Study of the Ch'in Dynasty as Seen in the Life of Li Ssu*（中國首位統一者 —— 以李斯生平為觀照的秦朝研究，1938 年），是數十年來唯一一部以英文寫成的秦史專著，再加上其為《劍橋中國史》第一卷（中譯本名為《劍橋中國秦漢史》）所撰寫的秦史一章，基本構成了英語讀者的主要參考讀物。[1] 二十世紀七十年代

1　參見 Derk Bodde, *China's First Unifier: A Study of the Ch'in Dynasty as Seen in the Life of Li Ssu (280?–208 B.C.)* (Leiden: E. J. Brill, 1938)；Bodde, "The State and Empire of Ch'in," in *The Cambridge History of China*, vol. 1, *The Ch'in and Han Empires, 221 B.C.– A.D. 220*, eds. Denis Twitchett and Michael Loewe (Cambridge: Cambridge University Press, 1986), 20–102（中譯本見卜德著，楊品泉譯：〈秦國和秦帝國〉，載崔瑞德、魯惟一編，楊品泉等譯，張書生、楊品泉校：《劍橋中國秦漢史：公元前 221– 公元 220 年》〔北京：中國社會科學出版社，1992 年〕，頁 33–120）。與之相反，不少中國和日本學者作出精深的秦史研究，數量更從上世紀 70 年代開始激增。俄羅斯漢學家對此亦同樣關注，以秘遼拉（Leonard S. Perelomov）為佼佼者，曾發表影響深遠的專著 *Imperiia Tsin'—Pervoe*

與秦朝相關的重大考古發現相繼出現，包括秦始皇兵馬俑及在湖北雲夢睡虎地 11 號墓出土的大量秦代法律和行政文書以及占卜書等，催生出大批重要著作問世，但鮮有學者嘗試對秦代史的基本問題作重新檢視。英語的教科書與學術論著仍然保存了秦朝的殘暴、「法家」、「反儒」和「非古」的形象。這種形象在一定程度至今未變。

　　學者們何以不願重新審視秦代史，背後的主因並不難察覺。長久以來，就秦朝的意識形態、文化認同及其施政是否得當的種種討論，大都圍繞著一部充滿矛盾說法的重要史籍──司馬遷的巨著《史記》展開。尤其是卷六〈秦始皇本紀〉，長久以來一直是中華帝國首個王朝幾乎唯一的史料。司馬遷在敘事方面取得極高文學成就已毋庸贅言，但有關《史記》可靠性的意見分歧極大。有些學者仍慣性地套用司馬遷的觀點，彷彿其觀察就是純粹史實的反映；不過更多學者指出，太史公筆法背後似乎潛藏著個人動機，驅使他蓄意抹黑秦始皇的形象。令人尤其在意的是《史記》對秦始皇的刻劃，跟司馬遷所侍奉並遭其迫害的漢武帝的行事出奇地相似。司馬遷的敘述固然相當精巧，不能簡單地說成是反秦的諷刺書寫，但可以肯定地說太史公筆下一部分敘事過於渲染緣飾，反而使許多學者不敢過

Tsentralizovannoe Gosudarstvo v Kitae (Moscow: Nauka, 1961) 和其他相關論文。

於依賴〈秦始皇本紀〉的記載。[2] 是以英語學界的秦研究顯得滯步不前。

只有放到上述的背景下，我們才能為柯馬丁（Martin Kern）《秦始皇石刻：早期中國的文本與儀式》一書的重要性估價。正如書名所示，本書重點在於對七篇秦始皇刻石（凡秦「碑」均稱「刻石」）的石刻文作細緻的文本分析。這些刻石都是始皇統一天下後，在各地巡遊時下令於名山樹立的。著者通過悉心探索石刻文語言、內容和禮儀語境，很有說服力地提出以下論點：首先，這幾篇石刻文都是真確可靠的秦代史料，不能以為出於太史公杜撰（值得注意的是其中一篇刻文——即嶧山刻文——未見載於《史記》，是出自拓本）。其次，石刻文是秦文化傳統的代

2　卜德（見上注）和後來的學者已反覆論及司馬遷對秦始皇的看法，與《史記》可靠性的問題；這裡列舉一部分優秀之作，從中可見各家的分析和結論大相逕庭：Stephen Durrant, "Ssu-ma Ch'ien's Portrayal of the First Ch'in Emperor," in *Imperial Rulership and Cultural Change in Traditional China*, eds. Frederick P. Brandauer and Chun-chieh Huang (Seattle: University of Washington Press, 1994), 28–50（中譯本見杜潤德著，陳才智譯：〈司馬遷筆下的秦始皇〉，《漢學研究》第六集〔北京：中華書局，2002 年〕，頁 328–348）；Michael J. Puett 普鳴, *The Ambivalence of Creation: Debates Concerning Innovation and Artifice in Early China* (Stanford: Stanford University Press, 2001)，尤其頁 188–191；Hans van Ess 葉翰, "Emperor Wu of the Han and the First August Emperor of Qin in Sima Qian's *Shi ji*," in *The Birth of an Empire: The State of Qin Revisited*, eds. Yuri Pines 尤銳, Gideon Shelach 吉迪, Lothar von Falkenhausen 羅泰, and Robin D.S. Yates 葉山 (Berkeley: University of California Press, 2014), 239–57。

表性文本。第三，它們是獨立和可靠的珍貴史料，有助重構秦帝國的思想、文化等面向。著者透過討論這一組石刻文，對有關秦代文化歸屬性、秦統治者的思想認同和早期中國史學等方面的普遍認識作重新評價。這些分析使本書成為上古中國史其中一部最精湛的研究論著：論證過程一絲不苟之餘，又能提出大膽的詮釋，並為日後的研究開拓了眾多新方向；事實上自本書出版後，採用這種新觀點和思路寫成的論著已相繼出現。

在柯馬丁多方面的貢獻中，以他翻譯的石刻文最為出色，為嚴謹的學術翻譯樹立了新標準。其譯文融會了中日注疏傳統之長，落筆極為矜慎，而且附有中文原文，讀者如對照和思索譯者的遣詞用字，或對個別字詞得出不一樣的詮釋。不過筆者認為柯馬丁異常詳盡的注釋最值得稱道的地方是，非但指出了刻文在不同傳本中的異文，並且將秦始皇石刻文放到戰國至漢初的豐富文本傳統下考察。讀者從這部細緻的論著可以體會到，無論是刻文的語言風格或內容都與先秦晚期的學術環境一脈相承，從而駁斥了所謂秦國乃周朝「文化他者」的普遍看法。

柯馬丁本書的第二項主要貢獻是，否定了一個西方學界長年有關秦國文化歸屬性的偏見。戰國及漢代文獻中有大量貶損秦朝的負面評價，其中以《史記》為甚，將秦朝明確界定為「半蠻夷」政體，目之為身處周文明邊緣的文化外來者。卜德等幾代西方學者一直延續了這種偏見，至今未絕。西方一眾考古學者最早質疑這種錯誤看法，以羅泰（Lothar von Falkenhausen）的論述最為突

出；³ 不過柯馬丁是第一個從秦代文本文化的角度，毫不含糊地破除這個迷思的學者。在第三章裡，著者分析了可以視為秦始皇刻石前身、具有禮儀特色的文本，即春秋中期（公元前七至六世紀）跟秦國君主有關的隨葬青銅器和石磬上的銘文。這類早期金、石銘文充分揭示，秦國統治階層在文化上非常貼近周文化圈；而這種文化認同不僅體現於銘文的文辭，可以與更早的周代金文和《詩經》明確地對應起來，更見於作為銘文載體的青銅器，其形制表現得「相當傳統」，「幾乎都具有復古傾向」（中譯本頁93），可說是追摹周初形制的復古器。柯馬丁的觀察加上羅泰大量的研究，可以視為英語學界重估秦國文化認同進程裡的一大里程碑。⁴

3　羅泰率先就秦國作為周文化圈的一份子展開討論，見 Lothar von Falkenhausen 羅泰, "The Waning of the Bronze Age: Material Culture and Social Developments, 770–481 B.C.," in *The Cambridge History of Ancient China*, eds. Micheal Loewe and Edward L. Shaughnessy (Cambridge: Cambridge University Press, 1999), 452–544。劍橋中國上古史按柯馬丁在撰寫本書時未能參考此書，但融入了羅泰一篇早年研究的部分見解，見氏著："Ahnenkult und Grabkult im Staat Qin: Der Religiöse Hintergrund der Terrakotta-Armee," in *Jenseits der Großen Mauer: Der Erste Kaiser von China und seine Terrakotta-Armee*, eds. Lothar Ledderose and Adele Schlombs (München: Bertelsmann Lexikonverlag, 1990), 35–48。

4　羅泰的其他著作繼續對這一進程推波助瀾，如氏著："Mortuary Behavior in Pre-imperial Qin: A Religious Interpretation," in *Religion and Chinese Society*, vol. 1, *Ancient and Medieval China*, ed. John Lagerway (Hong Kong: Chinese University of Hong Kong Press, 2004), 109–72。另參 Gideon Shelach 吉迪 and Yuri Pines 尤銳, "Power,

　　著者的第三項主要成就是，恰如其分地將秦帝國的
意識形態放回上古思想史脈絡之中。秦朝向來被視為「法
家」、「反儒」和「非古」的政權，著者敢於對此提出質疑，
實在需要不少的學術膽量。首先，著者摒棄了那種將先秦
時期思想體系劃分成一個個敵對流派（如儒家、法家、道
家等）的後設觀點（儘管至今仍非常流行），證明許多關
於治國之道、社會和政治制度、「因時而變」、孝道重要
性等核心思想為大量先秦文獻所共有，而這些看法都充份
見於秦刻石。無論從內容或詞彙來看，我們都無法逕直將
石刻文與某一假定存在的諸子流派掛鈎。[5] 其次，柯馬丁反
駁了董仲舒等思想家和東漢儒者所不遺餘力鼓吹的一種說
法，即應將秦朝視作中國史上的文化或意識形態異數（所

Identity and Ideology: Reflections on the Formation of the State of Qin
(770–221 B.C.)," in *An Archaeology of Asia*, ed. Miriam Stark (Oxford:
Blackwell Publishers, 2005), 202–30，以及收入尤銳等主編 *The Birth
of an Empire* 內的論文。

[5]　20 世紀中國學術史研究基本為「百家爭鳴」的「敵對流派」說
　　主導，但後出的研究已對這種研究範式的不足大加置疑，尤
　　其見 Mark Csikszentmihalyi 齊思敏 and Michael Nylan 戴梅可,
　　"Constructing Lineages and Inventing Traditions through Exemplary
　　Figures in Early China," *T'oung Pao* 89.1–3 (2003): 59–99；另見 Yuri
　　Pines 尤銳, *Envisioning Eternal Empire: Chinese Political Thought of
　　the Warring States Era* (Honolulu: University of Hawai'i Press, 2009),
　　4–5ff。

謂「閏朝」）。[6] 著者有力地證明這個論述可以全盤推翻：石刻文完全繼承並創造性地挪用了此前周朝和秦國思想傳統，甚至對漢代郊廟祭歌等漢初禮文有著直接的影響。柯馬丁可說完全恢復了秦朝在中國歷史和思想長河裡的地位，毫不含糊地反駁視秦朝為「閏朝」或「斷裂」的看法。

著者在第五章裡探討了一件歷史大事，即秦始皇三十四年（前 213）下令禁止「私學」，也就是臭名昭著的「焚書」事件。這起事件經常被用來證明秦朝的法家獨裁專政。從西漢後半期起，歷代儒者及近代學者都不加別擇地視為迫害儒生的鐵證。與此不同，著者嘗試證明此舉本質上更接近於學問傳授的「國有化」：打壓民間私學勢力的同時，鞏固朝中博士的權力。值得注意的是，博士大都可以歸入「儒者」一類，而這批侍奉朝廷的儒者在秦代由始至終擁有極大影響力，從刻石文字的高古典雅便可見一斑。他們也很可能積極參與了「經典」的編纂甚至創作，最著名的例子莫過於《尚書‧堯典》裡竄入了〈舜典〉，假託傳說中聖王舜的故事，證明天子巡幸的新近傳統古已有之。此外，著者敏銳地察覺到秦朝抑制私學，實與漢武帝建元五年（前 136）下詔「罷黜百家」根本上並

6　董仲舒提議黜秦於正統朝代之外，故其構建的歷史循環論中沒有秦的位置，參見 Gary Arbuckle, "Inevitable Treason: Dong Zhongshu's Theory of Historical Cycles and Early Attempts to Invalidate the Han Mandate," *Journal of the American Oriental Society* 115.4 (1995): 585–97。董仲舒的黜秦說在西漢後期尤為盛行，在中國帝制時期始終具影響力，提出「以秦為閏位」的代有其人，詳見饒宗頤：《中國史學上之正統論》（上海：上海遠東出版社，1996 年）。

無二致，後者卻因「獨尊儒術」而贏得千秋美名。事實上所謂「法家」的秦與所謂「儒家」的漢，兩者之間後先相承的接續關係遠比後世史家（包括二十世紀大多數歷史教材的編撰者）所願意承認的來得密切。

　　本文想提出《秦始皇石刻》最後一項貢獻在於史學史方面。筆者所指的並非是著者在第 5–1 章中對漢代史學的泛論，而是說他真正取得的突破：斷定《史記》中至少一部分敘述絕對可靠無疑。儘管《史記》引及的秦始皇及其臣下代筆的詔令，經常被人懷疑曾遭司馬遷（或褚少孫等人）修改潤飾，但石刻文完全不存在這類懷疑，正好用來核實〈秦始皇本紀〉其他部分的真偽。至少我們可以假設，但凡與刻文所反映的秦帝國思想大體面貌相符的，相關記載都可被視為可靠的秦史史料。能夠在篇幅甚長而又疑竇重重的歷史敘述中辨別出可靠的部分，誠為解決古代中國史學問題的絕妙法門。今後學者動手鑽研上古歷史要籍時，都應當首先分辨出敘述中哪些部分未被後世史家大幅篡改。

　　柯馬丁的論述儘管如此精采絕倫，自然也有需要修正或微調的地方。譬如說，他對於儒生和秦廷關係的描寫間或有美化之嫌，畢竟禁止私學對大批（或許絕大多數）儒生造成沉重打擊，甚至一部分朝中博士亦身受其害。因此前 209 年秦末民變爆發時，好幾位海內宿儒都決定投靠農民起義軍領袖陳涉，其中包括孔子八世孫、「卒與涉俱死」的孔鮒（字甲），[7] 這些歷史細節都不容忽視。就秦代

7　司馬遷撰，裴駰集解，司馬貞索隱，張守節正義：《史記》（北京：中華書局，1997 年），卷一二一，頁 3116。

青銅器和秦始皇刻石兩種銘文之間呈現的整體思想延續性
而言，相關論述亦有必要略作調整。特別值得注意的是
「天命」這個概念完全絕跡於秦帝國的宣傳文告：在此前
秦國金、石銘文裡「天命」往往處於重要地位，但在秦始
皇刻石中卻不然，而且始皇帝的眾多稱號裡唯獨缺了「天
子」，尤其礙眼。[8] 另一個筆者不敢苟同的地方是，著者相
信「因時而變」是先秦和秦漢時期所有主要思想家共同擁
護的觀念。我們一旦深入考察便會發現，同樣抱持「因時
而變」的觀點，大多數人只認為對現有制度作輕微修正及
改動即可，但少數如商鞅、韓非子等所謂的「法家」則提
出了近乎歷史進化觀的看法，主張有必要對社會政治結構
和基本制度安排方面進行徹底改革。在這個關節點上，雙

8　我曾撰文嘗試解答秦始皇何以弔詭地與「天」劃清界線，見 Yuri
　　Pines, "Imagining the Empire? Concepts of 'Primeval Unity' in Pre-
　　Imperial Historiographic Tradition," in *Conceiving the Empire: China
　　and Rome Compared*, eds. Fritz–Heiner Mutschler and Achim Mittag
　　(Oxford: Oxford University Press, 2008), 67–90（中譯本見尤銳著，
　　張雪婷、鄧益明譯：〈帝國的設想？──先秦史學傳統中「原始統
　　一」的概念〉，收入朱淵清、汪濤主編：《文本・圖像・記憶》〔上
　　海：華東師範大學出版社，2015 年〕，頁 87–107）；及 Pines, "The
　　Messianic Emperor: A New Look at Qin's Place in China's History," in
　　The Birth of an Empire, 258–79（中譯本見尤銳：〈有「救世主」特
　　色的秦始皇──兼論秦朝在中國歷史上的地位〉，收入葛荃主編：
　　《反思中的思想世界──劉澤華先生八秩華誕紀念文集》〔天津：
　　天津人民出版社，2014 年〕，頁 167–184）。需要注意的是，撇開
　　柯馬丁特別注重接續關係一點不談，他確實將金、石銘文嚴格區分
　　出來，因刻石的對象並非祖宗神靈，而是用來歌頌秦朝統一天下，
　　青銅器的作用則截然不同。

方的觀點截然不同。正如我在別處論及，秦始皇採納了後一種少數派觀點，使秦朝大異於後來的帝制政權。[9]

著者如此尺幅千里的豐富討論，勢必留下不少未能解答的疑問，其中有些問題更可能沒有答案。其中一個最有意思的問題是，石刻文在納入司馬遷的敘述前是以甚麼方式流傳？秦朝官員會否把刻文抄寫在竹帛等易損壞的材質，然後散發給普羅大眾？從秦權、秦量大都載有自我誇耀的詔文可見，秦朝政權極其重視政治宣傳，因此大有可能將刻石文字書於竹帛。[10] 這樣的話，王充所說「觀讀」刻石便不難理解了。[11] 假如這個推斷正確，便有助闡明秦朝滅六國後如何大力向被征服者進行政治宣傳，而這正是陳力強（Charles Sanft）新著的研究主題（見注 10）。

《秦始皇石刻》還帶出了許多別的問題，為今後更深

9　Yuri Pines, "From Historical Evolution to the End of History: Past, Present and Future from Shang Yang to the First Emperor," *Dao Companion to the Philosophy of Han Fei*, ed. Paul R. Goldin (Dordrecht: Springer, 2013), 25–45; Pines, "The Messianic Emperor," 258–79.

10　朝廷按照度量衡新制鑄造了一系列秦權和秦量，器上均刻有秦始皇詔文，開首云：「廿六年皇帝盡並兼天下諸侯，黔首大安」，見王輝、程學華：《秦文字集證》（臺北：藝文印書館，1999 年）。陳力強曾對這類詔版的內容，及其對秦朝向下層民眾進行政治宣傳時所起的作用有精采分析，見 Charles Sanft 陳力強, *Communication and Cooperation in Early Imperial China: Publicizing the Qin Dynasty*（早期帝制中國的溝通與協作 ── 秦王朝的宣傳工程）(Albany, N.Y.: State University of New York Press, 2014), 57–76。

11　黃暉：《論衡校釋》（北京：中華書局，1995 年），卷二十〈須頌篇〉，頁 855。柯馬丁於第五章第一節引及此文，見中譯本頁 149。

入的研究和嶄新的研究起點奠定了基礎。著者富有遠見地在〈導言〉中寫道：

> 本研究的結論 …… 毋寧說只是一個開始 …… 觸發了我們對早期帝國時期解讀中的諸多問題，需要的不是一個章節，而是系列的專題論文對之作出審慎研究。（中譯本頁 8）

事後證明這一看法異常正確。本書確實極具影響力，筆者個人的體會尤深。柯馬丁融會古文字材料和傳世文獻的功力深湛，加上敢於重新評價秦朝在中國歷史的地位，激發我去仔細審視秦國發展軌跡、秦文字、秦帝國意識形態、與秦代相關的史學材料，以及本書粗略提出的其他問題。更廣泛而言，眼下秦研究已成為西方漢學的一門顯學，筆者相信《秦始皇石刻》一書對其整體復興起了相當大的作用。[12] 這本精湛論著定必對此一領域有深遠影響，著者大可引以為榮。

---

12 筆者的秦研究論著，參見注 5、8 和 9，另見 Pines, "The Question of Interpretation: Qin History in Light of New Epigraphic Sources," *Early China* 29 (2004): 1–44；Pines, "Biases and Their Sources: Qin History in the *Shiji*," *Oriens Extremus* 45 (2005–2006): 10 34。其他明顯受柯馬丁啟發的秦研究主要著作，見陳力強的《早期帝制中國的溝通與協作》及其早年論文，如 "Progress and Publicity in Early China: Qin Shihuang, Ritual, and Common Knowledge," *Journal of Ritual Studies* 22.1 (2008): 21–43。此外還有尤銳等主編 *The Birth of an Empire* 所收的文章。

饒宗頤國學院院刊　增刊
2018 年 9 月
頁 277–288

評譚凱《中古中國門閥大族的消亡》

Tackett, Nicolas. *The Destruction of the Medieval Chinese Aristocracy*. Cambridge, Mass.: Harvard University Asia Center, 2014. Pp. xiv+281.

〔中譯本〕譚凱著，胡耀飛、謝宇榮譯，孫英剛校，北京：社會科學文獻出版社，2017 年 4 月。324 頁。

余泰明（Thomas J. MAZANEC）
加州大學聖塔芭芭拉分校東亞語言文化研究系

張羽軍譯，談仁校

書評

　　譚凱（Nicolas Tackett）的著作立論嚴密，重新思索中國中古時期的「門閥大族」如何適應九世紀的嶄新政治格局，而又何以到宋朝時悉數湮滅。其論述立足於數以千計的墓誌銘和傳世文獻，整理出逾 32,000 位古人的生平資料，並運用最新的數據手段進行系統分析。眼前的成果是就中國中古史爭論不休的話題 —— 唐宋遞嬗的本質與起因，提出令人耳目一新的原創說法。

　　著者開宗明義並反覆申論的核心論題是：唐朝士族精英並未像以往學界所普遍認為，隨著八世紀中葉的安史

之亂而權力盡喪，士族的消失反而源於唐僖宗廣明、中和年間（880–885 年）黃巢之亂席捲洛陽、長安之間的「兩京走廊」地帶，為李唐治下的大部分地區帶來數十年混亂與破壞，多數門閥貴冑都在這段期間身死命喪。當時士族大多聚居於京畿一帶，權力主要來自複雜的人脈關係網絡，讓他們得以操控或規避科舉考試。因此九世紀末黃巢和其他軍閥釀成的大規模屠殺，對舊有門閥制度造成致命打擊。

　　著者以墓誌銘作為主要史料，在序言中詳細周全地概述了這種文獻的性質與功用，對墓誌銘作了基本的假設並加以申論：一、樹碑立銘是財富的象徵；二、出土碑銘展現了富人階層的一個隨機抽樣；三、墓誌銘蘊含大致可靠和準確的資料。第四點則在首章提出並申論 —— 碑銘通常在死者家族的聚居地附近發現。著者的議論完全建基於以上四項假說。第一和第四點論據著實合理而具說服力，從大量筆記軼聞可見當時製作碑銘花費甚巨。中古時期人們相信亡靈渴望葬於宗族附近，因此家族成員共同葬在祖墳。倘若宗族支裔需要遷移墓地，便往往需要耗費巨資進行遷葬儀式。相對而言，第二、三點假說未能作出充分論證，詳見下文的論述。

　　第一章定義了何為士族精英。傳統上，士族的範圍通常限制在幾個門閥大族之內，而這些「右姓」的稱呼通常是在姓氏前加上古代的郡縣籍貫（如「博陵崔」）。然而，族姓並非像我們所想的那麼有用：士族精英及其大家族的繁衍速度驚人，到了九世紀許多人都可名正言順稱自己歸屬於某一大姓，所以「右姓」的顯赫地位不及從前。因此

之故，最近幾代的親屬關係更為重要：是否有家族成員數代為官、本人與某位朝廷大臣或權貴是否有關聯。論點二及三皆源於墓誌銘：碑文中大都稱傳主出身自某個名門望族，但只有少數人能明正言順地標榜自己出自該「右姓」裡的簪纓門第。第一章也證明在九世紀只有少數士族在祖籍保留田地，大部分皆葬於兩京附近。

第二章展示晚唐政治精英絕大多數居住於兩京及中間的走廊地帶。例如，第 85 頁（頁碼為英文原著，下同）的圖表顯示 82% 在洛陽和 72% 在長安出土的碑銘，傳主都屬於簪纓世族（近親中至少三代人侍奉朝廷），反觀長江下游、昭義和浙江北部，分別只有13%、11% 和 10%的傳主家裡世代為官。此外，85% 的洛陽和94% 的長安士族曾任職於國家機關，而長江下游、河北和其他地區身居要津的士族分別只有 50%、11% 和 12%（頁 86）。著者也成功解釋了有違這一趨勢者的下場。我們知道安史之亂期間大量士族成員逃出兩京地區，到八世紀末又開始重返故土。那些最終在九世紀遷回原籍的門閥子弟，無可避免地失去絕大部分國家層面的權力，畢竟離開國都標誌著社會地位下滑。一般而言，真正手握實權的國家與地方官員無不在京城維持強大的家族人脈。唯一主要的例外是東北地方，因為當時河北藩鎮只在名義上受唐朝中央政府控制，九世紀時只有極少兩京士族成員遠赴東北效力。

第二章論地理與權力的密切關係，第三章則論親屬關係的重要性。著者從大量墓誌銘和《新唐書》中的譜牒蒐集資料，鈎沉出唐人的「父子鏈」（patriline），即「根據文獻記載的父子關係而重構的血親」（頁 108）。著者製作

出一系列關係網絡，展現各個宗族之間的聯姻（頁 123、126），從而歸納出兩大「集團」（clique）。第一個族群以洛陽為大本營，成員來自多個顯要的文官望族。第二個族群立足於長安，由皇室貴冑、軍官世家和東北士族構成。著者提出兩個地方集團的新穎說法有充分論據支持，但試圖將之進一步定位在長安某個地區，則略嫌說服力不足。然而瑕不掩瑜，這點小毛病決不影響著者論證兩個集團的存在。

著者勾勒出的姻親關係網絡，其成員主要通過兩種方式行使其社會資本。首先，他們利用蔭襲特權，即高層官員可以選定兒孫蔭襲官爵，從而凌駕於科舉考試制度。第二，他們更易得到名公巨卿的贊助和舉薦，在科舉考試中有更大勝算。在九世紀，79% 執政大臣、85% 主考官和89% 吏部尚書都與京城精英有姻親關係（頁 134），因此接上這個關係網的考生已贏在起跑線。再者，中舉只是獲得官職的第一步：要取得實際任命更須仰仗與當朝官員的人脈關係。著者用大量筆墨論證這點，因為以往的研究著作一般認為安史之亂後重建的考試制度，損害了京城舊有士族的勢力，讓地方精英掌握更大實權。儘管某些外省的穎異之士仍能出人頭地，但著者用史料證明考場和官場都被一小撮京城精英把持。足見保守勢力在新的制度下遊刃有餘，那麼他們衰落的原因還需另尋。

第四章通過仔細考察兩京地區以外的情況，為京城精英掌握政治大權提供進一步的證據。儘管安史之亂期間中央政府深受重創，但朝廷迅速振作並展開「重新集權」的過程，到 820 年間已基本完成。除東北面的河北鞭長莫及

外，朝廷對其餘省份都作嚴格管控，委派京城精英出任地
方文官要職（見頁 162–166 圖表）。這些刺使大都能有效
維持和平局面，在自治的河北藩鎮以外，這一期間全國少
有叛亂。更令人驚訝的是，儘管地方士族把持外省軍隊，
中央政府仍能對全國維持有效統治。著者坦言未能就此提
出合理的解釋，在描述中央朝廷如何管控地方軍事勢力時
只說原因「不明」（頁 185），「超出本研究的範疇」（頁
182）。著者隨後提出，中央的寡頭政治與地方士族精英
的關係可想像為殖民統治模式：京城官僚會暫時出任地方
大員，數年後再次調回國都。

　　第五章描述了黃巢之亂的慘烈與混亂，處理方式與前
幾章截然不同。這裡，著者並未利用墓誌材料整理出統計
數字與地圖，改為從《資治通鑑》與正史中提煉梗概，並
以同時期的詩歌補足動人細節，其中最主要用到的文學作
品是韋莊（847–910）的長篇敘事詩〈秦婦吟〉。這種研
究方法的突變是由於 880 年間墓誌篇數銳減：長安與洛陽
出土的碑銘中，作於 860–869 年間的有 195 方，870–879
年有 147 方，及至 880–889 年卻僅有 9 方（頁 225）。在
論述至為關鍵的節點上，著者主要的材料偏偏無以為繼。
他巧妙地解釋為黃巢之亂引發大規模禍亂、經濟崩潰和兩
京逃難潮，使墓誌銘製作變得難以負擔和不合時宜。然
而，跟前面建基於大量證據、悉心篩選材料的精密論證相
比，這個沒有太多文獻支持的說法難免顯得蒼白無力。進
一步來說，著者對黃巢之亂後中國的混亂局面有生動而引
人入勝的描寫，但與餘下章節相比卻不免流於印象式書
寫。諷刺的是，著者在前數章愈是成功說服我們墓誌銘與

精密的數位資料分析是何等重要，在第五章倚重正史和文學資料便愈顯得說服力不足。

無論如何，傳統記載已證明黃巢之亂造成的破壞遠遠大於安史之亂。譚凱認為，黃巢軍在洗劫洛陽、攻陷長安時殺戮京城精英的大部分成員，徹底摧毀了至為重要的士族親屬網絡。倖存的京城精英被褫奪了高官厚祿，雖然一部分人在五代時期重新當官，但已無法如昔日般牢牢掌控大量財富、權力和威權。他們留下來的權力真空最終為地方士族所填補，並扶搖直上為割據一方的軍閥。當中最重要的地方士族是趙氏，最初在獨立自治的河北發跡，並最終於 960 年建立宋朝。

除了實體書，著者亦請讀者參閱相關的線上數據庫，網址為 http://ntackett.com。數據庫裡包含了幾乎所有他使用的數據資料，並提供不少額外圖表。此舉印證了學術為天下公器之重要——科學界將研究材料開誠布公是慣常做法，但漢學和其他人文領域尚未能趕上，因此我們漢學界應對這種做法大加首肯。稍為不便的地方是，數據庫和附隨的圖表均用 .mdb 檔案格式儲存，只能由微軟 Access 軟件打開。儘管 Access 是微軟視窗版 Office 套裝的標準配置，但對於蘋果電腦用家來說根本無法存取數據庫內的圖表。儘管筆者購買了 .mdb 檔案閱讀器，但只能匯出數據，而不能將圖表或查詢匯出，因此不得不借用同事的個人電腦開啟。著者如能將附加圖表轉換為 .xls（Excel）或 .pdf（Acrobat）格式並分列於網站上，問題將迎刃而解。退而求其次，出版社可以把圖表放在書後的附錄以供參考。

　　儘管本書偏好援引統計數字、地圖和實證數據作證，但讀起來時一點也不枯燥乏味。譚凱文筆簡潔暢達，又不流於隔靴搔癢，或拒人於千里之外。即使對定量研究最望而生厭的讀者，書中提供的大量歷史趣聞亦會教他們拍案叫絕。例如在第三章，著者指出太監的墓誌如何縷述自己的妻子與義子，「仿照文官墓誌的成例依樣葫蘆」（頁120）。讀者亦從而得知，主考官高鍇之子高澣儘管人脈夠硬，但仍然連番落第，時人因而戲謔之曰：「一百二十個蜣蜋，推一個屎塊不上」。（頁139）至如刻劃黃巢之亂期間發生的暴行，更是驚心動魄：據〈秦婦吟〉所詠，黃巢占據長安時「家家流血如泉沸，處處冤聲聲動地」；黃巢歿後，繼起的秦宗權更為殘暴不仁，據《舊唐書》本傳記載秦軍相傳「啖人為儲，軍士四出，則鹽屍而從」（頁208），令人髮指。

　　這些軼聞雖然為本書生色不少，但重點仍落在數據身上。《中古中國門閥大族的消亡》的寫作適逢其時，正好在此類研究的黃金時期誕生。我們生活裡事無大小都經過數位化，有關人類習慣的數據庫愈弄愈大；為了分析這些資料，矽谷已研發出非常精密的演算法。群體傳記學（Prosopography）再一次迎來全盛時期：高質量的漢學數位資源遍地開花，研究者倘若有足夠的科技知識，大可以引入社交媒體和供應鏈分析來研究帝制時期中國。只靠書籍做研究的語文學家與歷史學家，以往可能要花費數周時間查閱詞典、索引和叢書方能找到心目中的材料，如今只需輕敲鍵盤，幾秒鐘內資料便唾手可得。社會科學家與數位人文學者能夠研究的範圍遠超從前，並可借助如同現今

學生本能一樣的「數位視覺語言」展現成果。像譚凱這樣對電腦編程和傳統文本分析兼擅的學者，勢必做出非凡的成就。

但也正因如此，學者必須慎思明辨地使用數位工具。這本論著固然令人信服且引人入勝，但筆者認為不足的地方是缺乏嚴密的理論框架。誠然，著者用大量篇幅說明自己運用的方法，並公開自己所用的材料，但對諸如「實證」、「群體傳記學」、「地圖」（或「繪製」）、「網絡」與「殖民」等核心概念則欠缺解說，彷彿這些概念都是不證自明。他除了在序言裡一筆帶過「早期狂妄的定量研究慘淡收場」，承認使用相關分析技術時必須「慎之又慎」（頁11），便不再討論潛在的理論問題。筆者不是意在全盤否定定量與實證研究，或貶低譚凱的學術成果，只想強調質疑基本的、潛在的概念，跟提出別人可師法的方法論與公開使用的資料庫同樣重要。

這裡可以用「網絡」（network）一詞做例子。「網絡」已迅速成為社會科學與人文學科裡最廣為人用的隱喻。[1] 在二十一世紀，形形色色的網絡無處不在（如社交網站、萬維網、電力網、商業配送網等），我們很自然認為地將網

1　2014 年新出版的一部漢學論著和一篇論文尤其突出「網絡」的重要性，分別見 K.E. Brashier 白瑞旭, *Public Memory in Early China* (早期中國的公共記憶) (Cambridge, Mass.: Harvard University Asia Center, 2014)，以及 Jack W. Chen 陳威, Zoe Borovsky, Yoh Kawano and Ryan Chen, "The *Shishuo Xinyu* as Data Visualization"《世說新語》與數據可視化), *Early Medieval China* 20 (2014): 23–59。

絡視為中立和亙古通今的概念。因此我們不期然地假設，任何一組多極關係都可以用這個詞及其連帶意思曲盡其妙。然而捨棄具客觀分析性的修辭不用，而將多極關係看成「網絡」又有何益？為甚麼不用「網」（web）這個更「有機」的字眼或聽起來更開放的「群體」（community），甚或本雅明提出的「星叢」（constellation）關係？「網絡」這個喻象在今人看來或許再自然不過，但對唐朝人而言絕非如此：筆者能夠想到九世紀時最貼近「網絡」意思的就只有華嚴宗的「因陀羅之網」（Indra's Net）。外來的分析性概念固然可用作理解歷史的利器，但這一切分析性概念應首先明確界定其外來源頭，然後再作申論。

我們必須牢記，「網絡」這個概念自有其來龍去脈。[2] 譚凱在序言與第三章的論述本來大可借助近年來關係網研究的理論化，其中最主要的學說是布魯諾·拉圖（Bruno Latour）提出的「行動者網絡理論」（Actor-Network

書評

---

2 英語中的 "network" 最初為外來詞，是希伯來文 *ma ʿăśeh rešet* 的直譯，首見於 1530 年丁道爾譯本〈出埃及記〉第 38 章 4 節，原指摩西祭壇某一部分的網狀結構。直至十九世紀晚期，這個詞才有了當前流行的社會意味，首次見於英國軍官戈登（Charles George Gordon, 1833–1885，外號「中國的戈登」）的傳記。社交網絡方面的實證研究，以 1933 年心理學家莫雷諾（Jacob Levy Moreno）的「社網圖」（sociogram）為發端。參見《牛津英語詞典》（*Oxford English Dictionary*）的名詞詞條 "network"；Jacob L. Moreno, *Who Shall Survive?* (Beacon, N.Y.: Beacon House, 1934)，以及 M.E.J. Newman, *Networks: An Introduction* (Oxford: Oxford University Press, 2010), 40–42。

Theory）。[3] 行動者網絡理論強調社會群體是在不斷形成和重組，或許能借來對姻親關係網絡與晚唐科舉制度作出更具體入微的分析。如果某位叔伯利用職權幫助子姪通過考試或補上職缺，便同時「踐行」（perform）了士族中的親屬身分與成員身分。再者在某些情況下，晚唐士族可能需要協調他們的人脈，在複雜的黨爭中投靠某一面，或不斷變換立場以期鞏固血緣關係的地位。這個理論的另一關注點是非人類行動者的作用，有助我們著眼於用以構建父子鏈網絡的墓誌銘的物質性。誠然，不惜工本、勞師動眾地將親屬名單刻於碑石，然後將墓碑安置在同類墓碑群之中，這個行徑本身就非常有意為之，讓後世子孫能拿起碑文細閱，拿來跟其他相關碑文印證。不過，身為士族精英的作銘者雖有這樣的意圖，但最終是否如願端賴其他行動者的作用，包括書手和撰碑者、碑銘本身、當代的發現，以及將墓誌發表的學刊與資料庫。

讓我們再次回到本書的四項基本假設：一、樹碑立銘是財富的象徵；二、出土碑銘展現了富人階層的一個隨機抽樣；三、墓誌銘蘊含大致可靠和準確的資料；四、碑銘通常在死者家族的聚居地附近發現。假如我們認同行動者網絡理論的觀點，即真正構成士族精英關係網絡的是碑銘的物質性，我們便可看出這些前設有多重要。如上所示，著者巧妙地論證了第一、四個假說；但第二個假說既不能

3 　筆者對「行動者網絡理論」的理解主要以拉圖這本著作為依歸：Bruno Latour, *Reassembling the Social: An Introduction to Actor-Network-Theory* (Oxford: Oxford University Press, 2005)。

證成，亦無法推翻，只能姑妄信之。我們不能排除這樣的可能性：不同的社會群體（不論是地方文化或宗族不同）的喪葬習俗有異，因此有些群體留下的物質證據較能經久不壞。即使某一郡望的士族或某一大姓的支裔習慣在奇珍異木上書寫墓誌，如今我們已不得而知。再者，眾所周知近二十年來的考古的發現，大多是當代社會大興土木所促成。建築商為興建購物中心挖掘地基，隨時可能挖出中古墓塚。這意味著城區更容易有考古發現，而在偏遠地區的家族墓地則可能深藏了不少未曾公布的碑銘，因此譚凱也無法加以著錄和利用。至於第三點（墓誌的資料準確），著者若能對碑誌這個文學傳統作更深入的分析，立論將更具信服力。究竟讀者預期與儀式習俗如何影響墓誌該包含哪些信息？駢文的使用又是否造成言過其實的傾向？著者提出大多數墓誌都沒有捏造近幾代的家世，不過出於對死者的尊敬或會誇大其辭。幸而一小撮學者正著手研究墓誌的文風與修辭，不久將來便可對譚凱所用的文獻材料作更好的脈絡化。[4]

　　撇開微枝末節，筆者認為譚凱所言不差。他提出壓倒

4　2014 年 2 月，羅格斯大學（Rutgers University）舉行了「勒石樹碑：中國中古晚期的記憶買賣」（Commemoration by Commission: Buying and Selling Memory in Late Medieval China）工作坊，劉昭慧（Chao-Hui Jenny Liu）、朱雋琪（Jessey Choo）、戴高翔（Timothy Davis）、Alexei Ditter 四位學者就唐朝墓誌的文學和宗教價值作了精采報告。2015 年 5 月召開了後續的「墓誌銘學」（Entombed Epigraphy）研討會，由朱雋琪、Alexei Ditter 和陸揚（Yang Lu）共同籌劃。

性的證據，有力論證了黃巢之亂的重要性，推翻了安史之亂為中國中古史轉捩點的傳統說法。譚凱為唐宋遞嬗的第一階段作出了極其大膽創新的闡釋，並承諾在下一部論著裡探討五代十國與宋初的文化大轉移。著者對出土材料與數位分析（儘管稍欠理論深度）的運用有如老吏斷獄，令人折服，凡是研究進路相近的社會科學家與數位人文學者都可師法。《中古中國門閥大族的消亡》是一座豐碑，深刻地描繪出中古士族的黃昏，今後數十年必將為學界大量引用和爭論。

饒宗頤國學院院刊　增刊
2018 年 9 月
頁 289–291

評田曉菲《神遊 —— 早期中古時代與十九世紀中國的行旅寫作》

Tian Xiaofei. *Visionary Journeys: Travel Writings from Early Medieval and Nineteenth-Century China*. Cambridge, Mass.: Harvard University Asia Center, 2011. Pp. xii+381.

〔中文版〕田曉菲著，北京：三聯書店，2015 年 10 月。2+288 頁。

陳漢文
香港浸會大學中文系

張羽軍譯，陳竹茗校

書評

　　近年來，一系列論述中國旅遊文學的英文專著不斷問世，但大都以某一時代或某一詩人為限。田曉菲的《神遊》是此類學術成果的最新力作，考察了中國旅遊文學中視覺感受的作用。田曉菲的探討仔細深刻，主要關注兩個時期：早期中古時期（即南北朝時期，317–589 年）與近代中國（十九世紀）。鑑於兩個時期相距超過一千年，在長篇著作中將兩者加以比較，這種處理非常特別。作者強

調，這兩個特定時期的文人「進行過如此大規模的翻譯工程，吸收了如此豐富的外來文化，而且目睹了如此全方位的文化巨變」（中文版頁 2），故值得研究。她辨別了各種觀看世界的模式，而這些模式「在早期中古時代開始建立，到十九世紀，又以新的變形再次出現」（頁 7）。田曉菲的論著分為兩部分，第一部分包括三個章節，探索南北朝時期著作中一系列有關「觀看、觀照和想像」的問題；第二部分為兩章，「重點探討十九世紀對世界的重新諦視」（頁 7–8）。

首章專論東晉士族精英如何看待「想」（visualization，即視覺化）這個概念，及其與「思」（thought）與「觀」（clear observation）的關係。田曉菲援引佛教文獻，展示佛教如何影響中國人的認知方式，並讓人們透過視覺化和想像力洞見山水的真貌。第二章探討旅遊文學中各式各樣的旅行，而這些旅程都可以通過視覺化而神遊一番。作者指出在法顯（約 340–421 年）的西行見聞記，與五世紀描繪地獄之旅的短篇志怪小說中，「地獄／天堂」的結構與「思歸」題材尤為重要。第三章集中討論「煉獄詩人」謝靈運，之所以這樣稱呼他，是因為從其旅遊作品可看出詩人困處於現世與來世之間。作者口中的來世，「或是樂園淨土，或是充滿恐怖與危難的世界」（頁 135），而詩人謝靈運始終滿懷希望，要逃離煉獄的困境。

第四章最具原創性，探討了中國人出使歐美的遊記，考察他們看待異域的新方式。作者首先展示清朝學者在接觸非我族類的他者時，如何書寫他們的「異化」體驗。通過援引張祖翼（1849–1917）、王韜（1828–1897）以及

張德彝（1847–1918）的遊記，本章探討了與「觀看」相關的諸多新難題：如在倫敦公然展出的裸體畫、性別錯亂（gender confusion），以及美國婦女與男性友人結伴旅行之自由。作者指出這些例子在一定程度上顯示當時的人的文化誤解，和對陌生人事的負面態度。在最後一章，作者為十九世紀的古典詩辯護，主張「傳統詩歌語言足以表達個情感經驗」（頁 210）。她以王韜的紀遊詩為例，分析詩人如何運用中國典故來再現蘇格蘭之行耳目一新的經歷。

　　田曉菲對南北朝時期和近代中國旅遊文學的詮釋實在精彩。不過筆者想補充一點，即第一章有關「視覺化與想像力」的討論也應當把「神遊」（spiritual journey）這個概念考慮在內。這一方面近年有兩部重要著作可參考：龔鵬程的《遊的精神文化史論》（石家莊：河北教育出版社，2001 年）與郭少棠的《旅遊：跨文化想像》（北京：北京大學出版社，2005 年）。田曉菲對謝靈運山水詩的解讀頗有新意，提出詩人總是將自己置於歸隱與官場晉升的中間狀態。筆者則認為，或可把謝詩放在中國旅行敍述的宏大背景下考察，而這種旅行敍述可分為三種傳統類型，即：為自由而旅行（如《莊子》）、為自我提升而旅行（如屈賦）和為實踐抱負而旅行（如儒家）。

　　本書提供了大量不同文類（詩、散文、佛經、遊記等等）的文本細讀，其中附錄一尤其令人讚嘆，收入謝靈運長篇《撰征賦》的全文英譯。譯文曲盡其妙，並附以詳細注釋，大大幫助讀者對謝靈運在波譎雲詭的義熙十一、十二年（416–417）的處境有更深入認識。有興趣瞭解中國旅行文學的讀者，肯定樂意閱讀田曉菲的新著。

饒宗頤國學院院刊　增刊
2018 年 9 月
頁 293–301

評施吉瑞《詩人鄭珍與中國現代性的崛起》

Schmidt, J.D.. *The Poet Zheng Zhen (1806–1864) and the Rise of Chinese Modernity*. Leiden: Brill, 2013. Pp. xxviii+720.

〔中譯本〕施吉瑞著，王立譯，鄭州：河南大學出版社，2017 年 6 月。560 頁。

魏寧（Nicholas M. WILLIAMS）
香港大學中文學院

孟飛譯

書評

　　在這部煌煌巨著裡，施吉瑞（Jerry Dean Schmidt）再一次對古代中國重要詩人作出全面綜合研究。此前他對范成大（1126–1193）、楊萬里（1127–1206）、袁枚（1716–1798）和黃遵憲（1848–1905）皆有專論，這次的研究對象則為鄭珍（1806–1864）。本書體現著者功力之深厚，不單跟前作一樣令人佩服，更是作者迄今為止最具野心的一部論著 —— 發掘一位幾乎湮沒於文學史的詩人，將他重新歸入中國大作家之列。施吉瑞以文學史家的高度翔實地展示了鄭珍的生平和詩作，即使某些微枝末節

容有爭議，但任何對中國文學感興趣的人都得承認他提出的證據充份而有力。

　　幸虧有荷蘭老牌學術出版社 Brill（博睿）本書才得以出版，他們近年來尤其不遺餘力支持西方漢學。著者在前言（頁 xviii；頁碼為英文原著，下同）提到出版過程中遭遇的諸多困難。這種以「中國重要詩人生平及其時代」為題材的類型寫作，曾經在韋利（Arthur Waley）筆下取得非凡成功，贏得世界各地讀者的好評，但時至今日似乎難以為繼。而施吉瑞幾乎以一己之力復興了這個文學類型，不僅生動還原了鄭珍的歷史形象，同時預留大量篇幅翻譯和闡釋鄭珍的詩作。Brill 能夠出版這樣一部翔實的研究確實令人稱道，惟一的遺憾是施吉瑞的成果未能以價格相宜的形式推而廣之。要是哪家有魄力的出版社能夠像當年的 Twayne 般把握商機，在 1970 至 80 年代初適時地出版那套方便讀者、包括一系列中國文豪在內的「世界作家叢書」，將功德無量。

　　《詩人鄭珍》一書內容極其豐富，本文無法鉅細無遺地一一評論。施吉瑞延續了此前黃遵憲研究的編排方式，前半為生平研究，後半為大量詩作的英譯，譯筆流暢且優美。鄭珍是貴州人，大半生在原省居住。著者極為重視鄭珍生活的社會環境，甚至提供了一系列簡明的地圖和風俗畫，幫助我們更真切地瞭解其時其地。前兩章非常細緻地介紹了鄭珍所受的教育和曲折的仕途，不禁令我想起齊皎瀚（Jonathan Chaves）在封底的推介文字：「對歷代中國詩人的研究再沒有比本書更為完整詳盡……。」著者

利用鄭珍本人的作品和大量同時代文獻，仔細交代詩人生平大事之餘，成功重構他的心路歷程。其中鄭珍對鴉片戰爭和太平天國運動時期的看法和反應，尤其饒富歷史興味。

筆者認為著者對人物的處理唯一有失學術嚴謹之處，是他試圖將鄭珍描繪成一位文化大轉型時期、即中國「現代性」（modernity）的代表，這亦是本書第三章〈鄭珍思想中的兩面性〉裡的主旨。他花費大量篇幅論證這個在前言中提出，並如書名所揭示的牽強主張：鄭珍是中國「現代性」的早期典範。施吉瑞身為學者過於誠實，無法對讀者隱瞞反面證據，對於鄭珍予人現代性假象的作品只能作持平客觀的描述。譬如第三章探討了鄭珍「正面和負面的現代性」，緊隨其後的第四章展開了有關「鄭珍和宋詩派的文學理論」的探討，翔實清晰地考察了清代詩人如何從宋詩開出法門。他一再認定鄭珍作品的某些方面具有現代性，但又隨即指出在前朝作品中不乏先例。

著者大書特書對現代性界定之不易，強調不同作家對其涵義有完全不同的界說。他特別提出所謂「正面」和「負面」的現代性，前者包括思維開放、理性主義、「同情女性」等特點，後者則體現為罪疚、焦慮和疏離等（頁33–34）。但無論這些價值些是正面或負面，都與文學現代性的價值體系大相逕庭。在文學和文化領域，現代性或現代主義（modernism）的「特徵是背離或揚棄傳統觀念、學說和文化價值，轉為推崇時下的或激進的價值與信

念」。[1] 提起現代性，人們會聯想到畢加索將情人的身段割裂成菱形和橢圓形，又或布紐爾和達利在銀幕上將一個女人的眼珠子割開；[2] 而在鄭珍的作品裡，頂多只有一絲激進的創新或一點對傳統的揚棄。[3] 著者似乎更想強調，詩人鄭珍應當具有吸引現代讀者的魅力。

職是之故，著者在證明鄭珍如何借鑑前代詩人的技巧以融入自身境況時，論述尤其令人信服，並特意在書後附上杜甫〈北征〉和袁枚〈歸家即事〉全詩的英譯，令相關論證更具體有力。施吉瑞既展示了鄭珍詩作的價值，卻又為其塗上一抹現代性的虛假色彩，反而掩蓋了背後紮實的傳統詩歌造詣。總的來說我很享受閱讀的過程和佩服這部著作，但書名若可改成「詩人鄭珍與中國傳統的韌性」之類，將能更好地傳達出鄭珍的魅力，忠於施吉瑞的著書之旨。

著者再次回到堅實的立論基礎，分析鄭珍的詩歌技巧和內容，體現博洽的學識和深刻的觀察。本人認為第七章

---

1 《牛津英語詞典》（*Oxford English Dictionary*）在 "modernity"（現代性）詞條下的 1b 義項作如下釋義：「一種思潮或社會觀點，特徵是背離或揚棄傳統觀念、學說和文化價值，轉為推崇時下的或激進的價值與信念（主要與科學理性主義和自由主義相關）」（An intellectual tendency or social perspective characterized by departure from or repudiation of traditional ideas, doctrines, and cultural values in favour of contemporary or radical values and beliefs (chiefly those of scientific rationalism and liberalism)）。

2 譯者按：指布紐爾（Luis Buñuel）和達利（Salvador Dalí）合拍的超現實主義短片《一條安達魯狗》（*Un Chien Andalou*, 1929）內極具爭議的一幕。

3 第三章提到鄭珍有幾首詩對文化傳統略有微詞（頁 205–209），但斷非鄭珍全部作品的「特徵」。

〈講故事的新方法：敘事詩歌〉（或可譯為「故事新說——
敘事詩」）是全書最精彩的一章，論述鄭珍在敘事技巧上
的深造自得極具說服力。著者通過細緻剖析鄭珍的幾首長
篇敘事詩（大都全文譯出附於書後），展現了鄭珍的詩作
如何匠心獨運，用一連串觀感印象與個人經歷再現自身的
思路歷程，以嶄新的方式展現個人經驗的全貌。其中一個
舉例比較很富啟發性，他首先翻譯了杜甫的〈贈衛八處
士〉，接著分析鄭珍的八十二行長詩〈胡子何來山中喜賦
此〉（討論見頁 414–419，全詩英譯見頁 580–583）。一開
始說明兩首五言詩的主題大致相似，都是緣自會晤朋友所
引發的人生反思，但隨即點出鄭詩的敘述裡出現了不少原
創手法，尤其是後半描寫詩人願望屢屢落空、鬱鬱不得志
時，出現了許多峰迴路轉的地方。

　　施吉瑞的分析因立足於對前人詩作的詳徵博引，尤其
是杜甫、蘇軾和袁枚的作品，令這部分的論述尤其有說服
力。著者頗多引用自己研究袁枚的專著，是學力深厚、著
作等身的明證。著者身為袁枚和鄭珍專家，通過對比二人
的差異，突顯了他們異於一般文人習性的個人癖好和獨特
技法，再次深化了我們對鄭珍人格的認識。這正是第五章
〈對人境的重新定義〉（暗引施吉瑞自己的專著《人境廬
內 —— 黃遵憲其人其詩考》[4]）焦點所在，當中考察了鄭珍
的人際關係，如他對妻子溫情脈脈的描寫，以及他與母親
「情深似海與愧疚難當的關係」（頁 322）。

4　施吉瑞著，孫洛丹譯：《人境廬內 —— 黃遵憲其人其詩考》（*Within
the Human Realm: the Poetry of Huang Zunxian, 1848–1905*）。上海：
上海古籍出版社，2010 年。

　　本書充份體現了著者的學問淵博和治學嚴謹，只是智者千慮，第五章開篇的首段便顯然受到文本傳統的敘述誤導。施吉瑞自信滿滿地說：「對古代中國人而言，人間就是宇宙的中心」（頁 289），在我看來這句話未免以偏概全，無法概括保存於甲骨文或《莊子》等古代文獻的文化傳統。著者引用了董仲舒對天、地、人的論述，但是董仲舒的想法也可輕而易舉地用來反證，在漢代儒家思想中人間只是「三才」之一，與天和地等量齊觀，共同附屬於某個更大的存在（這顯然牽涉到更大的論題，但是選擇性地說「三才」中以人為貴，這一論斷需要提出證據支持）。更甚者，他隨後在同一段落說漢賦（稱作「散體詩」〔prose poetry〕實在有失準確）「大都描寫宮廷生活」。這句話不單不適於寫二京、三都或皇家苑囿的大賦（漢大賦以極寫動、植、礦物界和天文地理著稱），套用到司馬相如〈大人賦〉或張衡〈思玄賦〉等主要以遊仙為題的作品更是落空。將作品的主要內容限定為它們創作的地點，論斷之武斷，就如同說《追憶似水年華》主要描寫在軟木飾面的臥室發生的事情。[5] 第五章固然成功用鄭珍本人的詩生動刻劃了他的生活形象，但實在沒必要因而歪曲其他中國傳統。

　　第六章〈對自然的熱愛和恐懼〉和第八章〈關於知識、科學和技術的詩歌〉則探討了鄭珍詩歌多種多樣的主題。無論主題是甚麼，施吉瑞的譯文讀起來總是令人賞心悅目。在此不妨引第八章中一首詩的翻譯，以此證明鄭珍之為詩壇作手和施吉瑞之為譯林名家。

5　譯者按：普魯斯特在這間四面牆飾以軟木貼面的房間寫出《追憶似水年華》。

鈔東野詩畢書後二首（其二）

After I Finished Copying out Meng Jiao's Complete Poems, I Wrote Two of My Own Poems to Append at the End (One Poem of Two) (1839)

峭性無溫容　There was nothing warm or gentle about this rough and hard man,

酸情無歡蹤　Not a trace of happiness in his pessimistic soul.

性情一華岳　Yet his nature and feelings soar to the summit of Mount Hua,

吐出蓮花峰　And spit forth a peak like a lotus blossom.

草木無餘生　No trees, no flowers can survive up there;

高寒見巍宗　Everything is frozen on that towering mountain.

我敬貞曜詩　Still I honor and respect Meng Jiao's verse,

我悲貞曜翁　Though I feel terrible sorrow for Meng the man.

長安千萬花　He galloped past Chang'an's flowers when he passed his exams,

世事難與同　But nothing in the world ever went right for him.

一日即看盡　He finished seeing all those flowers in a single day,

明日安不窮　But could not escape his poverty the following morning.

貞曜如有聞　I'm certain that if he could just hear what I'm saying,

听然囚出籠　He'd break into a smile and leap like a prisoner from his cell!

　　此處省略了對「華山」和第九行「長安千萬花」用典的注釋。這行詩的翻譯尤其令人擊節稱賞，因為字面的意思無非是 "Chang'an's millions of flowers"，但施吉瑞不甘於平鋪直譯，轉而不著痕跡地融入孟郊七絕〈登科後〉的典故，並在腳注中全首引用。這種巧妙的改動使譯文明白易讀、雅俗共賞之餘，免卻煩瑣考證的居間調停。這種譯法未必適用於各類文本，但對鄭詩而言卻非常貼切。長篇敘事詩尤其倚賴數十行詩句來營造韻律和氣勢，而對於這一行敘事詩施吉瑞顯然格外留神。過多地出注解釋用典，勢必無可挽救地破壞詩歌的節奏。施吉瑞的處理盡可能用英語譯出詩的戲劇性，儘管本書定價不菲，實在希望更多的讀者能夠拜讀受益。

　　無獨有偶，《詩人鄭珍》與 Brill 出版的另一部論著堪稱姊妹篇，即已故漢學家白潤德（Daniel Bryant）所著《偉大的再創作 —— 何景明（1483–1521）和他的世界》。[6] 兩部書的篇幅均超過七百頁，數十年嚴謹治學的成果盡見於此，俱旨在發揚彰顯歷來被忽視的明清詩人。不僅如此，兩書均直言不諱地抨擊了「五四」以來中國文學史的傳統敘述模式，尤其是壁壘森嚴地將某種文類與某個時代掛鈎，諸如漢賦、唐詩、宋詞、元曲、明清小說，彷彿這種「一代有一代之文學」、「代有偏勝」的說法最終會接上二

6　Daniel Bryant. *The Great Recreation: Ho Ching-ming (1483–1521) and His World*. Leiden: Brill, 2008. Pp. xxxii+718.

十世紀的現代主義思潮。[7]施吉瑞和白潤德對這種模式的批駁，以及對兩位詩人重要性的引證都極具說服力。

話雖如此，這兩部非常優秀的論著未暇為我們提供一個文學史書寫的新模式，用來抗衡根深柢固的舊有說法。將文體類型和時代掛鈎儘管極具誤導性，但同時為文學研究提供了一個強而有力的理論模式。它可使讓學者一筆抹煞百分之九十九的中國文學文獻，將之定性為過時或無關痛癢，然後為餘下的百分之一提供了明確的評價基準，給予時間緊迫的研究生或助理教授莫大便利。據此，每一篇漢賦都可以用來作賦體文學標準特徵的模範，犯不著考慮漢以後繁複費解的文體演變；一小撮唐五代詞作同樣被賦予崇高地位，下開宋詞之先聲。假如我們摒棄這個模式，那麼一切古詩是否在文學史上都擁有同等份量？然而，1911 年以前（姑且不論至今仍然創作不斷的舊體詩）的傳世古詩數量之鉅令人難以想像，對其中長期為人忽視的文學作品披沙簡金，需要借助全新的文學史模式，而這個任重道遠的研究任務還需俟諸異日。無論這種新模式如何，都應當解釋杜甫敘事詩怎樣在晚清詩人筆下重新創作，並還以鄭珍應有的文學史地位。這一點足以證明本書的貢獻之大。

7　施吉瑞對此有深刻精辟的討論，見本書頁 9–12。需指出的是著者這種文學史觀，明人李贄（1527–1602）早已預為之說（如云：「詩何必古《選》，文何必先秦」），見其〈童心說〉，收入《焚書》（北京：中華書局，1961 年），卷三，頁 98。

饒宗頤國學院院刊　增刊
2018 年 9 月
頁 303–308

評陳力強《早期帝制中國的溝通與協作 —— 秦王朝的宣傳工程》

Sanft, Charles. *Communication and Cooperation in Early Imperial China: Publicizing the Qin Dynasty*. Albany, N.Y.: State University of New York Press, 2014. Pp. ix+251.

李建深
香港浸會大學歷史系

談仁譯

書評

　　陳力強（Charles Sanft）的著作為考察秦史提供了一個全新的視角，同時，本書拈出「溝通」（communication）和「協作」（cooperation）兩個關節點作為秦帝國治國方略的重心，也為探索秦朝功業開示了新的途徑。對於秦國這樣幅員遼闊的帝國，僅憑高壓統治政策根本無法保障政府機關的高效運作。儘管過去學界普遍認為秦朝的天下建基於高壓政策之上，但著者提出這種政策的現實可行性值得商榷。對此，他轉為分析溝通與協作政策勢必為秦王朝帶來的機遇和好處，並依此構建自己的學說。著者的研究

進路為我們塑造了一個跟以往大不相同的秦國面貌，非常具原創性。

緊接首章的導論，第二章概括介紹有關溝通和協作的跨學科研究，為後文分析溝通和協作及隨之而來的利益奠下理論框架；第三章總結了古代中國思想史中有關非強權統治的討論；第四章則討論大眾傳播與規範化。著者主要著眼於秦朝廷統一和規範度量衡制度的過程，認為秦始皇和秦二世頒布的詔令是十分重要的文獻，藉以向子民迅速傳揚秦朝政府和帝國已君臨天下。第五、六、七後三章主要探討了公共知識、公共形象建設、大眾傳播、禮儀、興建工程、法律和行政管理之間的密切關係。這最後的三章描述了始皇的五次巡視全國、新的交通運輸項目、行政與法律系統，以及背後種種的構思。著者通過以上分析指出，秦政府明智地運用種種措施營造出公共知識，成功與平民百姓溝通，有效地提醒民眾秦帝國已然存在。

鑑於本書研究秦史的進路如此嶄新，書中就多個方面提出的問題實在值得進一步深思。首先是關於文獻記載的史實性。著者在不同地方強調秦廷的統治方式不是非常創新，儘管秦朝政策頗有創意，但都可以找到先例。這個說法固然正確，但我們可以進一步探究，學者之所以有秦朝舉措極其創新的認識，是古代史家建構的秦帝國形象所致。

著者不斷強調秦政府積極進行自我形象塑造和溝通工程，立論有根有據，不過我們也不能忽視史家如何在筆下構建出另一套秦國的形象，以及如何將這種看法傳給後世讀者。著者引及的司馬遷及其他漢代史家，他們修史時的

政治目的都需要作更深入的考察。當然史家的說法如何補充或曲解了秦朝的溝通工程，則是另一個問題。要之，我們需要小心處理不同層面的信息，以及秦朝在構建公共知識的過程中涉及的不同利益集團。出土文獻、權量銘文、刻石文字與傳世文獻都負載了作者各種各樣的意圖，傳遞出共同知識的不同方面。

　　第二個問題是我們究竟能否準確判斷信息的普及程度。著者指秦詔版、法令及其他公開文書都廣為人知，因此政府成功塑造了自我期許的公眾形象。他提出的證據之一是，刻有統一度量衡制度詔文的秦權和秦量流傳甚廣。但正如著者在 72 至 73 頁所提到，現時中、美兩國都認可兩種不同的計量制度並存，我們又憑甚麼斷定當年秦政府頒布的官方制度實為民眾廣泛採用，從而證明政府成功將旨意下達民眾？我們又從何得知在秦朝治下僅實行一種系統，而不是兩種或更多的制度並存？其餘六國的度量衡制度究竟在多大程度上被廢止？假如戰國時期度量衡制度混亂不堪的歷史記載屬實，有沒有可能秦朝統一天下後還流傳七種或以上的計量制度？著者沒有足夠篇幅去回應這些問題，但它們對於考察秦王朝的宣傳政策有多成功無疑十分重要。

　　本文篇幅亦有限，無法處理上述問題，但有幾條線索有待作進一步研究。鑑於七國如何實行各自的度量衡制度至今未明，我們無法得知秦朝以前的制度有多「混亂」。不過極有可能的是每個國家都有自己的度量衡制度，或數國共用一種制度，至於說戰國時期存在條理井然的單一計量體系則應為無根之談。因此，可以想見當時的度量衡系

統頗為「混亂」，或者更準確來說是「多種多樣」。

不過，對得力於中國高度統一說的文本歷史學家而言，度量衡制度的多樣性偏偏令自圓其說變得複雜棘手，所以他們試圖將秦統一前後的情況判然兩分。他們主觀上想把秦統一前描繪成混亂不堪，而秦朝則剛剛相反，一切呈然高度統一和秩序井然，從而為民眾帶來了諸多好處和方便。我們不能排除在秦朝治下多種度量衡制度並存的可能性，因為史實如何至今仍未瞭然；但至少我們可以定出幾點衡量標準，用來評價秦廷頒行的度量衡體系有多成功和多普及。正如著者所指出，在昔日秦朝的廣袤地域裡都發現了權量實物（頁 60），有力地證明秦國的計量器具已成功傳至各地。

除了本書提出的框架外，筆者認為尚有幾點評價標準值得討論。例如考古出土的計量器具中，帶有秦詔版的權量數量遠多於無銘文者。從大多數出土權量所見，其容積和重量均相對接近，足見製造之時似已有一套規範的計量標準。至於無銘或重量及容積差異甚大的計量器具，則可能反映當時實行別的度量衡制度，但是否如此目前我們同樣不得而知。也許能夠證明其他度量衡制度存在的器具沒能留存至今，早已為人銷毀重鑄。無論如何，大多數現存的度量衡器都帶有詔文，由此可知秦朝頒行的制度是保存最完整的計量制度，但不能由此斷定當時就只存在這麼一種。

另一個評價標準是，秦廷著重對權和量作不斷規範和調整。例如高奴銅石權需定期送回中央政府重新校準，秦二世詔文也提到第二次全國規範的度量衡制度。因磨蝕和

不恰當使用易導致權量的容量和體積變化，朝廷必須定期進行調校以免造成重大誤差。因此我們經常說「統一」度量衡制度，也許稱為「規範」會更合適。假如秦廷頒定的計量制度沒有持續為民間採用，政府也沒有需要嚴格維持這種制度行之有效。

由於著者大力強調協作和傳播的重要性，我們不能忽視潛在協作者的態度和反應。著者特別重視秦廷的態度和背後的議程，卻沒有充分探索協作者的思路和行為。在這樣大規模的大眾傳播工程裡，民眾和下級的反應和行動也同樣重要。也許這個問題太難估量，甚至無可能解答，但日後的研究者應有這樣的問題意識。例如，參與公共建設項目的工人是否全都是強迫勞役？假如他們全都是朝廷徵召而來的差役，政府肯定無法負擔質量監督和監管工程所產生的巨額費用，那些工程便可能無法高質量地完成。秦朝的公共工程如興建阿房宮和修築馳道，著實教人嘆為觀止，問題是當中會否包含自願勞動者的辛勞？直道和其他馳道的維護工作必然需要周遭百姓的配合，要是政府每天派人監察這些道路的維護和保養，成本實在太高。這些問題都有待後人的研究去解決。

督工和監管的成本高昂，也許驅使秦朝政府積極尋求與民眾協作，這點也有助解釋秦廷展開所謂公關宣傳的背後動機，證成陳力強的假設。朝廷必須依靠民眾的高度協作，而平民百姓因著生計，也會為了工作而積極配合。那麼工程建築班子由哪些人構成？除了被強行徵召的差役和罪犯外，秦朝初年很可能有大批流離失所的民眾。連年

戰亂造成了大量流民和移民，大戰結束後許多正規士卒和武裝遺兵亦解甲歸田。戰國時期急遽的社會轉型和大量生產體系的產業革命也造成大批技術工人失業。這些民眾都強烈希望找一個安身定居之所，因此很可能參與了國家級建造工程。這批勞動力的構成和組織形式都是很有趣的問題，值得學者深究。

本論著亦引起我們重新考察一些所謂公認的歷史記載。譬如，史稱被徵召修築皇宮和陵墓的勞工多達七十萬人。這些記載是否屬實？能否通過新出土的文獻和物質資料印證？毫無疑問，僅憑文本證據是無法作出判斷。不過隨著更多有關秦代建築工程的考古發現問世，筆者認為是時候重新檢驗這些對秦朝的傳統看法，而相關記載大有可能是為了貶低秦始皇形象而捏造出來。

最後，民眾中相對平等的百姓相互之間有何合作？這些合作最終又如何幫了政府一把，讓政府積極取得更廣泛的民力資源？著者強調秦帝國主動徵取下屬的協作，卻沒有提及平民之間的通力合作也是官方宣傳奏效的關鍵促成因素。這點反映在度量衡制度得以成功規範，以及度量標準的廣泛傳揚。這都不是民眾百姓憑一己之力可以達成，因為沒有一個民間團體有足夠威權去說動各方，就度量衡制度達成共識；他們所能夠訴諸的權威就只有秦朝政府。

陳力強此書為我們留下不少想像的空間和繼續研究的餘地。著者觀點之新穎和對材料的廣泛運用，擲地有聲地為上古中國史作出貢獻，更為我們開出了不少法門，給今後有關秦帝國的新穎研究導夫先路。

饒宗頤國學院院刊　增刊
2018 年 9 月
頁 309–313

評王海城《書寫與古代國家 —— 比較視野下的早期中國》

Wang Haicheng. *Writing and the Ancient State: Early China in Comparative Perspective.* Seattle: University of Washington Press, 2014. Pp. 427.

陳力強（Charles SANFT）
田納西大學諾克斯維爾分校歷史系

陳竹茗譯

書評

　　身為早期中國史專家而能夠廣泛涉足其他地域的上古史，這樣的例子實在太罕見，因此王海城的著作《書寫與古代國家 —— 比較視野下的早期中國》，無論從構思到完成都別具新意。他的研究從多方面考慮「書寫」（writing）在古代統治中扮演的角色，旁徵博引古代中國、埃及、美索不達米亞、美索美洲（中美洲）和南美洲的例子，探討那些倚賴書寫才能進行的實際治理工作，包括稅收、人口控制和土地管理。王海城的核心主張是書寫本身依存於政治實體（political states），得出的成果是一部跨越地域、

時間和學術領域的力作，立論典實而富於洞見。

　　能夠有效結合早期中國的比較史研究並不常見。史家往往過份強調中國的情況獨一無二，其他領域的學者則難於採用當前最新的漢學研究。論獨特性，每個地域的歷史細節總是層出不窮。不過正如王海城所示，研究不同地域並從宏觀角度思考，可以引發新的問題、新的思路和更好的理解。作者在引言部分花了大量篇幅強調跨文化比較研究的意義，並有力地指出這方面尤其需要埋首研究，斷不能率爾借用一知半解的概念。作者這番話把我說動了，而這種感覺在閱讀過程中不時加強，為的是他有意挑戰根深柢固的學界共識。

　　本書的主要內容分為三部分，每一部分都用「遠東和美洲」來跟中國對照。王海城視中國為一個相對穩定的實體，基本上只有朝代之分。至於用作比較的群體，具體情況則各有差異。《書寫與古代國家》第一部分處理國家類型統治脈絡下政權合法性的問題。作者以帝王的名字為焦點，討論這種世系在不同文化和時代裡呈現的各種形態，例子包括：前法老時代的埃及、古代美索不達米亞中蘇美爾和其他政體、瑪雅、印加，以及在現今墨西哥中部的古代政體。在這些社會裡，帝王世系有些是用文字書寫，另一些則輔以圖像，但一眾古國做法之相似實在驚人。

　　第二部分的篇幅遠超第一節，探討所謂「國家的財富」（頁 53），主要就是土地和人民。作者深入考釋了土地和人口登記與管理的實例，所舉的古國與前一節大致相似，並提出對種種實際做法應有更成熟的理解。他一方面

肯定這些做法的具體層面，如耕地分配、追查稅收和勞動服務等，另一方面也討論了箇中的意識形態功能。是以本節的大量篇幅用於交代各種體制的細節。

在第三節也是最後一節裡，王海城探討了書寫在生活其他方面起著的作用，尤其是與教育的關係。作者再次以地緣相近的早期國家群組為例，考察它們各種與教育相關的制度和實際做法，特別著眼於與教育密切相關的書寫。他不斷回到「名單」這個類型及其各種用途：名單除了用來記錄，更起著構建和延續國家及其記憶的作用。作者行文中提到「名單狂熱」（list mania，頁 262）一詞，用來形容這種情況再貼切不過。

王海城的旁徵博引毫無疑義地道出歷史記載裡，政治結構一直廣泛利用書寫和相關做法，並允許哪些詳細記載得以傳之久遠。他指出從不同時地體現的相似性可以看出，人類大體上有利用書寫達到某種社會控制效果的共同傾向。雖然要證實這種因果關係的確存在並不可能，但箇中的共通之處有目共睹，令他的說法頗具說服力，發人深省。他提到的功能已超出實質層面，包含雖抽象但千真萬確的權力結構和機制，道出了書寫和官僚制度的重要面向，而這些方面往往得不到學者足夠重視。

每當閱讀新領域的論著時，我總會感到無所適從：每部著作都有前人的假設、既有的異議和專門的術語。王海城身為中國上古史專家，卻能夠放下身段鑽研多個本專業以外的領域，實在令讀者肅然起敬。他對於其他地域的討論，難免轉述相關的舊有研究，不過他對中國的處理能夠

讓眾多材料組合成一個較有機的整體。

通觀《書寫與古代國家》全書，王海城往往給複雜問題作連珠炮式的定義和解答。譬如讀者開卷第一頁便讀到「我們學會對人類、動物、植物、工具和諸神分門別類，背後永遠只有一個動機：把事情簡單化，讓生活過得更容易。這種知性活動的結果便是知識……。」（頁1）我不禁想，把植物分類的動機或結果是否跟分類「諸神」完全相同，畢竟這兩個組別在經驗層面上大不相同。我不禁再想，哪一種對「諸神」的分類會讓「生活過得更容易」。同類的處理在書中並不鮮見，給我的印象是作者是個酒席上侃侃而談的賓客，至於是否能滿足好學深思的讀者則未敢必，他們應該希望訴諸權威說法。

在引言部分，王海城坦陳做這種比較研究的潛在困難（頁6–14），難點主要在於瞭解其他研究領域方面。不過對我來說，同樣的限制亦適用於自身的研究領域。如作者談論《蒼頡篇》（頁282–284）的例子時引用一批為數不多的可靠文獻，因此對主題的簡短討論依然信而有徵。不過，作者雖然引及胡平生的著作，但沒有提到胡氏曾撰文指出有些古文字材料可斷定為《蒼頡篇》佚文，其中恰恰包含了人名。鑑於名單、人名和人名名單在王氏的著作中占有重要份量，《蒼頡篇》收錄人名名單這一點似乎值得拈出。作者接著談到《急就篇》羅列的姓名（頁284–285），我們有理由相信《急就篇》的做法是仿照《蒼頡篇》。[1] 我想

---

[1] 胡平生：〈漢簡《蒼頡篇》新資料研究〉，《胡平生簡牘文物論稿》（上海：中西書局，2012年），頁12–15，18–20，24–25。

胡氏的研究應能支持本書作者的觀點。

人的光陰畢竟有限，像王海城這樣雄心勃勃的計劃涉及的範圍已經夠多。時間對進行深廣研究造成的局限，對此我沒有任何高見，不過我認為從事比較研究的學者至少應當承認，這種研究思路跟其他方法一樣需要妥協。做一項能令專家首肯的比較研究永遠是在權衡輕重，不單是處理其他領域的材料時方才如此。然而一如王氏著作所示，箇中的危險遠遠及不上潛在的收獲。

饒宗頤國學院院刊　增刊
2018 年 9 月
頁 315–323

評李惠儀《明清文學中的女性與國族創傷》

Li Wai-yee. *Women and National Trauma in Late Imperial Chinese Literature.* Cambridge, Mass.: Harvard University Asia Center, 2014. Pp. xi+638.

魏寧（**Nicholas M. WILLIAMS**）
香港大學中文學院

蔡佳茵譯

書評

　　這一重要研究以滿腔熱情重現了明代的覆滅，及其在中國歷史記憶中的轉生。從古詩到小說、故事、戲曲，李惠儀探索了十七世紀幾乎所有的文學類型。著者尤其著眼於女性的命運，當中既有男性作家筆下的描寫，也有女性自己書寫的心聲。著者涉獵範圍之廣罕有其儔，對敘事技巧亦有非凡的覺察，交織出引人入勝的時代心態寫照；不過真正令這部著作提升到更高層次，並取得了無可否認的道德深度，是著者對辯證法的純熟掌握，相信讀過她的處女作《迷幻與警幻》（*Enchantment and Disenchantment*）的讀者都有同感。通過探尋歷史判斷的諷刺，我們意識到明亡以後無論男女的身分，都是設身處地的想像、祈求贖

罪的痛苦與自我知覺的悖論交織累積而成的結果。

　　《明清文學中的女性與國族創傷》包括六個篇章，每章約有一百頁的篇幅。這部著作眼界開闊，富於野心，體現了著者深厚的學養。李惠儀善於闡釋研究材料的文史脈絡，有的放矢地加入杜甫詩和《楚辭》等題外話，適切地交代了相關背景。[1] 行文中穿插了數百篇重要文本的新譯，包括詩歌的全譯和戲曲、小說的節譯，使著作更形豐富、生色不少。將這些文本譯為英文本身就是嚴峻的挑戰，由於著者熟諳材料，故此不會留下任何硬傷，但仍有些重要的細節被輕輕帶過。

　　本書運用的分析方法正好以相輔相成的前兩章來做例子：〈挪用陰性措辭的男性聲音〉和〈挪用陽性措辭的女性聲音〉。表面上，這兩百餘頁的內容立意非常簡單，即男性作家繼續借用陰柔特質為政治隱喻，女性作家則襲取了陽剛聲音來表達前所未有的軍事抱負；不過所用材料極具分量，在有力支持論題之餘，亦以創新的方式微調了此一命題。要之，這兩章的錯位對照迫使讀者再次反思自己的想像空間有何局限。王士禎（1634–1711）〈秋柳〉一詩的多義性早已為人熟知，而本書別開新面，以王詩為切入點閱讀同時代女詞人的作品，從這一批抒發她們「英雄志業」（heroic strivings）不得伸展的詞作中讀出多義性（頁185）。

1　惟偶爾引用陳舊說法，如相傳鮑照（421–465）作〈蕪城賦〉是在劉誕謀反之後（頁121），幾十年前早已被推翻，唯有麻省劍橋一地的學者仍持此說。

　　同樣，第三章分析了幾位巾幗人物，但著眼的不是其女性特質的展現，而是她們在政治上所起的作用：「通過對女性塑造成英雄，將她們轉化為刺客、復仇者、戰士、國士和俠客等角色，從而滲進對晚明的批判和維護，對清朝政權的隔閡與和解，以及如何看待明清鼎革在後世的象徵意義等。」（頁 203）這是李惠儀對文學作品仔細推敲的極佳例證，既能辨別各自的政治立場及其對立面，又將女性角色重新框定為人物形象的「轉化」。這一章的高潮所在是對《紅樓夢》裡林四娘一段情節的分析，一如著者的慣常做法，分析以浪漫反諷（romantic irony）為中心：「兩種對大觀園沒落的反應，最終因著表演語境而變得諷刺和含混，也許揭示了曹雪芹面對對立雙方之間的張力，包括想像和現實、情愛及其通過倫理政治理想而取得的超越時，所持態度蘊含一種無法化解的矛盾。」（頁 290–291）總的來說，〈女性英雄化〉可能是全書最出色的一章，網羅戲曲和彈詞等範圍極廣的文本之餘，亦能在明清兩代傳世傑作中歸納出此一命題的反覆呈現。著者在本章更以二十世紀的情況作結，成功追溯出一個在古典和現代文學同樣中心的命題是如何形成。

　　緊接著對巾幗英雌的研究，是專章探討女詩人和名妓，這種章節安排貫徹了李惠儀情有獨鍾的諷刺。一如本書其他部分，著者在第四章亦囊括了知見範圍內男性作家的眾多作品，其中一大亮點是對吳偉業（1609–1671）的七言歌行〈聽女道士卞玉京彈琴歌〉及相關詩作的論述（頁 331–356）。卞玉京的和詩雖早已不存（頁 335），著

者仍成功展現吳偉業如何構建卞玉京的「詩史」（poet-historian）形象，以及如何通過「將她塑造成如此一個象徵，吳偉業重新確立了其為詩史的自我定位」（頁356），借用了名妓的心聲，精心刻劃出動人的歷史故事。

末兩章考察了明末才女和晚明的浪漫理想如何遭受清兵入關的影響，談及遭金人擄去和守節赴死的女詩人作品，集中討論「忠貞與守節」之間的微妙關係。儘管這一時期的文學作品裡，大都將貞節視同對明朝當權者的忠貞，但也不無例外，如丁耀亢（1599–1669）的傳奇戲文《西湖扇》，女主人公表現出守節不移的貞操，在政治上卻願意作出妥協。戲中有一支曲極具感染力，最末幾行是：「俺啊，說甚麼前冤、現冤、情緣、禍緣！呀，會騰那叫不出各行方便。」（頁449–450）[2] 不過末句的譯文 "Alas! Even with maneuvers I cannot call out for each to make way" 似乎未能緊扣上句的「冤」和「緣」，不妨改譯為 "Alas! Though I exchange one [injustice or karma] for the other, I cannot call out for each to find an expedient"。前世今生的冤緣無法還清、甚至弄箇明白，當下的犧牲與苦難也不能當作通往救贖的「權宜之計」（即佛家所說的「方便」，原為梵文 *upāya*）。回想第五章的主題為追求理想的過程中必須作出妥協，這段引文尤為意味深長。

在最後的第六章裡探討大事件發生後的歷史評價，一

2　李著的引文有刊落，現據全集補入缺字「各」，參見李增坡主編，張清吉校點：《丁耀亢全集》（鄭州：中州古籍出版社，1999年），上冊，頁763–764。

開始便從弘光元年（1645）五月「揚州十日」屠城事件
的記載著手。本章收入時人目睹這場人間慘劇的實錄《揚
州十日記》，反觀書中所收的其他文本幾乎一律為文學創
作，有體例不純之嫌，但的確有助引出接下來的討論。[3] 當
論述的對象返回詩歌和虛構創作，著者再次回到較堅實的
立論基礎，並用餘下的篇幅展現了清代作家往往通過女
性角色，對身歷明清易代的人物予以褒貶，恰當好處地
為全書作一總結。本章下半部分圍繞名妓陳圓圓（1624–
1681），特別是她被「改造」為品德高尚和人生自決的英雄
的過程：「歷史距離令評價錯位」，而「哀感頑艷的追憶成
了唯一貼切的回應」。（頁 574）褒與貶、明朝與清廷、英
雄與漢奸、忠貞與守節之間的擺蕩，逐漸發展成矛盾的消
弭混一，最終令「名妓—英雌」免遭物議。李惠儀揭示了
如何超越忠與不忠的簡單詮釋，在不同觀點與角度之間取
得富於諷刺意味的矛盾統一。

　　這部論著令我獲益匪淺，不過箇中的某些局限亦讓我
反思：有些或許不是著者的個人問題，而是我們整個研究
領域共同面對的難題，即應當如何著手解讀浩如煙海的中

書評

3　在李惠儀之前已有學者將這段歷史的實錄跟想像性的文學作品扣連
　　起來，如宇文所安（Stephen Owen）在其編譯的選本中作了相近的
　　處理，參見 Owen, ed. and trans., *An Anthology of Chinese Literature:
　　Beginnings to 1911* (New York: Norton, 1996), 826–33。竊以為文學研
　　究者這樣挪用書寫慘痛遭遇的日記，未免失格。個人更屬意司徒琳
　　（Lynn A. Struve）對《揚州十日記》的處理方式，見 Struve, *Voices
　　from the Ming-Qing Cataclysm: China in Tigers' Jaws* (New Haven:
　　Yale University Press, 1993), 32–48。

國古代文學文獻。以書名為例,《女性與國族創傷》實未能充份反映本書的湛深之思。「女性」局限了著者對人類境況的恢弘視野,因為她關顧的對象推及男性寫作和有關男性的寫作,即使有些作品焦點落在女性特質的描寫。同樣,「國族」情懷不足以統攝這些人物的各種情感。第三章的小結(頁293-294)固然探討了清末民初的「女英雄與救國」,當時作家確實對民族國家的創建念茲在茲。然而,效忠朱明的遺民更關心哪一家一姓主宰國柄的問題,因為在新政權下「國家」仍能延續下去。最後,相較清人入主中原後引發的大規模屠殺、強暴和毀滅行徑,「創傷」這個指涉精神疾病的委婉語未免輕描淡寫,有損本書的嚴肅性。「能文名妓、殉節烈女與鼎革之禍」(Belletristic Courtesans, Martyrs to Chastity, and Dynastic Cataclysm)或許更符合著書之旨。

至於行文中大量出現的文學作品引文大都譯筆優美,能夠清晰透徹地反映文旨,但偶爾仍有脫離原文語言質感的情況。這不禁令我想到同樣是漢學家,大家對不同時代文獻的處理方式卻差異甚大,實在是一個怪現象:上古史研究者為了異體字的一筆一劃而爭辯不休,中古文史專家對於遣詞用字與修辭不稍假貸,然而研究明清和近當代中國的學者卻漫不經心地略過具體文本,只著眼於宏觀的意識形態爭論。但我不相信這一傳統是正確或有必要如此,像本書論及的男女詩人無不為鍛詞煉句而煞費苦心,當我們在文本中爬梳所謂時代精神的線索時,實不應無視箇中的文學價值。研究上古、中古的學者誠可以師法李惠儀的

進路，從單獨的敘事裡梳理出頗具說服力的宏觀論斷；不
過若能虛心運用文獻學手段釋讀明清晚近之作，也許會有
更多發明。

　　用現代詞彙翻譯古語是李惠儀典型的翻譯策略，有
時確也卓有成效。單就遣詞用字而言，將「漫悠悠」譯為
"Gently, extending to infinitude——"（王夫之《龍舟會雜
劇》；頁 236）確也優美貼切；而將《詩比興箋》輕巧地
譯成 *Metaphorical and Allegorical Meaning in Poetry*（意
為「詩的比喻與諷喻意義」；頁 98）便不單貼切，而且含
蓄地反駁了某個漢學流派（即認為中國古典文學缺乏「比
喻」概念的學者）。但另一方面，「霽月」（李雯【風流子·
送春】；頁 41）譯成 "sweet moon" 可算意有未周（under-
translation），以 "Tunes for the select few" 詮釋「陽春郢雪」
（宋徵璧【念奴嬌】詞序；頁 55）亦患同弊。將「蘇（武）
李（陵）交情在五言」中的「五言」（pentasyllabic verse）
籠統地譯為「詩」（"poetry"）（夏完淳〈讀陳軼符李舒章
宋轅文合稿〉；頁 37），更是把文學史上一個重要說法大
而化之。「只愁又聽啼鴂」譯作 "I only dread another cry
of the cuckoo"（陳子龍【念奴嬌·和尚木春雪詠蘭】；頁
50），將「啼鴂」過度簡化為「布穀鳥」（在第 52 頁更被
詆毀為 "evil bird"，即鷙鳥），把〈離騷〉（「恐鵜鴂之先
鳴」）和陳子龍此闋詞的用典關係輕輕帶過。最後因疏於
查閱佛教術語，李惠儀錯過了一些有趣的地方：如《聊齋
誌異·林四娘》云：「每夜輒起誦準提、金剛諸經咒」，
其中的準提（Cundī）菩薩只有「咒」（dhāraṇī，音譯為

「陀羅尼」，意譯或作「真言」）而無「經」（sutra），因此林四娘「日誦菩提千百句」的「真言」包括《準提咒》和《金剛咒》，本書卻一概譯為 "sutra"（頁 274）。另外，《續金瓶梅》三十三回言及文殊（Mañjuśrī）菩薩引導善財（Sudhana）童子從色中悟空，著者引述時稱 "the Mansjuri〔原文如此〕Bodhisattva leads Shancai..."（頁 487），亦欠準確。

格式方面，著者在插入漢字時並未用引號標明相應譯文，如 "Du Fu declares both Song Yu and Yu Xin his teachers in sensibility and culture 風流儒雅亦吾師"（頁 88）。[4] 雖然採用同樣做法的當代學者大有其人，但這種格式處理應當堅決摒棄。哈佛大學亞洲中心（Harvard University Asia Center）出版的學術著作理應統一以英文書寫，不該隨意插入漢字而欠缺解釋。

著者在翻譯時若能更忠實於原文，將有助以英文重新展現文化和歷史的千鈞之重；李教授在本書確也作出鉅細無遺的交代，雖則厥功甚偉，但仍有商榷的餘地。這裡可引曹溶〈秋柳〉的詩句詩人「隄樹無枝感萬端」來說明。著者譯為 "Willows on the bank, bared of branches, roused too many feelings"（頁 93），事實上詩句並非說詩人本身「感慨萬端」（the feelings are too many），而是無枝

4　根據現行的 *Harvard Journal of Asiatic Studies*（哈佛亞洲研究學報）格式說明，「如有需要，文中直接引用原文時可提供漢字，但毋需標出羅馬拼音」，但這僅僅適用於以引號標明的「直接引用」。

的柳樹呈現出「感慨之萬端」（myriad manifestations of feeling）。我們翻譯時應盡力展現原文的枝葉，不應對其「旁枝末節」肆意芟翦。要之，中國古代詩人對於各種情感都不會溢出法度之外，因為其表達對個人身分的培養至為關鍵，不管是陽剛或陰柔，忠貞或失節，英勇或卑怯，大偽若真的虛情，抑或捨身忘死的至誠。

著、譯、校者簡介
（按英文姓氏排序）

蔡佳茵	CAI Jiayin	香港浸會大學饒宗頤國學院博士生
陳竹茗	CHAN Chok Meng, Travis	香港大學中文學院碩士生
陳漢文	CHAN Hon Man, Oliver	香港浸會大學中國語言文學系助理教授
朱銘堅	CHU Ming Kin	香港大學中文學院助理教授
費安德	Andrej FECH	香港浸會大學中國語言文學系助理教授
金方廷	JIN Fangting, Fontaine	香港中文大學（深圳）人文社科學院助理講師
康達維	David R. KNECHTGES	華盛頓大學榮休教授
李　碧	LI Bi	浙江大學中國語言文學系博士後流動站助理研究員
李泊汀	LI Boting	香港浸會大學中國語言文學系博士，現任職北京故宮博物院宣傳教育部
李建深	LI Kin Sum, Sammy	香港浸會大學歷史系助理教授
魯惟一	Michael LOEWE	劍橋大學榮休教授
余泰明	Thomas J. MAZANEC	加州大學聖塔芭芭拉分校東亞語言文化研究系助理教授
孟　飛	MENG Fei	西北大學文學院講師
伍煥堅	NG Wun Kin, Martin	香港浸會大學中國語言文學系選堂博士
尤　銳	Yuri PINES	耶路撒冷希伯來大學東亞系 Michael W. Lipson 東亞學講座教授、南開大學客座教授、北京師範大學特聘教授

陳力強	Charles SANFT	田納西大學諾克斯維爾分校歷史系副教授
夏含夷	Edward L. SHAUGHNESSY	芝加哥大學顧立雅中國古文字學中心主任、東亞語言文明系顧立雅講座教授
談　仁	TAN Ren	香港城市大學亞洲及國際學系博士，阿肯色大學費耶特維爾分校東亞系訪問學者
杜德蘭	Alain THOTE	法國高等研究實踐學院教授、法國遠東學院研究員
王　珏	WANG Jue, Jessie	澳門大學中國語言文學系博士生
魏　寧	Nicolas Morrow WILLIAMS	香港大學中文學院助理教授
湯淺邦弘	YUASA Kunihiro	大阪大學大學院文學研究科教授
張瀚墨	ZHANG Hanmo	中國人民大學國學院副教授
張羽軍	ZHANG Yujun	香港浸會大學宗教及哲學系博士候選人